ein Ullstein Buch

ÜBER DAS BUCH:

Behütet und abgeschirmt vor der Welt - vor allem der Männerwelt - wächst Isabel auf. Ihr soll das Schicksal ihrer Mutter erspart bleiben, die von ihrem Mann ausgenutzt und betrogen wurde. Um so bestürzter ist die Mutter, als Isabel, inzwischen 22 Jahre alt und Studentin der Kunstgeschichte, mit ihrer lebenslustigen Freundin nach Ischia fahren will. Und dort erlebt sie die große Wende ihres Lebens: In wenigen Tagen erliegt sie dem Zauber der Mittelmeerinsel - und dem Werben Marios. Allen Warnungen zum Trotz beschließt sie, auf der Insel zu bleiben. Dies wird der Beginn einer schicksalhaften Abhängigkeit, und es bedarf eines dramatischen Geschehens, bis Isabel zu der Erkenntnis kommt, daß sie noch eine Chance hat, wieder zu sich selbst zu finden.

DIE AUTORIN:

Evelyn Peters wurde 1925 in Berlin geboren und verbrachte ihre Jugend in Wien, wo sie drei Jahre lang das Reinhardt-Seminar besuchte. Von 1945 bis 1955 spielte sie Theater in Hamburg: bei Ida Ehre in den *Kammerspielen* und am *Deutschen Schauspielhaus.* Seit 1961 arbeitete sie als Redakteurin, bis sie sich 1967 ganz der Schriftstellerei widmete: eine Autorin, die für Frauen schreibt und dabei auch Männern eine spannende und nachdenkenswerte Lektüre vermittelt.

Evelyn Peters

Liebe und Tod auf Ischia

Roman

ein Ullstein Buch

ein Ullstein Buch
Nr. 20929
im Verlag Ullstein GmbH,
Frankfurt/M - Berlin

Ungekürzte Ausgabe
des 1980 unter dem Titel
Ein Fall von Hörigkeit
erschienenen Romans

Umschlagentwurf:
Hansbernd Lindemann
Foto: Iris Gamradt

Taschenbuchausgabe mit Genehmigung
des Franz Schneekluth Verlags,
München

Printed in Germany 1988
Druck und Verarbeitung:
Elsnerdruck, Berlin
ISBN 3 548 20929 7

Juni 1988

Von derselben Autorin
in der Reihe der
Ullstein Bücher:

Mai in Morcote (20812)
Frauen ohne Männer (20815)
Klassentreffen (20817)
Reise nach Casablanca (20822)
Eine Frau von vierzig (20847)
Ende einer Kindheit (20871)
Die Wahrheit über Malou (20906)

CIP-Kurztitelaufnahme
der Deutschen Bibliothek

Peters, Evelyn:
Liebe und Tod auf Ischia;
Roman/Evelyn Peters.
- Ungekürzte Ausg. d. 1980 u. d. T.
Ein Fall von Hörigkeit erschienenen
Romans. - Frankfurt/M; Berlin:
Ullstein, 1988
(Ullstein-Buch; 20929)
ISBN 3-548-20929-7
NE: GT

Für meinen Mann

Vorspiel

Es kam in letzter Zeit immer öfter vor, daß Edith Hausmann nachts aufwachte und wußte: Isabel ist in Gefahr.
Angefangen hatte alles mit einem Brief, der den Poststempel ›Napoli‹ trug. Napoli, Neapel - das war für Edith gleichbedeutend mit Schmutz und Geschrei, mit verstopften Straßen, Diebstahl und Elend. Eine Klischeevorstellung, mag sein, aber die hatte sie nun einmal.
Dr. Edith Hausmann war ein Mensch, der Ordnung liebte, Klarheit, Übersicht. Sie hatte eine fast panische Angst vor Chaos, vor ungezügelten Leidenschaften. Möglicherweise war das auf ihre strenge Erziehung zurückzuführen. Vielleicht auch auf das Leben an der Seite eines undisziplinierten Mannes.
Sie hatte sich von diesem Mann getrennt, weil sie ihn nicht mehr ertragen konnte. Er hatte sie belogen und betrogen, aber das war nicht entscheidend für die Trennung gewesen.
Entscheidend war Isabel. Sie sollte nicht werden wie ihr Vater.
Nach der Scheidung war Edith mit ihrer damals zwölfjährigen Tochter nach Heidelberg gezogen. Sie hatte keine Angst vor der Zukunft. Als Fachärztin war sie unabhängig; es kamen genügend Patienten in ihre Praxis. Sie arbeitete hart in diesen Jahren, und das half ihr, über die Vergangenheit hinwegzukommen.

Isabel wuchs heran. Jede freie Minute, die Edith erübrigen konnte, widmete sie ihrem Kind. Sie gönnte sich kaum eine Zerstreuung, sie ging selten aus, sie schloß keine Freundschaften. Vor allem aber gab es keinen neuen Mann in ihrem Leben, es gab nur Isabel. Und je älter das Mädchen wurde, desto eifersüchtiger wachte Edith darüber, daß ihr der einzige Mensch, der ihr etwas bedeutete, nicht entglitt.
Als Edith zum erstenmal bewußt wurde, wie schön ihre Tochter war, empfand sie nicht etwa Freude darüber; sie empfand Furcht. Und sie dachte: Eines Tages wird sie dich verlassen. Sie wird sich in einen Mann verlieben und mit ihm leben. Schon jetzt haßte sie diesen Mann.
Ihr Verhalten gegenüber der Tochter änderte sich. Sie wurde mißtrauisch, wachsam. Sie begann sich zu fragen, was hinter der Stirn dieses Mädchens, das an ihrer Seite aufgewachsen war, eigentlich vorging. Sie wußte es nicht.
Isabel war ein verschlossener Mensch. Je älter sie wurde, desto mehr neigte sie dazu, sich abzusondern. Sie lehnte es ab, mit der Mutter über ihre Probleme zu sprechen. Sie lehnte es auch ab, Fragen, die Edith ihr stellte, eindeutig zu beantworten. Alles blieb vage, undurchsichtig. Edith wußte nie, woran sie mit ihr war.
Dabei war Isabel nicht etwa schwierig oder aufsässig - im Gegenteil: Sie war liebenswürdig und hilfsbereit. Und sie war eine ausgezeichnete Schülerin. Die Lehrer waren des Lobes voll über sie.
Und doch war Frau Dr. Hausmann mit dem Ergebnis ihrer Erziehung unzufrieden. Sie hielt Isabel für labil, ohne jedoch genau erklären zu können, worin sich diese Labilität äußerte. Ich traue ihr alles zu, ging es ihr manchmal durch den Kopf.
Nachdem Isabel ihr Abitur bestanden hatte, begann

sie Kunstgeschichte zu studieren. Sie hatte noch keine rechte Vorstellung, was sie später einmal werden wollte, allein der Wunsch, sich mit schönen Dingen zu befassen, hatte sie zu diesem Studium veranlaßt.
Wenn Edith an diese Zeit zurückdachte, fragte sie sich immer wieder, was sie falsch gemacht hatte. Wäre es besser gewesen, nicht darauf zu bestehen, daß die Tochter bei ihr wohnen blieb? Ein einziges Mal, gleich zu Beginn ihres Studiums, hatte Isabel den Wunsch geäußert, sich ein eigenes Appartement zu suchen, doch Edith hatte das mit dem Hinweis auf die zusätzlichen Kosten abgelehnt. In Wahrheit hatte sie Angst davor, sich von Isabel zu trennen. Es war so beruhigend für sie, das ›Kind‹, wie sie sie bei sich noch immer nannte, unter ihrer Obhut zu wissen. Sie wollte diesen Zustand so lange wie möglich beibehalten.
Isabel beharrte nicht weiter auf ihrem Wunsch. Sie blieb bei der Mutter. Beide kamen gut miteinander aus, da Edith es vermied, Themen zu berühren, die Konfliktstoff geboten hätten - vor allem das Thema Sexualität. Sie wußte, daß es ihrer Tochter unangenehm war, darüber zu sprechen. Schon als Halbwüchsige hatte sich Isabel geweigert, auf diesbezügliche Fragen einzugehen. Den vorsichtigen Versuch Ediths, sie aufzuklären, hatte sie mit dem Hinweis, sie wüßte bereits alles, im Keim erstickt.
Seltsam. Obwohl Edith ihrer Tochter jede nur denkbare Torheit zutraute, war sie andererseits sicher, daß Isabel, inzwischen 23 Jahre alt, noch Jungfrau war. Natürlich hatte sie Freunde unter den Studenten. Sie kamen regelmäßig ins Haus, einzeln oder auch zu mehreren, aber Edith hatte keine Ahnung, wie weit diese Freundschaften gingen. Sie wußte nur eines mit absoluter Gewißheit: Eine Gefahr drohte Isabel von dieser Seite nicht.

Und dann traf jener Brief aus Neapel ein.
Der Brief kam von Isabels Schulfreundin Vera, deren Eltern ein Haus auf der Insel Ischia hatten. Sie schrieb, Isabel könne die Semesterferien bei ihr verbringen. Sie wäre allein; die Eltern befänden sich auf einer Amerikareise.
Isabel war sofort Feuer und Flamme. Längst schon hatte sie einmal nach Italien reisen wollen. Edith hatte das immer zu verhindern gewußt. Es zog sie nichts in den Süden. Jahr für Jahr war sie mit der Tochter in ein kleines Seebad nach Friesland gefahren. Und nun Ischia!
Isabel drängte. Sie wollte weg, allein sein, unabhängig sein. Zum erstenmal kam es zu einer Auseinandersetzung. Lang angestaute Gefühle brachen durch. Isabel, im allgemeinen sanft und nachgiebig, begehrte auf.
»Ich werde fahren, und wenn du dich auf den Kopf stellst. Ich habe keine Lust mehr, mich noch länger bevormunden zu lassen.«
Edith gab nach. Was blieb ihr anderes übrig? Ihre Tochter war erwachsen. Es kam noch etwas hinzu. Sie fühlte sich in letzter Zeit nicht wohl. Hatte Schmerzen, die sie beunruhigten. Sie würde die Abwesenheit Isabels dazu benutzen, sich einmal gründlich von einem befreundeten Kollegen untersuchen zu lassen.
Anfang September war es dann soweit gewesen. Isabel flog nach Neapel. Edith brachte sie mit dem Wagen nach Stuttgart zum Flughafen. Beim Abschied standen ihr Tränen in den Augen.
Isabel hatte das gar nicht begreifen können.
»Mama - ich bitte dich! Du tust ja gerade so, als wäre es ein Abschied fürs Leben.«

Erster Teil

Erster Teil

I

Es war fünf Uhr nachmittags. Um diese Stunde saßen die Touristen immer auf der Piazza in der Sonne und nahmen eisgekühlte Getränke zu sich.

Dr. Bernhard Lorenz war mit einem Taxi aus Porto gekommen und befand sich auf dem Weg zu seinem Hotel am Maronti-Strand. Er blieb alle Augenblicke stehen, um Bekannte zu begrüßen und ein paar Worte mit ihnen zu wechseln.

Carlo, der schwarzhaarige schlanke Boutiquenbesitzer, hielt ihn an und erzählte, sich vor Lachen auf die Schenkel schlagend, den neuesten Klatsch. Eine Signora aus Düsseldorf hatte sich in der vergangenen Nacht in der ›Tavernetta‹ einen Rausch angetrunken und zu vorgerückter Stunde den Wunsch geäußert, zu schwimmen. Zusammen mit ein paar Zechgenossen war sie losgezogen, hatte sich in eins der Bäder gewaltsam Einlaß verschafft und war pudelnackt in das große Schwimmbecken gehüpft. Unglücklicherweise wurde es gerade frisch eingelassen, es war kaum Wasser darin. Die Signora verstauchte sich den Fuß und schrie so laut, daß die Hotelgäste des ›Apollon‹ erwachten und zu schimpfen begannen. Ein junger österreichischer Arzt, der sich unter den Gästen befand, soll die Düsseldorferin dann mit in sein Zimmer genommen haben, um ihr einen Verband anzulegen.

»Aber sie ist aus dem Zimmer nicht wieder herausge-

kommen«, berichtete Carlo augenzwinkernd. »Die Behandlung muß sehr gründlich gewesen sein.«
Bernhard Lorenz lachte. Für derartige Dinge hatte er Verständnis.
»Wir wollen es ihr gönnen«, sagte er und nickte Carlo zu.
Beim Weitergehen entdeckte er Peppino, den einbeinigen Bauern, der unterhalb von Serrara eine Weinkantina besaß und dessen Frau sich vor ein paar Jahren am Weihnachtsabend betrunken ins Meer gestürzt hatte. Sie konnte nur noch tot geborgen werden. Ganz Angelo war damals hinter dem Sarg hergezogen, und Don Ferdinando, der Priester des Ortes, hatte eine Predigt gehalten, in der mit keinem Wort erwähnt wurde, daß sie es freiwillig getan hatte, weil ihr Mann sie verlassen wollte. Peppino, der früher allen Mädchen der Insel nachstellte, war seitdem ein melancholischer Sonderling geworden.
»Come sta, Peppino?« Lorenz klopfte dem alten Mann auf die Schulter.
Peppino murmelte »bene, bene«, drückte dem Doktor kurz die Hand und humpelte davon.
Bernhard Lorenz traf auf seinem Weg noch die hübsche, braunäugige Serafina, die ein uneheliches Kind hatte und die nun kein Mann der Insel mehr heiraten wollte, am wenigsten der Kindesvater. (›Wenn sie das mit mir macht, tut sie es auch mit den anderen.‹)
Er traf den rundlichen, immer zu derben Späßen aufgelegten Besitzer der ›Casa Sophia‹ mit seiner blonden deutschen Frau; er traf die flinke kleine Bianca, die in der Bar des ›Apollon‹ die Gäste bediente.
Und er traf Mario.
Beim Anblick Marios, der, nur mit einer Badehose bekleidet, damit beschäftigt war, die Sonnenschirme vor seinem Lokal aufzustellen, mußte Bernhard Lorenz lä-

cheln. Er mochte den jungen, gutaussehenden Neapolitaner, der als kleiner Junge mit seiner Mutter auf die Insel gekommen war und seitdem hier lebte. Sein Erfolg bei Frauen hatte ihm einen Ruf verschafft, der von Neapel bis Stockholm, ja sogar bis nach Südamerika reichte. Eine vermögende Witwe aus Rio hatte ihn heiraten wollen und ihm in Aussicht gestellt, eine Hotelkette für ihn zu erwerben. Mario hatte nur lachend abgewinkt. Er dachte nicht daran zu heiraten, und wenn er es doch einmal tun würde, dann nur ein Mädchen aus Napoli. Doch damit hatte es noch Zeit. Im Augenblick amüsierte er sich. Da waren die niedlichen kleinen Französinnen, die attraktiven Mädchen aus Norwegen und Schweden, die hübschen, allein reisenden jungen Frauen aus Deutschland, die nicht nur erlebnishungrig, sondern auch gemütvoll waren und mitunter zum Abschied sogar ein paar Tränen vergossen. Die Zahl seiner Eroberungen war Legion. Kein Mensch auf der Insel nahm es ihm übel. Einzig Don Ferdinando erhob mitunter mahnend den Finger und meinte, er solle es nicht gar zu arg treiben.
»Dottore - come sta?« Mario strahlte über sein ganzes braungebranntes Gesicht mit den funkelnden schwarzen Augen. Er gab Lorenz die Hand und schüttelte sie kräftig. »Wo haben Sie gesteckt? Ich habe Sie seit Tagen nicht gesehen.«
»Geschäfte. Ich war ein paar Tage verreist. Und wie geht es bei dir? Viel zu tun?«
»Si, si, viel Arbeit. Mamma ist zu ihrer kranken Schwester nach Napoli gefahren. Ich muß alles allein machen. Pina kocht, und ich bediene die Gäste.«
»Und was macht die Liebe?« fragte Lorenz lächelnd. »Tutto a posto?«
»Si, si, Dottore.« Wieder strahlte Mario vor Vergnügen. »Tutto a posto. Ich kann nicht klagen.«

»Du bist zu beneiden, Mario. Ich möchte auch noch einmal so jung sein wie du.«
»Oh.« Mario lächelte treuherzig. »Sie sind noch kein alter Mann, Dottore. Sie sind - wie sagt man? - in den besten Jahren.«
Lorenz klopfte ihm gutmütig auf die Schulter. »Du bist ein Schmeichler, alter Freund. Aber laß gut sein, man gewöhnt sich an alles. Auch an das Älterwerden.«
Bernhard Lorenz nickte Mario zu und ging weiter. Bald darauf hatte er das Albergo ›Nettuno‹ erreicht. Es war ein kleines Hotel am Strand, das er vor zwanzig Jahren erworben hatte, als er beschloß, hier auf der Insel zu bleiben. Kein luxuriöses Haus, aber ordentlich geführt und während der Saison stets gut besucht, obwohl es schwer zu erreichen war. Die Gäste mußten ihr Gepäck mit Eseln heranschaffen lassen, und wer abends noch in den Ort wollte, hatte einen beschwerlichen Fußmarsch in Kauf zu nehmen oder mußte sich ein Boot mieten. Lorenz stieg die Steintreppe hinauf, die zu der kleinen, durch ein Strohdach vor der Sonne geschützten Terrasse führte. Er begrüßte ein paar Gäste, die hier beim abendlichen Aperitif saßen, und betrat dann das Haus, das dämmrig und kühl war, da die Fensterläden der starken Hitze wegen bis zum Abend geschlossen blieben.
Im Gang, der zur Küche führte, begegnete ihm Maria, eine Bäuerin aus Testaccio, die nach dem Tod ihres Mannes vor zehn Jahren zu ihm gekommen war und ihm seitdem die Wirtschaft führte. Außer ihr gab es noch einen Koch, Antonio, zwei Hausmädchen und ein krummbeiniges Faktotum mit dem schönen Spitznamen ›Poseidon‹; den hatte ihm einst ein Gast verliehen, als er am frühen Morgen nackt dem Meer entstiegen war.

Maria, schwarz gescheitelt und schwarz gekleidet, grüßte ihren Herrn mit einer leichten Verneigung und wollte mit einem gemurmelten »Buona sera, signore« an ihm vorübergehen.
Lorenz hielt sie zurück und wollte wissen, ob der bestellte Wein aus Porto angekommen sei.
Maria nickte. »Si, si, signore.«
Sie besprachen noch ein paar Fragen, die die bevorstehende Ankunft eines Stammgastes aus Basel betrafen, der ein schweres Bandscheibenleiden hatte und seit Jahren nach Ischia zur Kur kam. Maria erklärte, sie hätte bereits die Matratze in seinem Bett ausgewechselt und durch eine härtere Unterlage ersetzt, und sie hätte Antonio auch gesagt, er möge daran denken, die Gerichte, die der Professore Hurta bestelle, ohne Knoblauch zuzubereiten.
»Molto bene«, sagte Lorenz. Während er den Gang entlang in Richtung seiner Privaträume ging, die aus einem Arbeitszimmer und einem kleinen Schlafraum mit angrenzender Terrasse bestanden, dachte er, daß diese Maria ein unbezahlbarer Schatz war. Sie war zwar nur eine einfache Bäuerin mit geringer Bildung, aber sie besaß innere Anständigkeit, Herzenstakt und ein Gefühl für Würde, wie man es heutzutage am ehesten noch bei den Mittelmeervölkern findet.
In seinem Zimmer stieß Lorenz die Läden auf, verscheuchte eine Fliege von dem frisch gewaschenen Hemd, das Maria auf sein Bett gelegt hatte, und trat dann hinaus auf die kleine Terrasse, die von einer hohen Mauer umgeben und vom Strand aus nicht einzusehen war.
Bernhard Lorenz gehörte zu den Menschen, die mit ihrem Leben nicht eigentlich unzufrieden waren, obwohl ihm das Schicksal einige wesentliche Dinge vorenthalten hatte: eine Frau, Kinder und Erfolg in sei-

nem Beruf. All das war ihm versagt geblieben, und er litt darunter. An einem Abend wie diesem, der mild war und von jener sanften Schönheit, die sehnsüchtig stimmt, konnte es vorkommen, daß er sich betrank. Er ging dann nicht hinunter zum Abendessen, sondern ließ sich von Maria eine Kleinigkeit bringen und trank dazu eine oder auch mehrere Flaschen Wein.
Auch an diesem Abend war er in so einer Stimmung, die er bei sich selbst als depressiv bezeichnete, und so beschloß er, allein zu bleiben und sich um das abendliche Schachspiel, zu dem ihn einer seiner Gäste regelmäßig aufforderte, zu drücken. Er ging noch einmal zurück ins Zimmer, holte eine Flasche Grappa und ein Glas und setzte sich in den bequem gepolsterten Sessel, der draußen auf der Terrasse unter einem Granatapfelbaum stand. Er lehnte sich zurück und sah eine Weile in den in allen Farben des Regenbogens zerfließenden Abendhimmel. Vom Strand drangen die Geräusche spielender Kinder zu ihm herauf, die sich um einen Ball balgten. Ihr Kreischen und Lachen stimmten ihn traurig. Er entkorkte die Flasche, schenkte sich das Glas voll und nahm einen Schluck von dem scharfen Getränk, mit dem er schon so manche trübe Stunde überbrückt hatte.
Er war achtundfünfzig Jahre alt, aber er sah mit seiner schlanken Figur und dem nur von wenigen Falten durchzogenen braungebrannten Gesicht jünger aus. Sein Haar war grau, und er trug es kurz geschnitten. Wäre nicht die Melancholie gewesen, die in den Augen und in den Mundwinkeln nistete, niemand hätte in Bernhard Lorenz den einsamen, enttäuschten Mann vermutet, der er im Grunde war. Er war immer salopp, aber tadellos gekleidet, zog täglich ein frisches Hemd an und lehnte es ab, in kurzen Hosen, wie die Touristen, herumzulaufen.

Er war als Gescheiterter hierhergekommen, vor zwanzig Jahren, als seine Karriere als Arzt beendet war, nachdem ihn ein Kollege denunziert hatte, weil er an einem Mädchen, das noch ein halbes Kind war und sich in ihrer Not an ihn wandte, eine Abtreibung vorgenommen hatte. Vieles war damals zusammengekommen. Der verbotene Eingriff allein hätte ihm noch nicht das Genick gebrochen. Doch da war noch die Geschichte mit dem berühmten Professor gewesen, der nicht wahrhaben wollte, daß der Mißbrauch von Alkohol ihn ruiniert hatte, und dem Lorenz einen Kunstfehler nachwies, der das Leben einer Patientin gekostet hatte. Nora, seine Frau, hatte ihn gewarnt, die Sache an die große Glocke zu hängen. Du machst dir nur Feinde, hatte sie gesagt, und genauso war es gekommen. Der Professor blieb auf seinem Posten - er, Lorenz, mußte gehen, nachdem sich alles gegen ihn verschworen hatte.
Bernhard Lorenz griff nach der Grappaflasche, füllte sein Glas und leerte es auf einen Zug. So bitter, wie dieses Zeug schmeckte, war auch die Enttäuschung gewesen, die er damals empfunden hatte. Aber es kam noch schlimmer. Nora war nach dem Zusammenbruch seiner Existenz wie ausgewechselt. Nichts mehr von sanfter Anschmiegsamkeit, von Zärtlichkeit und Bewunderung. Sie machte ihm ständig Vorwürfe und beschuldigte ihn, aus Dummheit und Eigensinn ihrer beider Leben zerstört zu haben. Du immer mit deiner sogenannten Anständigkeit, hieß es. Du bist nur verbohrt und töricht. Aus reiner Gefühlsduselei mußtest du dich und mich ins Unglück reiten.
Ein halbes Jahr war das so gegangen. Dann hatte er sich von Nora getrennt. Er ließ ihr das Haus und einen Teil seines Vermögens. Den Rest verwandte er dazu, sich auf Ischia eine neue Existenz aufzubauen. Er

kannte die Insel von früheren Besuchen und hatte bereits damals erwogen, sich hier ein Haus zu kaufen. Nach dem Ende seiner beruflichen Laufbahn und dem Scheitern seiner Ehe beschloß er dann, alle Brücken hinter sich abzubrechen und für immer hierzubleiben. Er sprach recht gut italienisch und überwand bereits nach kurzer Zeit das anfängliche Mißtrauen der Inselbewohner. Sie mochten ihn, weil er freundlich und hilfsbereit war und ein Gespür für ihre Eigenart hatte. Er nahm Anteil an ihren Problemen, ohne sich jedoch anzubiedern.

Beim Fest des heiligen Michele saß er mit dem Bürgermeister und seiner Frau zusammen und spazierte später mit deren halbwüchsigen Töchtern zwischen den Buden auf der Piazza herum. Er spendierte den Mädchen Eis und Süßigkeiten, ließ sie würfeln und Ringe werfen und tanzte mit der Älteren nach den Klängen einer Gitarre. Es war wichtig für ihn, sich mit den Insulanern gut zu stellen, nicht nur mit den Honoratioren, sondern auch mit den einfachen Bauern und Fischern. Er brauchte Leute für sein Hotel, und er war auf zahllose kleine Gefälligkeiten angewiesen, die ihm erst erwiesen wurden, nachdem er von den Einheimischen akzeptiert worden war.

Zwanzig Jahre waren inzwischen vergangen, und in dieser Zeit hatte sich das Bild der Insel entschieden verändert. Neue Hotels waren gebaut worden, neue Quellen erschlossen und neue Badeanlagen errichtet. Es gab zwar noch die primitiven Thermalbäder der Cava scura, in denen schon die Inselbesucher des 18. und 19. Jahrhunderts Heilung gesucht hatten, doch inzwischen waren an verschiedenen Orten der Insel aufwendige, auch den Ansprüchen verwöhnter Gäste genügende Kuranlagen entstanden, in denen es an allen Ecken und Enden sprudelte und dampfte und wo

sich die Badenden in großen und kleinen Becken tummeln konnten.
Der Besucherstrom, der nach Ischia drängte, nahm rapide zu. Bald wurde ein straff organisierter Reisedienst aufgezogen, der Tausende von Touristen alljährlich per Flugzeug und Schiff auf die Insel lotste. Das Hotelgewerbe blühte, Gastronomen und Geschäftsinhaber profitierten von diesem außergewöhnlichen Boom, die Einheimischen lernten Deutsch, und die Besitzer von Caféhäusern und Restaurants hängten Schilder aus, auf denen sie ›Deutsch-Kaffee‹ und ›Wiener Schnitzel‹ anpriesen.
Die Insel Ischia, einst ein Ort der Ruhe und des Friedens, war zu einem Tummelplatz der Touristen geworden, die dem Zauber der Insel genauso verfielen wie einst die prominenten Besucher vergangener Jahrhunderte, von Jean Paul bis zu König Ludwig I. von Bayern.
Bernhard Lorenz hatte diese Entwicklung nicht gerade mit Freude verfolgt. Was er hier gesucht hatte, nämlich die Einsamkeit und den inneren Frieden, die ihn bei seinen ersten beiden Aufenthalten auf Ischia so entzückt hatten, gab es nicht mehr - es sei denn, man zog sich hinauf in die Berge zurück. Aber er hatte sich inzwischen damit abgefunden und versuchte, das Beste daraus zu machen. Sein am Strand gelegenes Hotel beherbergte fast ausschließlich Gäste, die, genau wie er, Wert auf Ruhe legten. Und wenn am Abend die Schar der Strandbesucher zurück in ihre Quartiere strömte, zog wieder Stille ein, und er konnte sich in jene Zeit zurückträumen, als die Insel noch leer war und die spärlichen Reisenden hier ein dem Getriebe der Welt entrücktes Leben führten.
Deshalb war er geblieben, obwohl sich alles veränderte. Er blieb in dem kleinen, nicht sehr komforta-

blen Haus, umgeben von ein paar Menschen, die ihm zugetan waren, wie seine getreue Maria und der Koch Antonio. Er hatte keinen Ehrgeiz mehr, und er verspürte auch nicht den Wunsch, in sein altes Leben, das ihm einst so viel bedeutet hatte, zurückzukehren. Er lehnte es ab, wieder zu heiraten, obwohl er öfter die Möglichkeit dazu gehabt hätte. Seine Ehe hatte sich als traurige Illusion entpuppt, und er war ganz einfach zu feige, ein derartiges Risiko noch einmal einzugehen. Er hatte nichts gegen Frauen, im Gegenteil, er fand sie reizend. Er hatte auch nichts gegen ein Abenteuer, wie es sich in jeder Saison ganz zwanglos ergab. Er vermied es nur peinlichst, sich allzusehr zu engagieren. Über einen unverbindlichen Sommerflirt gingen diese Beziehungen nie hinaus.

Die Flasche Grappa war halb geleert. Der Alkohol floß in trägen Wellen durch seinen Körper. Er wurde müde. Doch selbst durch den Nebel seiner Müdigkeit sah er seine Lage ganz klar. Er war ein angeschlagener Mann. Seine Gegner hatten ihn besiegt; seine Frau hatte ihn im Stich gelassen. Er hätte kämpfen können, um seine Stellung und sein Prestige. Doch er war keine Kämpfernatur. Vielleicht, wenn er einen Menschen an seiner Seite gehabt hätte. Aber, so fand er, es lohnte sich nicht.

Ein leises Klopfen an der Tür weckte ihn aus seiner Versunkenheit.

»Permesso?« ertönte die leise Stimme Marias, und ihre dunkle Gestalt wurde sichtbar.

Sie brachte ihm auf einem Tablett das Abendessen, bestehend aus gemischtem Salat, Huhn und kaltem Braten. Lorenz stand auf, reckte sich und ging auf unsicheren Beinen ein paar Schritte auf und ab. Maria wollte wissen, ob der Signore noch etwas benötige, doch Lorenz winkte ab. Wein war genügend vorhan-

den, das Essen viel zu reichlich. Nein, er benötigte nichts mehr.
Maria blieb noch einen Augenblick bei ihm stehen, wie sie das an Abenden wie diesem tat, an denen er sich von den Gästen absonderte und in seinem Zimmer blieb. Sie war viel zu taktvoll, eine Frage zu stellen, aber sie wußte, auch ohne zu fragen, was ihren Dottore bewegte. Sie sprachen noch ein paar Worte über dies und jenes. Lorenz wollte wissen, ob sie daran gedacht hatte, den Gärtner zu bestellen, und wann die Beerdigung der am Tag zuvor verstorbenen Esterina sei. »Frag Don Ferdinando. Ich will einen Kranz schikken.«
Nachdem Maria gegangen war, erhob sich Bernhard Lorenz, trat an die Brüstung der Terrasse und blickte in die warme Septembernacht hinaus. Draußen auf dem Meer sah man die Lichter der Fischerboote. Es war windstill, das Geräusch der Brandung kaum vernehmbar.
»Habt nur Geduld«, murmelte Lorenz. »Alles geht vorüber, nur die Ewigkeit nicht.« Es war ein Spruch, den er einmal gehört und der sich ihm eingeprägt hatte. Es war tröstlich zu denken, daß alles, was einen auf dieser Welt quälte, vergänglich war.
Er wandte sich ab, nahm die Grappaflasche unter den Arm, ging in sein Zimmer und schloß die Tür.

2

In dieser milden Mondnacht saßen Isabel und ihre Freundin Vera auf der Terrasse eines Hauses, das außerhalb von Angelo an einer steil abfallenden Schlucht lag.
Isabel war vor zwei Tagen angekommen. Die Ankunft im Hafen von Porto, das Gewimmel der Touristen, der Straßenlärm, die unzähligen Autos und Motorräder - all das war für sie ein Schock gewesen. Sie hatte von einer stillen, romantischen Insel geträumt und sah sich nun inmitten eines Fremdenverkehrsrummels, der sie an einen Jahrmarkt erinnerte, und Jahrmärkte verabscheute sie.
Vera, die sie in Porto abholte, hatte sie ausgelacht. »Das ist alles halb so schlimm«, hatte sie gesagt. »Bei uns in Angelo ist es viel ruhiger. Und wenn du erst einmal oben in unserem Haus bist, hörst und siehst du überhaupt nichts mehr.«
Dieses Haus, das Veras Vater, ein Architekt aus Stuttgart, vor fünfzehn Jahren erworben hatte, war ursprünglich eine Weinkantina gewesen. Es gab einen geräumigen Wohnraum mit hoher, gewölbter Decke, der durch eine Treppe mit dem Schlafzimmer verbunden war, das gewissermaßen frei im Raum schwebte; dazu noch ein Gästezimmer, zwei Bäder und eine Küche.
Trat man vom Wohnzimmer hinaus auf die Terrasse, in deren Mitte eine Palme mit weit ausladenden Blät-

tern stand, bot sich einem linker Hand der Anblick des ›Torre‹, eines Sant'Angelo vorgelagerten Berges. Er ragt aus dem Meer und ist mit der Ortschaft durch einen Damm verbunden. Tief unten am Ende der Schlucht lag die Straße, doch der Lärm der Autohupen und das Knattern der Motorroller drangen nur gedämpft herauf.

Als Isabel zum erstenmal auf dieser Terrasse gestanden und auf das Meer geblickt hatte, war sie überwältigt gewesen. Sie konnte gar nicht verstehen, daß Vera sich über die Lage des Hauses eher abfällig äußerte. »Mein Vater ist ein Sonderling - es kann ihm gar nicht einsam genug sein.«

Auf Vera, die aus der ersten Ehe dieses Sonderlings stammte, traf das allerdings nicht zu. Sie war ein ausgesprochen kontaktfreudiger Mensch.

Man konnte sich schwerlich größere Gegensätze als die beiden jungen Frauen vorstellen. Vera verkörperte all das, was Isabel an sich vermißte. Sie war lebhaft und witzig - während sich Isabel eher langweilig fand -, sie hatte eine unbefangene Art, an Menschen und Dinge heranzugehen, und tat sich, wie es Isabel formulierte, ›mit allem leicht‹.

»Das Leben ist nun einmal so«, pflegte sie zu sagen. »Und gewisse Dinge muß man einfach hinnehmen. Man kann sie auch in nächtelangen Diskussionen nicht ändern.« Sie spielte damit auf die spektakuläre Scheidung ihrer Eltern an. Ihr Vater hatte ihre Mutter nach zwanzigjähriger Ehe verlassen. Er heiratete ein junges Ding, das weder besonders hübsch noch besonders geistreich war.

»Aber sie war eben jung«, sagte Vera, wenn sie sich zu diesem Thema überhaupt einmal äußerte. Und es hörte sich an, als hätte sie für ihren Vater durchaus Verständnis.

Sie hatte das Kunststück fertiggebracht, die beiden Frauen miteinander auszusöhnen. Sie kamen gelegentlich zusammen und sprachen dann ganz friedlich miteinander.
Isabel konnte das gar nicht begreifen. Ihre Mutter sprach von ihrem geschiedenen Mann nur im Ton tiefster Verachtung. Sie selbst hatte den Vater seit Jahren nicht gesehen.
Die beiden Freundinnen saßen in bequemen Korbsesseln auf der Terrasse. Sie sahen den Mond hinter dem Torre aufgehen und erörterten die Frage, ob sie am nächsten Tag mit dem Bus zu den Poseidon-Gärten fahren oder lieber am Maronti-Strand baden sollten.
»Laß uns hierbleiben«, sagte Isabel. »Die Bucht ist so hübsch. Ich möchte gerne am Meer spazierengehen.«
»Wie du willst.« Vera gähnte.
»Wollen wir schlafen gehen?«
»Ach nein, laß uns noch einen Augenblick hier sitzen. Es ist eine so schöne Nacht. Hörst du die Zikaden?«
Isabel nickte.
Eine Weile schwiegen sie und blickten hinauf in den Sternenhimmel. Ein leichter Wind bewegte die Blätter der Palme.
»Ich bin dir sehr dankbar«, sagte Isabel plötzlich.
»Dankbar -?«
»Ja, daß ich hier sein darf.«
»Ich bitte dich - das ist doch selbstverständlich.«
Isabel überlegte einen Augenblick. Dann sagte sie: »Du weißt nicht, was das für mich bedeutet, endlich einmal frei zu sein. Weg von zu Hause - weg von dem Zwang.«
Vera hob überrascht den Kopf. »Wirst du denn tyrannisiert?«
»Das gerade nicht. Ich weiß nicht, wie ich es dir erklären soll. Mammi ist sehr lieb. Sie übt auch nicht direkt

einen Zwang auf mich aus. Es ist nur . . . sie erwartet immer etwas von mir. Eine bestimmte Haltung - ich spüre das.«
»Was für eine Haltung?«
»Schwer zu sagen.« Isabel lehnte sich zurück und spielte mit der schmalen goldenen Kette, die sie um den Hals trug. »Ich glaube, sie sieht in mir etwas, was ich gar nicht bin.«
»Das geht den meisten Töchtern so.«
Isabel überging den Einwand. »Es wäre einfacher für mich gewesen, meine Mutter hätte wieder geheiratet«, fuhr sie fort. »Sie hat sich zu sehr auf mich konzentriert. Jetzt habe ich dauernd ein schlechtes Gewissen, wenn ich sie allein lasse.«
»Das ist doch Unsinn.«
»Du kennst meine Mutter nicht. Ich glaube, sie ist sehr unglücklich. Im Grunde ist sie nie darüber hinweggekommen, daß mein Vater sich ihr gegenüber so schlecht benommen hat.«
»Hat er das wirklich?« Es klang ein wenig zweifelnd.
»Er muß ihr das Leben zur Hölle gemacht haben«, erwiderte Isabel.
Vera beugte sich vor. »Und nun bist du natürlich voreingenommen gegen Männer? Ist das richtig.«
Isabel nickte. »Ja.«
»Dagegen solltest du angehen. Du kennst ja meine Einstellung zu diesen Dingen. Ich glaube, die meisten Frauen, die von Männern schlecht behandelt werden, sind selbst schuld daran. - Womit ich nichts gegen deine Mutter gesagt haben will«, setzte sie schnell hinzu.
Und dann erzählte sie Isabel, ihr Vater habe ihr einmal gesagt, das ewige Lamentieren seiner Frau sei ihm so auf die Nerven gefallen, daß er es nicht mehr habe ertragen können. Er sei einfach aus dem Haus gerannt

und in irgendein Lokal gegangen. Und bei dieser Gelegenheit habe er dann ›Nummer Zwei‹ kennengelernt.
Isabel hörte aufmerksam zu. Sie war nicht unbedingt davon überzeugt, daß ihre Mutter am Scheitern ihrer Ehe unschuldig war - so etwas gab es wohl nicht -, aber nach all den Kränkungen, denen sie ausgesetzt war, den jahrelangen Demütigungen (der Vater hatte seine Geliebten ganz ungeniert mit nach Hause gebracht), konnte sie es ihrer Mutter nicht verübeln, daß ihr schließlich die Geduld gerissen war.
»Ich halte es für das beste, überhaupt nicht zu heiraten«, sagte sie aus diesen Überlegungen heraus. »Dann kann man wenigstens nicht enttäuscht werden.«
»Du mußt das Kind nicht mit dem Bad ausschütten«, antwortete Vera mit freundlichem Spott in der Stimme. »Ob du es glaubst oder nicht, es gibt wirklich nette und anständige Männer.«
»Ich bin noch keinem begegnet.«
Das klang so bitter, daß Vera erschrak. Unwillkürlich streckte sie die Hand aus, zog sie aber sofort zurück, als sie das abweisende Gesicht der Freundin bemerkte.
»Wie kannst du so etwas sagen?« rief sie. »Du tust geradeso, als hättest du Gott weiß was für Erfahrungen gemacht!«
Isabel bewegte sich unbehaglich in ihrem Stuhl.
»Du mußt nicht darüber reden«, sagte Vera begütigend.
Sie stand auf, trat an das Küchenfenster, öffnete den Laden einen Spaltbreit und sah nach, ob die Fledermaus, die hier wohnte, noch dahintersaß. Doch sie war bereits ausgeflogen. Vera schloß den Laden wieder und kehrte an ihren Platz zurück.
Der Mond war hinter einer Wolke verschwunden. Die

Terrasse lag im Dunkeln. Als Vera zu sprechen begann, war eine ungewöhnliche Zartheit in ihrer Stimme. »Du bist ein Kind, Isabel. Ich bin nur ein Jahr älter als du, aber im Umgang mit Männern -«
»Sag bloß, du hältst mich noch für eine Jungfrau«, fiel ihr Isabel ins Wort.
Vera war verblüfft. Eine derartige Bemerkung war sie von der sonst so spröden Freundin nicht gewohnt.
»Nun, ich rede im allgemeinen nicht darüber«, fuhr Isabel fort. »Ich hasse diese Intimitäten unter Frauen. Aber wenn du mich schon fragst, was ich von Männern halte -« Sie machte eine Pause, bog den Kopf in den Nacken und fuhr nach einer Weile fort: »Ich habe ein einziges Mal mit einem Mann geschlafen. Es war - es war - peinlich. Ich habe mir geschworen, es nie wieder zu tun.«
Vera mußte lachen. Sie konnte nicht anders, selbst auf die Gefahr hin, die Freundin zu kränken.
»Du findest das komisch?« fragte Isabel gekränkt.
»Nein - verzeih. Oder ja . . . doch, ja, es ist komisch. Es paßt zu dir. Du bist einfach naiv. Weißt du denn nicht, daß das erste Mal für die meisten Frauen eine Enttäuschung ist? Mir ging es genauso. Aber deswegen kann man doch nicht einfach sagen: Schluß - aus - erledigt. Nie wieder.«
Isabel runzelte die Stirn. Sie war verwirrt, sie war sogar verletzt. Es wäre besser gewesen, den Mund zu halten, dachte sie.
»Du scheinst mich nicht richtig verstanden zu haben«, murmelte sie.
»Doch, doch, ich habe dich schon verstanden«, sagte Vera gutmütig. »Ich kann mir auch denken, was los war. Du und dieser Mann . . . ihr paßtet eben nicht zusammen. Du warst auch bestimmt nicht verliebt in ihn.«

»Nein.«
Vera blickte sie aufmerksam an. »Und warum hast du dann mit ihm geschlafen?«
»Ich wollte es wissen. Ich dachte schon, ich wäre nicht normal. Andere sind verliebt und gehen miteinander ins Bett. Und bei mir - ach, mir war schon der Gedanke gräßlich - ich hab es wirklich nur getan, um mir selbst etwas zu beweisen.«
»Dann darfst du dich nicht wundern, wenn du enttäuscht worden bist«, entgegnete Vera trocken. »Soll ich dir mal was sagen?« Sie rückte vertraulich näher. »Du mußt diese Geschichte so schnell wie möglich vergessen.«
»Das kann ich nicht.«
»Du mußt! Wenn ich dir einen guten Rat geben darf: Such dir einen Liebhaber, aber einen, der dir gefällt.«
»Jetzt wirst du geschmacklos!«
»Nein, ich weiß nur etwas mehr vom Leben. Ich habe meine Erfahrungen gemacht. Auch mit Männern«, setzte sie hinzu, da die Freundin schwieg.
Isabel drehte sich um. Der Mond schien jetzt wieder so hell, daß Vera ihre Gesichtszüge deutlich erkennen konnte. Neugierde war darin zu lesen, aber auch Widerwille und Abwehr.
Vera sagte: »Ich gebe zu, es macht mir Spaß, mit einem Mann zu schlafen. Es muß auch nicht immer gleich die große Liebe sein. Man muß sich nur mögen. Es sollte - ja, es sollte eine gewisse Übereinstimmung da sein, sonst funktioniert die Sache nicht.«
»Wie du redest«, sagte Isabel gedehnt. »Wie von einem technischen Vorgang.«
Vera betrachtete sie nachdenklich. »Weißt du, was ich glaube?«
»Was?«
»Ich glaube, du bist zu gefühlvoll.«

»Ist das schlimm?«
»Es ist nicht ungefährlich. Die meisten Männer reagieren sauer darauf.«
Isabel lauschte Veras Worten, sagte aber nichts. Ihr Gesicht war undurchdringlich.
»Du hast natürlich einen Vorteil. Du siehst phantastisch aus -«
»Quatsch«, sagte Isabel.
»Doch, das tust du wirklich. Du hast etwas an dir - weißt du, was mein Vater gesagt hat, als er dich zum erstenmal sah?«
Isabel schüttelte den Kopf.
»Er sagte, du siehst aus wie ein Bild von Botticelli.«
»So ein Unsinn -«
»Aber er hat recht, du siehst wirklich so aus. Es fehlen dir nur die Blumen im Haar.«
Isabel stand abrupt auf. »Ich bin müde. Ich glaube, du hast zuviel getrunken.«
Vera nahm die Weinflasche, die zwischen ihnen auf dem Boden stand, und schenkte sich noch ein Glas ein. »Ich will dir doch nur helfen«, sagte sie. »Du kommst mit Männern nicht zurecht, und ich versuche dir klarzumachen, woran das liegt. Du bist zu hübsch, um unbeachtet zu bleiben, aber du mußt deine Voreingenommenheit ablegen. Außerdem darfst du von Männern nicht zuviel erwarten.«
»Ich erwarte gar nichts.« Isabel blieb vor der Freundin stehen. »Ich möchte nur in Ruhe gelassen werden, verstehst du? Das ist alles.«
»Dann kannst du ja gleich in ein Kloster gehen«, sagte Vera spöttisch. Sie mochte Isabel, aber es war nicht leicht mit ihr. Sie hatte Komplexe. Das lag natürlich an diesen verkorksten Familienverhältnissen. Sie, Vera, hatte die Scheidung der Eltern verkraftet, aber die Freundin . . .

»Vielleicht sollte ich es mal mit einem Psychoanalytiker versuchen«, sagte Isabel in diesem Augenblick.
Das war zuviel für Vera. Sie geriet in Rage. »Du brauchst keinen Psychoanalytiker, du brauchst einen Liebhaber!« rief sie. »Wenn du das bloß endlich einsehen würdest. Du bist noch nie richtig verrückt nach einem Mann gewesen, das brauchst du. Das braucht jede Frau.«
»Ich brauche es nicht«, erwiderte Isabel kalt.
Vera lächelte. »Du armes, ahnungsloses Kind! Als wir heute nachmittag unten auf der Piazza waren«, fuhr sie fort, »habe ich dich beobachtet. Du bist wie eine Schnecke, die dauernd die Fühler einzieht. Wenn dich ein Mann bloß ansieht -«
»Aber die sind hier auch besonders aufdringlich«, rief Isabel. »Alle gaffen einen an. Ich kann das nicht ausstehen.«
»Du gefällst ihnen eben, sei doch froh.«
Die beiden Mädchen gingen ins Haus. Vera schloß die Tür zur Terrasse, damit, wie sie sagte, keine Katzen hereinkamen.
Isabel starrte sinnend auf eine Radierung, die einen geflügelten Eros darstellte. »Manchmal beneide ich dich«, sagte sie. »Du bist so herrlich unkompliziert.«
»Und du ein schwieriges Kind«, sagte Vera gähnend. »Aber wir kriegen dich schon hin. Leg dich ins Bett und schlaf dich erst einmal aus. Wenn morgen schönes Wetter ist, gehen wir hinunter an den Strand. Alles Weitere wird sich finden.«
Isabel nagte an ihrer Unterlippe. Es sah aus, als wollte sie noch etwas sagen, doch sie schwieg.
»Na -?« machte Vera aufmunternd.
»Nichts. Es ist spät geworden. Gute Nacht.«

3

Am nächsten Morgen ging Isabel allein hinunter zum Strand. Vera hatte ihr den Weg beschrieben. Sie wollte später nachkommen, da sie noch ein Telefongespräch erwartete.

Isabel blieb immer wieder stehen, um sich die Gegend zu betrachten. Das grelle Licht blendete sie. Einen Augenblick schloß sie die Augen.

Alles hier war hell und leuchtend. Die weißen Häuser, die Steinterrassen, der blaue Himmel, die violetten Blüten der Bougainvillea, die verschwenderisch Mauern und Hauswände zierten.

Isabel war kein Kind des Südens. Ihre Augen mußten sich an diese sonnenbeglänzte Landschaft erst gewöhnen. Sie empfand das Licht fast als störend. Die Hitze lähmte sie.

Ein Schwarm von Touristen kam ihr entgegen, halbnackt, braun gebrannt, schwatzend und lachend. Sie drückte sich an eine Mauer, um sie vorbeizulassen. Ein dicker Mann in einer bunten, seidig glänzenden Badehose, einen Strohhut verwegen auf dem Kopf, rief ihr ein Scherzwort zu. Isabel antwortete nicht. Schon kam die nächste Gruppe und schob sich zwischen ihr und einem Eseltreiber vorbei, der sein Tier, beladen mit Koffern und Taschen, vor sich her trieb.

Im Weitergehen begegnete sie einer schwarz gekleideten älteren Frau, die einen Korb mit Weintrauben auf dem Kopf trug. Ihr faltiges Gesicht unter dem dunklen

Kopftuch wirkte streng und verschlossen. Für die Fremden in ihrer luftigen Aufmachung - eben trippelten zwei Mädchen im Bikini an ihr vorüber - hatte sie nur einen abweisenden Blick.
Als Isabel diese einfache Bäuerin betrachtete, ergriff sie eine unbestimmte Sehnsucht nach der Zeit, da Ischia noch eine einsame Insel war, die nur den Einheimischen gehörte. Wie schön mußte es hier gewesen sein! Sie sah der alten Frau nach, die unbeirrt mit ihrem Korb auf dem Kopf weiterschritt - ein Bild aus längst vergangenen Tagen, da es noch keinen Flugverkehr, keine Schnellboote und keinen Massentourismus gegeben hatte.
Am Eingang zu den Bädern - dem Apollon-Bad und den Aphrodite-Gärten, die miteinander konkurrierten - stauten sich die Besucher. Neben den Eingängen hatten fliegende Händler ihre Stände aufgebaut und priesen ihre Waren an: Handtaschen, Gürtel, gestickte Decken und bunt bedruckte Wickelröcke, die gleich an Ort und Stelle probiert wurden.
Isabel drückte sich an den Feilschenden vorbei und ging das kurze Stück hinunter zum Strand, in der Hoffnung, hier einen ungestörten Platz zu finden. Doch diese Hoffnung trog. Die langgestreckte Maronti-Bucht, die sich von Sant'Angelo bis nach Testaccio hinzieht, wimmelte von Menschen. Sie saßen oder lagen am Wasser, und einige hatten sich bis an den Hals im heißen Sand eingraben lassen, eine bewährte Methode, Linderung bei Gelenk- und sonstigen Beschwerden zu finden.
Isabel wanderte immer weiter den Strand entlang. Die Sonne brannte heiß, und sie spürte den stechenden Schmerz im Hinterkopf, der immer dann auftrat, wenn sie gereizt oder überanstrengt war. Ein Schwindel erfaßte sie. Sie mußte sich setzen! Aber wo, um al-

les in der Welt, fand sich hier ein schattiger Platz zum Ausruhen?
Während sie sich noch suchend umsah, fiel ihr Blick auf einen jungen Mann, der mit verschränkten Armen an einem Geländer lehnte.
Es war Mario. Er stand an der Treppe, die hinauf zu seinem kleinen Restaurant führte, und betrachtete Isabel mit einem so unverhohlenen Ausdruck des Entzückens, daß sie einen Augenblick verwirrt war. Sie wollte sich abwenden, doch da machte er ein paar Schritte auf sie zu. Er lächelte sie an, wie es seine Art war, unbefangen und strahlend.
»Signorina - buon giorno! Ein wundervoller Tag heute.«
Es fehlte nicht viel, da hätte er ihr die Hand gegeben.
Isabel wich einen Schritt zurück. Ihr Gesicht war jetzt ganz Abwehr. Sie konnte es nicht ausstehen, angesprochen zu werden.
Mario spielte sogleich den Reumütigen. Er setzte eine zerknirschte Miene auf und fragte unschuldsvoll: »Oh - habe ich Sie erschreckt?«
Sie antwortete nicht.
»Mi scusi, per favore, signorina - wenn ich mir eine Bemerkung erlauben darf. Sie vertragen die Sonne nicht.«
Er nahm sie einfach beim Arm und führte sie ein paar Schritte abseits in den Schatten eines Sonnenschirms.
»So - setzen Sie sich. Sie sehen aus, als würden Sie gleich umfallen.«
Es war ein alter Trick, mit dem er sie glatt überrumpelte.
Er lachte sie an. »Keine Sorge, ist nicht weiter schlimm. Den meisten Fremden geht es anfangs so.«
Er machte ihr klar, hier unten könne sie nicht bleiben.

Es sei zu heiß. Oben auf seiner Veranda wäre es kühler.
Sie war so verblüfft, daß sie keinen Widerstand leistete. Wortlos folgte sie ihm die paar Stufen hinauf und sank in einer Art Trance auf eine Bank im Schatten. Ihr Kopf fiel gegen die Wand. Sie fühlte sich tatsächlich elend.
Mario beobachtete sie. Sah ganz nach einem kleinen Sonnenstich aus. Jedenfalls machte sie kein Theater, das spürte er. Er betrachtete sie mit einer Mischung aus Besorgnis und starkem Interesse. Ein seltener Fang schien ihm hier ins Netz gegangen zu sein. Das war keine der hübschen, lüsternen Frauen, die am Strand herumstrichen und nach vitaler Männlichkeit Ausschau hielten. Er kannte sich aus. Sein geschärfter Blick hatte ihn selten getäuscht, wenn es darum ging, Frauen richtig einzuschätzen. Jahrelang hatte er von ihren Torheiten profitiert und war inzwischen zu der Überzeugung gelangt, man könne sich bei ihnen fast alles herausnehmen.
Diese hier war ihm vorerst ein Rätsel.
»Geht es Ihnen besser?« fragte er mit leiser Stimme.
»Danke.« Isabel wich seinem Blick aus und zupfte nervös an den Falten ihres Kleides.
»Darf ich Ihnen etwas zu trinken bringen? Vielleicht ein Glas Zitronenlimonade?«
Der natürliche Tonfall seiner Stimme versetzte Isabel in die Wirklichkeit zurück. Sie nickte, und er verschwand hinter einem Vorhang. Sie begriff, daß er zu dem Lokal gehörte, und gewann ihre Sicherheit zurück. Das alles war ganz unverfänglich. Ein Kellner oder der Wirt, der sie angesprochen hatte, weil er auf Kundenfang aus war. Sie begriff selbst nicht, warum sie einen Augenblick so fassungslos gewesen war.
Isabel sah sich um. Fünf oder sechs Tische standen auf

der kleinen Veranda, die auf Pfählen errichtet und vor der Sonne durch ein Dach aus Bastmatten geschützt war. Außer ihr befanden sich nur zwei junge Leute in der Nähe. Sie saßen in einer Ecke, spielten Schach und tranken Campari.
Isabel bemerkte, daß unter den Tischen Zigarettenkippen lagen. Auch einige leere Flaschen standen herum. Offenbar hatte an diesem Morgen hier noch niemand aufgeräumt. Sonst machte das Lokal einen ordentlichen Eindruck. Es gab weiße Tischtücher, die Blumen rings um die Veranda waren gepflegt, und die Gläser auf der Anrichte glänzten frisch poliert.
Mario kehrte zurück und unterbrach ihre Betrachtungen. Er hatte, was ihr sofort auffiel, ein frisches Hemd angezogen. Auch sein krauses Haar, das vorher nach allen Seiten abstand, hatte er glatt gebürstet. Auf einem Tablett brachte er zwei Gläser mit, Zitronensaft und eine Flasche Mineralwasser. Unaufgefordert nahm er neben ihr Platz.
»Pina ist nicht gekommen«, bemerkte er mit einer bedauernden Geste. »Ich bin ganz allein.«
Eine Weile saßen sie stumm nebeneinander. Isabel trank ihre Limonade und fühlte sich durch die Blicke Marios, die unablässig auf ihr ruhten, irritiert. Was dachte sich dieser Mensch, sie so anzustarren? Bemerkte er nicht, wie lästig ihr das war? Sie würde ihr Glas leeren, bezahlen und weggehen.
Aber dann begann Mario plötzlich zu sprechen. Und der Klang seiner Stimme, die dunkel und einschmeichelnd war, verfehlte nicht seine Wirkung. Sie vergaß, daß sie fortgehen wollte, blieb sitzen und hörte ihm zu. Er erzählte von seiner Kindheit in Napoli. Von seinem Vater, der in der Altstadt eine Pizzeria hatte und bei einer Messerstecherei mit einem betrunkenen Gast ums Leben gekommen war.

»Mamma blieb mit fünf Kindern zurück«, sagte Mario. »Ich war der Jüngste. Die anderen waren schon fast erwachsen, als es passierte.« Seine Mutter sei dann zurück auf die Insel gegangen, wo sie geboren war, und hätte ihn mitgenommen. Die Brüder seien in Napoli geblieben und hätten die Pizzeria weitergeführt. Zwei davon seien bereits verheiratet und hätten Kinder. Die einzige Schwester sei mit einem Handwerker verlobt. »Ein braves Mädchen«, fügte er stolz hinzu. »Una bella brava.«
Isabel lächelte. Mit den Geschichten über seine Familie hatte Mario eine Beziehung zu ihr hergestellt. Sie fand ihn sympathisch. Es ging eine ungewöhnliche Herzlichkeit von ihm aus, der sie sich nicht entziehen konnte.
Als Mario schließlich wissen wollte, woher sie käme und wie lange sie bliebe, gab sie bereitwillig Auskunft. Sie, die sonst Fremden gegenüber so zurückhaltend war, taute mehr und mehr auf.
Jedenfalls bis zu dem Moment, da Vera auftauchte.
Vera hatte Isabel bereits seit längerer Zeit gesucht, ehe sie sie hier bei Mario entdeckte. Sie kam die Treppe herauf, blieb einen Augenblick stehen und betrachtete das Bild, das sich ihr bot - die beiden jungen Leute, die die Köpfe zusammensteckten und eifrig miteinander redeten -, mit einem kleinen überraschten Lächeln.
»Na, so was«, sagte sie. »Hier also steckst du. Ich habe dich schon überall gesucht. Was machst du denn hier?«
Sie gab Mario, den sie seit Jahren kannte, die Hand, zog sich einen Stuhl heran und setzte sich. Isabel erwiderte ihr Lächeln, aber Vera sah, daß dieses Lächeln verkrampft und unnatürlich war: das Lächeln einer Frau, die sich ertappt sah.

»Mario«, sagte sie, sich sogleich an den Neapolitaner wendend. »Come sta la tua famiglia? Alles gesund? Tutto a posto?«
»Si, grazie«, bedankte sich Mario mit seinem breiten, strahlenden Lächeln.
Vera stellte noch ein paar Fragen nach seiner Mutter, und Mario lachte und antwortete lebhaft, während Isabel unbehaglich auf ihrem Platz hin und her rutschte und sich überflüssig vorkam. Dann tauchten neue Gäste auf, und Mario ließ die beiden allein.
Vera wandte sich an die Freundin und fragte: »Ist er nicht charmant?«
Isabel warf ihr einen raschen, mißtrauischen Blick zu. »Er hat mich einfach angesprochen.«
Vera lachte. »Das tut er immer. Das ist so seine Art, wenn ihm eine Frau gefällt.«
Sie saßen eine Weile da. Isabel, immer noch verlegen, sagte schließlich: »Ich hatte so etwas wie einen Sonnenstich. Er meinte, ich sollte mich hinsetzen. Und dann hat er mir Gesellschaft geleistet.«
»Na, siehst du, das ist doch sehr nett von ihm.«
Mario kehrte zurück, eine Flasche und zwei Gläser in der Hand, die er ein paar Tische weiter absetzte. Er war entschlossen, Vera, die mit ihrem Vater öfter zu ihm kam und die er gut kannte, ohne je intim mit ihr gewesen zu sein, zu seiner Verbündeten zu machen. Er trat zu den Mädchen und fragte, ob er sie auf ein Glas Wein einladen dürfe.
Vera nickte. »Hast du noch den sizilianischen Corvo, den wir letztes Jahr immer getrunken haben?«
»Si, si.«
»Mir bitte keinen Wein«, sagte Isabel leicht gereizt. »Ich trinke morgens keinen Alkohol.«
Mario tauschte mit Vera einen verschmitzten Blick, dann zuckte er die Achseln und verschwand.

»Was soll das eigentlich?« fragte Isabel unwillig und sah Vera an. »Ich denke, wir wollten schwimmen gehen? Willst du dich jetzt betrinken?«
»Ich will mich nicht betrinken«, erwiderte Vera versöhnlich. »Es wäre nur unhöflich, ihm einen Korb zu geben.«
Isabel starrte Vera eine Sekunde lang finster an, dann murmelte sie: »Bitte - wenn es unbedingt sein muß.«
Sie mußten eine Weile warten, da inzwischen Pina, die kleine Serviererin, aufgetaucht war. Sie entschuldigte sich bei Mario wortreich für die Verspätung. Die lautstark geführte Unterhaltung war bis hinaus auf die Veranda zu hören.
»Man denkt immer, sie geraten sich in die Haare«, bemerkte Vera. »Dabei ist alles ganz harmlos.«
Isabel, froh über die Ablenkung, überwand ihre Verlegenheit. Sie konnte Vera jetzt wieder ansehen, ohne befürchten zu müssen, rot zu werden.
Sie begriff gar nicht, was sie eben noch an Mario so fasziniert hatte. Er war ganz einfach ein Schwätzer. Mit seinen Geschichten über seine Familie hatte er an ihr Mitgefühl appelliert, aber im Grunde ging sie das alles nichts an. Eine fremde Welt. Sie dachte nicht daran, sich von diesem schwarzlockigen Burschen einfangen zu lassen, und wenn er zehnmal Charme hatte.
Vera lachte. »Dein Gesicht müßtest du jetzt sehen!«
»Wieso?«
»Die Schnecke zieht schon wieder die Fühler ein.«
»Ach, laß mich in Ruhe«, sagte Isabel gereizt.
Während sie auf der schattigen Veranda saß und zusah, wie ein Surfer unten am Strand damit beschäftigt war, sein Brett startklar zu machen, fragte sie sich zum hundertsten Male, woran es lag, daß ihr die Ungezwungenheit im Umgang mit Männern fehlte. Vera

war da anders. Sie fand großes Vergnügen daran zu flirten, schreckte auch nicht vor einem derben Scherz zurück und geriet selbst dann nicht in Verwirrung, wenn man ihr unzweideutige Angebote machte.
Warum war sie so anders als Vera? Gehemmtheit, das war es wohl. Ein Freund an der Uni, ein Psychologiestudent, hatte einmal zu ihr gesagt: »Du bist entsetzlich verkrampft. Warum läßt du dich nicht einfach mal gehen?«
Mario kam mit dem Wein, und Isabel versuchte ein unbefangenes Gesicht zu machen. Sonne, Meer, blauer Himmel - sollte es ihr nicht doch einmal möglich sein, über ihren Schatten zu springen?
Aber als Mario sie aufforderte, wenigstens einen Schluck zu probieren, schüttelte sie den Kopf.
»Du bringst dich um einen Genuß«, sagte Vera. »Dieser Corvo schmeckt großartig. Salute, Mario!«
»Salute!« Er stieß mit Vera an.
»Das Leben ist kurz«, erklärte Mario und lächelte Isabel zu. »Man muß es - wie sagt man -?«
»Genießen«, kam ihm Vera zu Hilfe.
»Si, si, ganz recht, man muß es genießen.« Er trank einen Schluck Wein und blinzelte in die Sonne. »Mamma mia sagt immer: Leben ist harter Kampf, aber ist herrlich - fantàstico.«
»Fantàstico!« Vera lachte. Sie stieß Isabel leicht mit dem Arm an. Dieses Zusammentreffen mit Mario war wirklich zu komisch. Sie wußte so viel von ihm. Sie hätte der Freundin Geschichten erzählen können . . .
»Mario - was gibt es Neues in Angelo?« fragte sie. »Du weißt doch immer alles.«
Er zuckte die Achseln und schwieg. Lächelnd betrachtete er Isabel über den Rand des Glases hinweg.
»He!« machte Vera. »Ich habe dich etwas gefragt.«
»Ich weiß nichts«, erwiderte er, ohne den Blick von

seinem Gegenüber abzuwenden. Sein Lächeln vertiefte sich.
Isabel wurde rot und sah zur Seite. Vera schüttelte unmerklich den Kopf.
Mario aber sagte in verwundertem Ton: »Sind Sie immer so ernst, Signorina?«
»Laß sie in Ruhe, Mario«, mischte sich Vera ein. Sie hielt ihm ihr leeres Glas hin. »Gib mir noch was zu trinken, ich habe Durst.«
Er entkorkte die Flasche, schenkte ein und reichte Vera das Glas über den Tisch. Dabei warf er ihr einen fragenden Blick zu: Was ist los mit dem Mädchen? Ich werde nicht schlau aus ihr.
Vera zuckte die Achseln und deutete damit an, ihr ginge es genauso.
»Ich fürchte, Ihre Freundin findet mich aufdringlich«, sagte Mario schließlich.
Kühl blickte Isabel auf. »Durchaus nicht.«
»Dann machen Sie doch nicht so ein böses Gesicht«, scherzte er. »Ich bekomme ja Angst. Wir hier im Süden lachen gern - wir sind gerne allegro, verstehen Sie?«
»Ja, ja, ihr habt ein beneidenswertes Naturell, ihr Neapolitaner«, fiel Vera ein. »Ihr seid vergnügt, selbst wenn ihr Sorgen habt.«
»Warum nicht?« fragte Mario. »Nichts wird besser, wenn wir machen so -« Er verzog das Gesicht zu einer traurigen Grimasse. »Mamma sagt immer, Lachen ist beste Medizin. Ist gut für Seele.« Mario war jetzt in Fahrt. Seine Augen funkelten vergnügt. Er begann zu reden, und die beiden Mädchen hörten zu.
Die meisten Geschichten, die Mario erzählte, handelten von Frauen. Seit die Fremden auf die Insel kamen, hatte er viele kennengelernt. Hübsche und weniger hübsche. Junge und ältere. Ledige und Verheiratete.

Da waren die beiden Sekretärinnen aus Frankfurt, die jedes Jahr wieder hierherkamen und sich darüber beklagten, daß die Fischer nicht mehr so jung und unternehmungslustig wären wie früher. Und da war die enttäuschte Matrone aus Münster, die unter der südlichen Sonne plötzlich aufblühte und sich mit einem Eseltreiber einließ, den sie zum Dank für seine Dienste mit einem nagelneuen Mercedes belohnte. Und dann die attraktive Blondine aus Hannover, die zwar verlobt, aber jederzeit zu einem kleinen Seitensprung bereit war . . .

Mario lachte und redete und fuchtelte dabei mit den Armen. Es war alles ein großer Spaß für ihn.

»Weißt du, was ich nicht verstehe?« fragte Vera und betrachtete ihn ein wenig herausfordernd.

»Nun?«

Mario lächelte gewinnend, Isabel dabei aus den Augenwinkeln beobachtend.

»Daß es euch Männern nicht langweilig wird, wenn euch die Frauen so nachlaufen.«

»Amore wird nie langweilig«, erwiderte Mario mit Nachdruck. »Amore ist schönste Sache von ganze Welt.«

Isabel hielt den Blick geflissentlich gesenkt. Was sollte man von so einem Menschen denken! Nichts als Bettgeschichten im Kopf und obendrein noch eingebildet. Hielt sich für unwiderstehlich, bloß weil er gut aussah und nicht auf den Mund gefallen war. Wie primitiv - ach, wie primitiv!

»Nun, signorina, was meinen Sie?« Mario beugte sich vor und sah sie an. »Habe ich recht?«

»Das kann ich nicht beurteilen«, erwiderte sie steif. »Mich dürfen Sie so etwas nicht fragen.«

»Nein?« Vor Überraschung öffnete er den Mund. Er fragte sich, was zum Teufel ihre ablehnende Haltung bedeuten sollte. Hatte er sie gekränkt? »Aber ich verstehe nicht -«

Vera stand auf. »Du mußt auch nicht alles verstehen, Mario«, sagte sie schnell. »Wir müssen jetzt gehen. Wir sind schon viel zu lange geblieben. Deine Gäste werden ungeduldig.«

Sie gab ihm die Hand. »Danke für den Wein. Wir kommen mal wieder vorbei. Grüß deine Mutter, wenn du sie siehst.«

»Grazie!« Mario nickte und fuhr leise, nur für Vera verständlich, auf italienisch fort: »Was ist los? Warum müßt ihr plötzlich weglaufen?«

»Denk mal scharf nach«, gab Vera ebenso leise zurück.

Sie klopfte ihm auf die Schulter und wandte sich zum Gehen.

Isabel nickte Mario zu. »Auf Wiedersehen! Danke für die Bewirtung.«

Er bekam einen roten Kopf. Jählings griff er nach ihrer Hand. »Werden Sie wiederkommen, signorina?« fragte er eindringlich.

»Ich weiß nicht«, erwiderte sie und machte sich von ihm los. »Vielleicht.«

Sie nickte kühl und ging davon. Er sah ihr mit einem merkwürdigen Ausdruck nach.

»Ein eingebildeter Bursche, dieser Mario«, sagte Isabel.

»Findest du?« Vera sah sie von der Seite an.

Die Freundinnen saßen vor der ›Tavernetta‹ und tranken Espresso. Es war sieben Uhr abends. Die Piazza begann sich zu leeren, der letzte Giro hatte bereits vor längerer Zeit den kleinen Hafen verlassen.

»Er bildet sich ein, jede Frau würde sofort mit ihm schlafen.«

»Die meisten tun es auch«, erwiderte Vera trocken.
»Schlimm genug.«
Vera lachte. »Er soll ein fabelhafter Liebhaber sein.«
»Woher weißt du das?« Isabel hielt einen Augenblick den Atem an.
Vera trank einen Schluck und verscheuchte eine Wespe, die sich auf ihren Kuchen gesetzt hatte.
»So etwas weiß man«, erwiderte sie. »Es spricht sich herum.«
»Ach«, sagte Isabel.
»Ich hab's nicht etwa selbst ausprobiert«, redete Vera weiter. »Das kann ich mir nicht leisten. Papa hat hier ein Haus. Es würde ihm nicht passen, wenn ich mit einem der Inselbewohner etwas anfange. Er sagt, das überlassen wir besser den Touristen.«
Eine längere Pause entstand. Isabel bewegte unbehaglich die Schultern.
»Würde er dir gefallen?« fragte sie gegen ihren Willen.
»Mario? Aber ja. Er ist ein sehr netter Mensch. Ich habe ihn gern. Und du mußt zugeben, er hat wirklich außergewöhnlichen Charme.«
Isabel schwieg.
»Willst du noch mehr über ihn wissen?« fragte Vera neckend.
»Wozu? Er interessiert mich nicht.« Das klang wenig überzeugend.
»Mag sein, aber ich erzähl's dir trotzdem.« Vera sah sie plötzlich ernst an. »Als Frau darfst du ihm nicht trauen, so reizend er ist. Liebe - das ist für ihn nur ein Spiel. Jedenfalls die Liebe mit Ausländerinnen. Irgendwann wird er heiraten, das hat er mir selbst gesagt. Ein braves neapolitanisches Mädchen, das garantiert noch Jungfrau ist. Er wird viele Kinder mit ihr haben, und möglicherweise wird er ihr sogar treu sein. - Obwohl

ich mir das bei ihm nicht vorstellen kann«, setzte sie hinzu.
Isabel richtete sich auf. In ihr sanftes Botticelli-Gesicht trat ein entschlossener Zug.
»Da siehst du, wie eingebildet er ist«, sagte sie heftig. »Er hält sich für einen fabelhaften Mann, aber die Frauen werden von ihm nur ausgenutzt. Mit den Fremden amüsiert er sich, und die eigene braucht er nur zur Aufzucht seiner Brut. Reiner Egoismus. So einem Mann müßte man einmal eine Lehre erteilen.«
»Was hast du vor?« fragte Vera belustigt. »Willst du ihn in dich verliebt machen und ihn dann abblitzen lassen?«
»Das hätte er verdient - eitel, wie er ist.«
Vera lachte. »Stell dir das nicht so einfach vor. Ich glaube, du unterschätzt ihn. Mario ist nicht dumm. Bei so einem Spiel würdest du den kürzern ziehn.«
»Was heißt das?« brauste Isabel auf. »Du denkst doch nicht etwa, ich könnte mich in ihn verlieben?«
Vera blickte sie einen Augenblick an. Dann sagte sie ruhig: »Doch, meine Liebe, genau das denke ich.«

4

Als Barbara Lohr erwachte, war es später Nachmittag. Durch die Ritzen der geschlossenen Fensterläden drang das Sonnenlicht. Sie hörte Stimmen aus dem Garten. Gleich darauf das Geräusch eines Körpers, der ins Wasser plumpste.

Schlecht gesprungen, konstatierte Barbara. Und sie stellte sich vor, daß es der fette Mailänder war, der ihr im Speisesaal gegenübersaß und bereits einige vergebliche Annäherungsversuche gemacht hatte.

Ach, es war angenehm, so im Bett vor sich hin zu dösen und keine Verpflichtungen zu haben! Gearbeitet hatte sie genug in letzter Zeit. Jetzt genoß sie die wohlverdiente Ruhe.

Nach einer Weile stand sie auf und besah sich in dem länglichen Spiegel, der dem Bett gegenüber angebracht war.

Barbara Lohr war nackt. Gesicht, Hals, Schultern und Brüste waren gleichmäßig gebräunt, und sie fand, sie bot einen erfreulichen Anblick. Sie musterte aufmerksam die gefährliche Partie um Nase und Mund, die mehr über den Lebenswandel einer Frau verrät, als den meisten lieb ist. Doch was sie sah, war durchaus zufriedenstellend. Keine scharfen Falten, kein bitterer Zug, nicht die Spur von Müdigkeit oder Resignation.

Barbara war eine glückliche Frau. Sie war glücklich, weil sie es darauf anlegte und weil das Schicksal sie mit einigen Eigenschaften ausgestattet hatte, die ihr dieses Vorhaben erleichterten. Sie sah gut aus, war kontaktfreudig, besaß ein enormes Selbstbewußtsein und darüber hinaus einige Talente, die sie befähigten, auf relativ angenehme Weise ihren Lebensunterhalt zu verdienen. Barbara war Modezeichnerin. Sie entwarf Modelle für zwei Modehäuser in München und Zürich, arbeitete freiberuflich und war in den letzten fünf Jahren so erfolgreich gewesen, daß sie sich all das leisten konnte, was nach ihren Vorstellungen dazu gehörte, ein glückliches Leben zu führen. Sie war dreiunddreißig Jahre alt, also noch recht jung für eine Frau, die bereits Karriere gemacht hatte. Sie arbeitete fleißig und diszipliniert, wenn auch ohne sichtbare Anstrengung, und behielt genügend Schwung und Energie übrig, um sich denjenigen Interessen zu widmen, die neben ihrer Arbeit den Hauptinhalt ihres Lebens bildeten: Reisen und Männer. Und zwar genau in dieser Reihenfolge.

Es verstand sich von selbst, daß sie es ablehnte, zu heiraten und Kinder zu bekommen, da sie einen derartigen Entschluß als hemmend für die von ihr bevorzugte Lebensweise empfunden hätte. Sie war von keinem Menschen abhängig, nicht einmal von ihrem Arbeitgeber. Sie war zu einfallsreich, zu tüchtig und zu selbstbewußt, um nicht sofort wieder einen neuen Job zu bekommen.

Barbara war mit dem, was sie im Spiegel sah, zufrieden und dachte über die nächsten Schritte in ihrem Leben nach, in der gelassenen Haltung einer Frau, welche weiß, daß sie alle Probleme, die auftauchen sollten, wird lösen können. Noch drei oder vier Jahre würde sie für ihre beiden Auftraggeber arbeiten, dann hatte sie genügend Geld beisammen, um sich selbständig zu machen. Als ständigen Wohnsitz würde sie Paris oder Rom wählen und dort ihr eigenes kleines Imperium gründen, wie es ihr großes Vorbild, Coco Chanel, getan hatte. Ah, es würde ein herrliches Leben werden! Sie würde frei schalten und walten können, würde den Frauen, diesen unwissenden, abhängigen Geschöpfen (denn das waren sie immer noch bei aller Emanzipation und bei allem Feministinnengehabe), ihren Willen aufzwingen und eine neue Modelinie schaffen, die ganz ihren eigenen Vorstellungen entsprach. Sie dachte nicht daran, sich in ihrem Aufstieg etwa durch einen Mann hemmen zu lassen, der dann doch nur darauf aus war, ihr Vorschriften zu machen, und das fiel ihr nicht einmal schwer, da sie zwar leidenschaftlich war, sich aber viel zu sehr unter Kontrolle hatte, um Dummheiten zu begehen.

Vor zwei Tagen hatte sie den Brief eines Freundes erhalten, Peter Reimers. Reimers war einziger Sohn und Erbe eines Chemiekonzerns, der sich zu 50 Prozent in Familienbesitz befand. Sie kannte ihn seit einigen Jahren als liebenswürdigen Mann mit tadellosen Umgangsformen, der nur einen großen Fehler hatte: Er befand sich in einem totalen Abhängigkeitsverhältnis von seiner Mutter. Der Brief des jungen Mannes, der bereits seit längerer Zeit in Barbara verliebt war, enthielt die Bitte, sie auf Ischia besuchen zu dürfen. Er war voll von versteckten Anspielungen, die alle darauf hinzielten, daß es sein sehnlichster Wunsch sei, Barbara zu heiraten, daß er aber nicht den Mut habe, dies offen auszusprechen.

Barbara dachte nicht einen Augenblick daran, diesen Antrag, der mit Sicherheit gestellt werden würde, anzunehmen. Da sie sich aber während ihrer vierwöchigen Kur auf Ischia, die sie auf Anraten eines Arztes gerade angetreten hatte, zu langweilen fürchtete (in ihrem Hotel in Lacco Ameno hatte sie noch nicht einen einzigen passablen Mann zu Gesicht bekommen), be-

schloß sie, Reimers zu telegrafieren, er möge kommen. Es war natürlich eine Gemeinheit, dem armen Jungen Hoffnungen zu machen, aber sie war bereit, ihn für seinen Besuch zu entschädigen.
Sie lächelte ihrem Spiegelbild zu. Es war so einfach für eine Frau, einen Mann glücklich zu machen. Für eine Frau wie sie, die ungebunden und vorurteilslos war. Ein bißchen Zärtlichkeit, ein bißchen Wärme, ein bißchen - wenn auch gespielte - Leidenschaft, und schon würde sich dieser kleine Reimers, der zwar viel Geld, aber mindestens ebenso viele Komplexe hatte, einbilden, er sei ein großartiger Kerl. Möglicherweise würde er sogar den Mut haben, seiner Mutter, die ihn auf unerträgliche Weise gängelte, Paroli zu bieten. Das wäre ein Hauptspaß, für den es sich lohnen würde, sich wirklich Mühe mit dem armen Jungen zu geben.
Sie war jetzt in ausgezeichneter Laune, die hübsche, erfolgreiche Barbara, wie immer, wenn sie einen Entschluß gefaßt hatte. Sie zog sich an, ging hinunter in die Rezeption und gab ein Telegramm auf. Wenn die Post nicht streikte oder die alte Frau Reimers Schwierigkeiten machte, konnte Peter in zwei Tagen hier sein.

5

Ein sonniger, wolkenloser Tag reihte sich an den anderen. Vera und Isabel standen jeden Morgen zeitig auf. Sie frühstückten auf der Terrasse und gingen dann hinunter an den Strand, um erst gegen Abend, nach einem Eis beim ›Pescatore‹ oder einem Drink vor der ›Tavernetta‹, wieder nach Hause zu kommen. Isabel, anfangs zerschlagen von der Hitze, begann sich an das Klima zu gewöhnen. Sie badete jetzt auch im Meer, fand Vergnügen daran zu schwimmen und wagte sich oft so weit hinaus, daß Vera unruhig wurde.

Sie lagen nebeneinander im Sand. Isabel verschränkte die Arme hinter dem Kopf und blinzelte in den Himmel.

»Schön ist es hier«, murmelte sie. »Einfach wundervoll. O Gott, was für ein Leben! Am liebsten würde ich nie wieder von hier weggehen.«

»Kindskopf«, sagte Vera. »Immer mußt du übertreiben. Was meinst du, wie unangenehm es hier im Winter sein kann. Mein Vater war einmal im Februar hier. Er sagt, es wäre trostlos gewesen.«

Isabel schwieg. Sie nahm eine Handvoll Sand und ließ ihn langsam durch die Finger rinnen.

Zu Hause war es auch oft trostlos, dachte sie. Und nicht nur im Winter. Ich habe es bloß nicht bemerkt.

Sie, die bisher mit ihrem Leben ganz zufrieden gewesen war und sich den Wünschen der Mutter gefügt hatte, begriff plötzlich, daß diese ihr etwas vorenthal-

ten hatte, was für andere Mädchen ihres Alters ganz selbstverständlich war. Zum erstenmal lernte sie hier auf Ischia den Reiz der Unabhängigkeit kennen, den Genuß des Sich-gehen-Lassens. Ihre Freundin Vera besaß einen untrüglichen Instinkt, nicht zur Unzeit Fragen zu stellen. Das machte sie Isabel, die jahrelang von ihrer Mutter gegängelt worden war, so sympathisch.
In diesen wenigen Tagen unter südlicher Sonne war eine Wandlung mit Isabel vor sich gegangen, die sie selbst mit Staunen erfüllte. Sie blühte auf. Nicht nur ihre Haut nahm eine leuchtende, goldbraune Farbe an, auch ihr ganzes Wesen strahlte von innen heraus. Sie war weicher als sonst, entgegenkommender und - nachlässiger.
Da war Mario, dieser dunkeläugige Neapolitaner, der ihr den Hof machte. Sie hatte sich vorgenommen, ihn zu reizen und ihm dann eine kalte Abfuhr zu erteilen. Aber vor zwei Tagen waren sie sich nachmittags zufällig auf der Piazza begegnet - Vera war bereits nach Hause gegangen, um vor dem Abendessen noch einen Brief zu schreiben -, und seitdem war in ihr eine einzige große Hoffnung, die sie vor der Freundin nur mühsam verbarg.
Was war geschehen? Mario hatte sie in seinem Boot mitgenommen, um ihr die Grotten zu zeigen. Sie hatte ganz still neben ihm gesessen und den Kopf eingezogen, obwohl das gar nicht nötig war, denn der Spalt der Grotte war hoch genug. Und dann waren sie an den Felswänden entlanggeglitten, und Mario hatte sie auf die Seeigel aufmerksam gemacht und auf die Salzkristalle, in denen sich das Licht brach, das durch den Eingang der Grotte hereinfiel. Dann hatte er plötzlich nach ihrer Hand gegriffen und sie festgehalten ...
»La bella Isabel«, sagte er.

Und dann begann er so schnell zu reden, daß sie kaum ein Wort verstehen konnte. Es lief alles darauf hinaus, wie schön sie sei, wie verliebt er wäre - come confuso. »Isabel - mia bellissima!« Noch nie, er schwöre es bei der Madonna, habe er ein schöneres Mädchen gesehen.

Er fiel vor ihr auf die Knie. Das Boot begann zu schwanken. Sie schrie auf.

Da umschlang er sie plötzlich und küßte sie. Anfangs wehrte sie sich, doch er ließ sie nicht los. Hielt sie einfach fest, bis sie nachgab und sich ihre Lippen auftaten.

Das war vor zwei Tagen gewesen. Seitdem hatte sie Mario nicht wiedergesehen. Sie weigerte sich, in sein Lokal zu gehen, und Vera stellte keine Fragen, obwohl sie ahnte, daß da etwas vorgefallen sein mußte, denn Isabel sah oft aus, als träume sie mit offenen Augen.

Ein Kuß, dachte sie, während sie immer noch den Sand durch ihre Finger rinnen ließ. Für Mario hatte er sicher keine Bedeutung. Die italienischen Männer sind heißblütig. Jedenfalls behauptete das ihre Mutter, obwohl sie nie in ihrem Leben einem begegnet war. Sie küßten eine Frau und hatten sie am anderen Tag vergessen. Doch bei ihr hatte der Augenblick im Boot etwas ausgelöst, ein Gefühl von Panik. Sie war völlig durcheinander. Sie wünschte sehnlichst, ihn wiederzusehen, im nächsten Moment hätte sie am liebsten die Flucht ergriffen.

All die verliebten, zärtlichen Worte, die Mario zu ihr gesagt hatte, waren wie ein Gift, das langsam in ihr fortwirkte.

Es war alles so neu für sie, so aufregend. Die jungen Männer, mit denen sie bisher in Berührung gekommen war, waren viel zu phantasielos, um sich so hübsche Dinge auszudenken, wie sie sie von Mario zu hören bekommen hatte. Und überhaupt waren diese Männer, diese jungen, eifrigen Intellektuellen, alle viel zu sehr mit ihrem Studium und sich selbst beschäftigt, um sich auf eine Frau einzustellen. Sie waren entweder unsicher oder plump oder beides zusammen.

Und nun also Mario. Was erwartete sie von ihm? Sie wußte es selbst nicht. Sie spürte nur die Unruhe in sich, ein unbestimmtes Verlangen und - Neugierde. Noch wehrte sie sich dagegen, aus Angst, sich in ein Spiel einzulassen, das für sie verhängnisvoll werden konnte. Wenn sie sich nun wirklich in ihn verliebte? In diesen jungen unbeschwerten Neapolitaner, der die Wünsche der Frauen kannte und sie ausnutzte, um sich dann lachend aus dem Staub zu machen?

Wenn sie sicher wäre, daß sie trotz allem die Stärkere blieb - daß sie die Kraft besaß, ihn wegzuschicken ... Ach nein, es war besser, ihn nicht wiederzusehen und jeder möglichen Gefahr aus dem Weg zu gehen!

»Sieh mal, wer da kommt«, sagte Vera in ihre Überlegungen hinein.

Isabel setzte sich auf. Sie sah Mario auf sich zukommen und spürte eine Gänsehaut trotz der glühenden Hitze. Er ging langsam am Wasser entlang, nur mit einer ausgeblichenen Leinenhose bekleidet, den Oberkörper nackt, das schwarze Haar naß und gelockt. Er sah unverschämt jung und gesund und strahlend aus. Und alle Frauen am Strand blickten ihm nach. Der einen oder anderen winkte er zu, und bei der kleinen Fruttaverkäuferin, die ihren Korb voll Trauben auf dem Kopf trug, blieb er stehen und sprach ein paar Worte mit ihr. Sie lachte ihn mit blitzenden Zähnen an, und Isabel dachte, daß diese dunkle Schöne viel besser zu ihm paßte als die Frauen aus dem Norden. Und sie spürte Eifersucht.

Sie ließ sich in den Sand zurückfallen, wütend über sich selbst. Kein Wort wird sie mit ihm sprechen, nicht ein einziges Wort! Dieser Kerl sollte sich bloß nicht einbilden ...

»Ah, mia bella signorina -« Er hatte sich lautlos genähert und kauerte nun neben ihr; er hockte auf seinen Füßen und berührte mit der linken Hand ganz leicht ihren Arm.

»Hallo«, murmelte sie, ohne ihre Haltung zu verändern. Unmerklich zog sie ihren Arm zurück.

»Mario - nett, daß du uns besuchen kommst -« Das war Vera. »Was ist mit dem Wetter los? Ich habe Kopfschmerzen. Gibt es sciròcco?«

»No, no, keinen sciròcco. Tempo bello. Morgen ist San Michele. Tempo bellissimo, wie jedes Jahr. Wir werden auf der Piazza tanzen.«

Isabel lag still, mit geschlossenen Augen, während sich die beiden über ihren Kopf hinweg unterhielten. Mario versprach einen Tisch zu bestellen beim ›Pescatore‹. Er würde sich erlauben, die Damen zum Essen einzuladen. Dottore Lorenz hätte auch versprochen zu kommen.

Es kostete Isabel große Anstrengung, nicht die Augen zu öffnen. Sie sah sein Gesicht vor sich, dieses glatte braungebrannte Gesicht mit der etwas zu niedrigen Stirn und der gewölbten Oberlippe. Er hatte sie geküßt! Seine Hände hatten ihren Rücken gestreichelt, und wenn sie sich nicht so beherrscht hätte, wer weiß, was sonst noch alles geschehen wäre ...

»Schläfst du eigentlich, Isabel?« fragte Vera.

»Nein.«

»Warum sagst du kein Wort? Du hast Mario noch gar nicht begrüßt. Sieh mal, er hat dir etwas mitgebracht.«

Zögernd schlug sie die Augen auf.

Mario lächelte sie an. Er hielt ihr eine Handvoll Weintrauben hin. »Probieren Sie! Sie sind süß.«
Vera stand auf und streckte sich. Sie knotete ihr Kopftuch fester und band die Enden oben zusammen, daß es wie ein Turban aussah. »Laßt euch nicht stören«, sagte sie. »Mir ist heiß. Ich gehe ins Wasser.«
Sie lief davon. Mario und Isabel blieben allein.
»Cara!« Er beugte sich blitzschnell über sie. Seine Fingerspitzen berührten ihre Schulter. »Warum bist du nicht gekommen? Ich hatte Sehnsucht nach dir.«
»Lassen Sie mich in Ruhe«, sagte sie unfreundlich.
»Aber, mia bella!« Er spielte den Überraschten. »Was ist passiert? Bist du mir böse?«
Sie schüttelte den Kopf. »Nein. Ich will nur in Ruhe gelassen werden.«
Er begann zu lachen. Liebkosend strich er ihr mit den Fingern das Haar aus der Stirn und sagte: »Nein, cara, das willst du nicht. Ich kenne dich besser.«
Ein Zittern überlief sie, sie konnte es nicht verbergen.
»Siehst du«, sagte er. »Ich habe es gewußt. Nein - sag nichts, sei still! Hör mich an.«
Er beugte sich noch tiefer über sie, und sie erschrak vor der Glut in seinen Augen. »Du brauchst keine Angst zu haben, cara, ich tue dir nichts, ich will dich nur ansehen. Siehst du - jetzt lächelst du. Warum warst du eben so böse? Versprich mir, daß du morgen abend kommst. Ich will dich sehen, ich will mit dir tanzen. Versprich es mir«, wiederholte er drängend.
»Vielleicht«, sagte sie zögernd.
»Nicht vielleicht. Bestimmt. Versprich es mir! Du mußt es mir versprechen.« Er nahm ihre Hand und drückte sie mit unerwarteter Heftigkeit.
»Du tust mir weh.«
»Verzeih!« Er ließ ihre Hand los. »Bitte, sag, daß du mir

nicht böse bist, sag, daß du kommen wirst.« Seine Stimme klang so flehentlich, daß sie weich wurde.
»Also gut - ich werde kommen.«
»Cara!« Wieder nahm er ihre Hand und legte sein Gesicht hinein. Dann sprang er plötzlich auf und sagte, er müsse gehen, er könne das Lokal nicht so lange allein lassen. »Also bis morgen, cara! Ich freue mich. Addio, Isabel, presto ritorno! La Madònna ti benedica!«
Er lief in großen Sätzen davon. Einmal blieb er stehen und winkte ihr zu. Sie winkte zurück.
Vera stand plötzlich neben ihr. Sie hatte die beiden bereits eine Weile beobachtet. »Na, ist er weg?«
»Wie du siehst.«
»Was ist denn?« fragte Vera und griff nach dem Handtuch.
»Nichts. Was soll sein?«
Vera lachte. »Ich glaub dir kein Wort. Du kannst dich schlecht verstellen. Nun sag schon, hat er dir eine Liebeserklärung gemacht?«
»Unsinn.«
»Du hättest sein Gesicht sehen sollen. Er ist hingerissen von dir.«
Sie sagte das ganz beiläufig, ohne Hintergedanken, aber Isabel hörte einen Vorwurf heraus und glaubte sich verteidigen zu müssen.
»Wenn du wüßtest, wie gleichgültig mir das ist. Hör endlich auf, von ihm zu reden.«
Vera schwieg. Sie machte sich ihre Gedanken. Es war nicht zu übersehen, daß sich da etwas anspann. Mario hatte Eindruck auf die Freundin gemacht. Daß sie es so lebhaft bestritt, war ein sicheres Zeichen dafür. Zu dumm! Sie selbst hatte Isabel geraten, sich einen Liebhaber zu suchen, aber sie hatte dabei ganz gewiß nicht an Mario gedacht. Isabel war viel zu weich, viel zu gut-

mütig - auch zu unerfahren, um nicht von ihm enttäuscht zu werden.
Eine Weile schwiegen sie. Vera dachte schon, Isabel wäre eingeschlafen, doch plötzlich hörte sie sie sagen:
»Ich habe ihm versprochen, morgen abend mit auf die Piazza zu kommen, aber ich will nicht. Ich werde zu Hause bleiben.«
»Das wirst du nicht«, sagte Vera in entschiedenem Ton. »Komm ruhig mit. Es wird sehr lustig werden. Und wenn du es ihm versprochen hast -«
»Wennschon. Ich sag dir doch, er ist mir gleichgültig.«
»Du betonst es ein bißchen zu oft.«
Isabel richtete sich auf. Ihr Gesicht war plötzlich in tiefe Glut getaucht. »Laß uns jetzt bitte von etwas anderem reden«, murmelte sie mit unterdrückter Heftigkeit.
»Verzeih -« Vera berührte leicht ihren Arm. »Ich finde, es ist immer verkehrt, wenn man sich selbst etwas vormacht. Er gefällt dir, gib es zu.«
»Aber er ist gar nicht mein Typ«, erwiderte Isabel matt.
»Das besagt nichts. Ich kenne nicht eine einzige Frau, die sich in ihren Typ verliebt hätte. Außerdem -«
»Also gut, wenn du es unbedingt wissen willst - ganz gleichgültig ist er mir nicht. Aber ich schwör dir -«
»Nein, laß das!« fiel ihr Vera ins Wort. »Ich kenne auch keine einzige Frau, die ihre Schwüre hält.«
Isabel sah vor sich hin. Ihr Gesicht, das dem Meer zugewandt war, hatte etwas Abwesendes. Sie sah rührend jung aus in diesem Augenblick.
»Ich weiß nicht, was ich tun soll«, sagte sie leise.
»Hab ein bißchen Zutrauen zu dir«, entgegnete Vera fest. »Sei nicht so unsicher. Ich kann dir nicht raten,

dich auf diese Geschichte einzulassen, obwohl - wer weiß... Vielleicht ist Mario genau das, was du brauchst. Er kann reizend sein zu Frauen - wenn er will. Sie dürfen sich nur nicht ernsthaft in ihn verlieben. Wenn du mir versprechen würdest - sag mal, hörst du mir überhaupt zu?«

Isabel gab keine Antwort. Sie stand auf, lächelte Vera zu und ging davon.

Eine Weile lief sie am Strand entlang, warf sich dann ins Meer und schwamm so weit hinaus, bis nur noch ein Punkt von ihr zu sehen war.

6

Das Fest des heiligen Michael, das alljährlich im September in Angelo gefeiert wird, war in vollem Gange. Auf der Piazza drängten sich die Menschen. Alles lauschte den Sängern, die aus Neapel gekommen waren und ihre Arien in die mondhelle Nacht schmetterten.

Isabel saß neben Mario in einer der beiden Nischen vor dem ›Pescatore‹. Sie war wie benommen von all dem Lärm und Trubel: das Gewimmel um die Buden, das Geschrei der Verkäufer, das Knallen der Luftballons, die Musik, die durch einen Lautsprecher dröhnte, der Applaus, das Kreischen der Kinder, die sich mit Konfetti bewarfen.

Die Menge sang jetzt mit, auch Mario, auch Dr. Lorenz. Sie klatschten im Rhythmus der Musik in die Hände, und Vera, die sich keinen Text merken konnte, begleitete den Einzugsmarsch von ›Aida‹ mit »La-la-la-la . . .«

Isabel hielt sich die Ohren zu.

»Sie müssen mitsingen«, sagte Lorenz. »Immer noch ein bißchen lauter als die anderen, dann erträgt man es am besten.«

Als Isabel mit Vera auf der Piazza erschienen war, wurden sie von Mario und dem Dottore bereits erwartet.

Bernhard Lorenz war von Isabel entzückt. Sie trug ein hellblaues Baumwollkleid mit weiten, bauschigen Är-

meln. Das Haar fiel offen über ihre Schultern und wurde von einem Stirnband zusammengehalten.
»Was für ein bezauberndes Geschöpf«, flüsterte Lorenz seinem jungen Freund zu. »Ich habe seit Jahren kein schöneres Mädchen gesehen.«
Mario lachte.
»Ich auch nicht.«
Isabel fühlte sich sofort zu dem weißhaarigen Hotelbesitzer hingezogen; ihr Gruß war herzlicher als sonst.
»Ich freue mich, Sie kennenzulernen.«
»Ich freue mich auch.«
In den ersten Minuten redete sie nur mit ihm. Mario, der an ihrer linken Seite saß, kam sich vernachlässigt vor. Er wandte sich Vera zu, doch aus den Augenwinklen beobachtete er Isabel und bemerkte überrascht, wie lebhaft und unbefangen sie mit Lorenz sprach. Ihm, Mario, gegenüber wirkte sie immer ein wenig verkrampft.
Das Gespräch wurde dann allgemein und drehte sich zunächst um das Fest, um Sitten und Gebräuche, die damit verbunden waren und die - allen modernen Tendenzen zum Trotz - auch heute immer noch eingehalten wurden.
»Die Italiener lieben ihre Schutzheiligen«, sagte Lorenz. »Und sie glauben daran, daß sie Wunder vollbringen. Nehmen Sie San Gennaro, den Schutzheiligen von Neapel -«
Und Bernhard Lorenz begann von den Tagen des Wunders zu erzählen, die sich alljährlich wiederholen und an denen der Abt im Dom von Neapel den Gläubigen die Reliquie zeigt, die in einer Ampulle das geronnene Blut des Heiligen enthält. An den Tagen des Wunders beginnt dieses Blut flüssig zu werden und zu brodeln. Das Volk in der Kirche klatscht Beifall, und das Tedeum wird angestimmt.

»Das Wunder wiederholt sich dreimal im Jahr«, sagte Lorenz. »Und es ist eine großartige Sache.«
Isabel war tief beeindruckt. Sie wollte noch mehr darüber wissen, doch in diesem Moment begann die Prozession, und eine Unterhaltung war nicht mehr möglich.

Später, nachdem sie gegessen hatten, wollte sie das Thema noch einmal anschneiden, doch inzwischen war der Lärm auf der Piazza so groß geworden, daß an ein ernsthaftes Gespräch nicht mehr zu denken war. Jetzt konnte man sich nur noch zuprosten und dummes Zeug reden und Bemerkungen über die Vorübergehenden austauschen.
»Seht mal, diese gutaussehende Frau dort drüben«, sagte Vera und deutete mit dem Kopf zu einem Paar, das untergehakt vor dem Podest stand und einem Sänger applaudierte, der eben eine Arie beendet hatte. Es waren Barbara Lohr und Peter Reimers, die von Lacco Ameno herübergekommen waren, um sich das Fest anzusehen.
Mario und Isabel blickten in die angegebene Richtung. Auch Lorenz drehte sich halb um. »Aber die kenne ich doch«, rief er aus. »Das ist Frau Lohr aus Zürich. Ich habe sie während eines Besuches dort bei Bekannten kennengelernt.«
Er stand auf und schob sich ein wenig umständlich aus der Bank.
»Entschuldigen Sie mich einen Moment. Ich sag nur mal eben guten Tag.«
»Sie ist wirklich sehr attraktiv«, bemerkte Isabel und sah zu der Fremden hinüber. Und in einem plötzlichen Impuls sich an Mario wendend, fragte sie ein wenig herausfordernd: »Finden Sie nicht auch?«
Mario schüttelte lächelnd den Kopf. Er sah ihr dabei

gerade in die Augen. »Nein, das finde ich nicht.« Und dann bat er Vera, sie möge weghören, und flüsterte dicht an Isabels Ohr: »Es gibt nur dich. Andere Frauen interessieren mich nicht.«

Darauf wußte sie keine Antwort. Sie griff nach ihrem Glas und trank einen großen Schluck Wein. Obwohl sie es nicht wahrhaben wollte, tat ihr die Bewunderung Marios gut. Sie spürte, daß sie ihm gefiel, aber es beunruhigte sie, daß er im Grunde ein Fremder für sie war. Ein Neapolitaner. Er entstammte einer kinderreichen Familie und sprach mit großer Zärtlichkeit von seiner Mutter. Er war charmant und liebenswürdig. Die Frauen liefen ihm nach. Er trug eine goldene Kette mit einem Anhänger um den Hals, der, wie er sagte, das Bild der Madonna enthielt. Er glaubte an Schutzheilige und an Wunder. Also konnte er kein ganz und gar unmoralischer Mensch sein, obwohl, wie er selbst zugab, sein Gewissen in vieler Hinsicht nicht rein war. Das alles war zwiespältig und reichte nicht aus, um sich ein Bild von ihm zu machen. War er zuverlässig? Sie glaubte es nicht, aber sie konnte sich natürlich irren. Hatte er eine Geliebte, die er jetzt ihretwegen vernachlässigte? Wie würde er reagieren, wenn sie sich in ihn verliebte? Sie konnte es sich nicht vorstellen.

Mario war kein Mann, der sich in die Karten blicken ließ. Er liebte es nicht, wenn Fragen an ihn gestellt wurden, die seine Beziehung zu Frauen betrafen. Da wich er sofort aus und wurde allgemein. Er wollte sich nicht festlegen.

Nach einer Weile kehrte Bernhard Lorenz an den Tisch zurück und war in aufgeräumter Stimmung. Er erzählte, diese Barbara Lohr sei eine ganz unglaubliche Person, emanzipiert und eigenwillig, aber dabei vollkommen weiblich. »Der junge Mann scheint ihr Liebhaber zu sein«, sagte er. »Ein äußerst sympathischer

Mensch, aber ich fürchte, sie wird ihn unglücklich machen.«
»Woraus schließen Sie das, Dottore?« wollte Vera wissen.
»Sie ist ihm turmhoch überlegen. Im Moment verbirgt sie das, weil es ihr gerade in den Kram paßt. Aber eines Tages wird sie es ihn merken lassen, und das wird wie eine kalte Dusche für ihn sein.«
Mario lachte. »Dann hat er es nicht besser verdient! Ein Mann darf sich nicht zum Narren halten lassen von einer Frau.«
Diese leicht hingeworfene Bemerkung traf eine wunde Stelle in Bernhard Lorenz. Ein wenig gereizt erwiderte er: »Das passiert aber immer wieder, amico. Und glaube ja nicht, gerade du wärst dagegen gefeit.«
Isabel spitzte die Ohren, doch wieder drückte sich Mario um eine klare Antwort. Er begnügte sich mit einem Achselzucken und meinte nur, bisher hätte er mit den Frauen immer Glück gehabt.
»Warte, bis du älter wirst«, sagte Lorenz trocken. »Du kannst noch gar nicht mitreden.«
Und dabei ließen sie es bewenden, denn die Kapelle setzte wieder ein. Die Sänger formierten sich im Halbrund auf der provisorischen Bühne und sangen jetzt neapolitanische Volkslieder, in die das Publikum mit einstimmte.
Mario beugte sich zu Isabel. »Wollen wir einen kleinen Spaziergang machen, bevor das Feuerwerk beginnt?«
Sie zögerte, doch er faßte einfach nach ihrer Hand. »Kommen Sie, es wird Ihnen Spaß machen. Wir sehen uns die Buden an.«
Er zog sie hoch und mischte sich mit ihr unter die Menge.

»Bringt uns einen Teddybären mit«, rief ihnen Vera nach. »Beim Schießstand kann man welche gewinnen.«
Um das Podest herum herrschte ein unbeschreibliches Gedränge. Sie kamen nur schrittweise vorwärts. Mario legte einen Arm um Isabel und bahnte ihnen mit der linken Schulter einen Weg. Einmal lächelte sie ihm zu, und er erwiderte dieses Lächeln mit einem Druck seiner Hand und einem gemurmelten: »Cara!«
Dann standen sie vor der Schießbude. »Willst du es einmal probieren?« Jetzt, da sie allein waren, duzte er sie wieder.
Er hielt ihr das Gewehr hin, doch sie schüttelte den Kopf.
Mario gab drei Schüsse ab und gewann ein rosa Gummischwein, das er Isabel überreichte. Sie machte ein etwas unglückliches Gesicht, und er schlug vor, es der kleinen Teresa zu schenken, der Tochter des Fischers Ernesto. Sie hatte einen Buckel und war gelähmt.
Teresa saß in ihrem Rollstuhl unter den Girlanden vor der ›Tavernetta‹ und nahm das Geschenk mit einem dankbaren Lächeln entgegen. Mario drückte ihr noch einen Luftballon in die Hand, den er einem Jungen abkaufte, und Teresa griff begierig danach. Ihr blasses, unkindliches Gesicht strahlte.
»Das war lieb von dir«, sagte Isabel im Weitergehen zu Mario. »Sie sah richtig glücklich aus.«
»Sie ist ein armes, kleines Ding. Die Mutter ist tot, und der Vater hat viel zuwenig Zeit, sich um sie zu kümmern. Ich besuche sie ab und zu, wenn ich in den Ort komme. Einmal habe ich sie mit nach Porto genommen. Da ist sie vor Freude ganz aus dem Häuschen gewesen.«
Sie hatten die Mole erreicht, die hinüber zum Torre führte. Der Wind schaukelte die bunten Glühbirnen,

die an den Booten angebracht waren. Über dem Berg stand der Mond.

»Wie schön«, sagte Isabel und blieb stehen. »In wenigen Tagen ist Vollmond.« Und dann, während sie Mario ansah: »Ich wußte gar nicht, daß du Kinder gern hast.«

»Natürlich habe ich sie gern. Alle Neapolitaner mögen Kinder.«

»Möchtest du selbst welche haben?«

»Sicher. Wenn ich einmal verheiratet bin. Aber das hat Zeit. Im Moment denke ich noch nicht daran.«

Sie spürte, daß ihm das Thema unangenehm war. Er lenkte ab und stellte eine belanglose Frage. Sie kam sich plump vor mit ihrer unangebrachten Neugierde.

Dann standen sie drüben unterhalb des Berges und blickten zurück auf den erleuchteten Ort mit seinen ineinander verschachtelten Häusern. Es war ein buntes, strahlendes Bild, vielleicht ein bißchen operettenhaft mit den Girlanden und Fähnchen und den farbigen Glühbirnen entlang der Piazza. Und nun krachte und böllerte es plötzlich los, und die ersten Funken einer Rakete zersprühten am nächtlichen Himmel. Aber der Spuk war gleich wieder vorbei, es war nur eine Probe gewesen.

Isabel war zusammengezuckt. Unwillkürlich hatte sie sich beim ersten Böllerschuß zu Mario umgedreht.

»Cara!« Er zog sie an sich.

Es war ein Augenblick höchster Spannung. Er blickte sie an, sie blickte ihn an, und plötzlich brach jeder Widerstand in ihr zusammen. Sie warf sich in seine Arme.

Er begann sie zu küssen. Und während die Böllerschüsse erneut losdonnerten und bunte Lichtgarben den Himmel erhellten, hielten sie einander fest umschlungen.

Irgendwann - Isabel hatte jedes Gefühl für Zeit verloren - kehrten sie zurück auf die Piazza. Das Feuerwerk war abgebrannt, die Menge begann sich zu verlaufen. Längst hatte die Kapelle Schluß gemacht, und die letzten Buden wurden in Eile abgebaut.

Vor dem ›Pescatore‹ waren nur noch einige Tische besetzt. Bernhard Lorenz saß mit Barbara Lohr und Peter Reimers bei einer Flasche Wein zusammen. Vera war nach Hause gegangen. Sie ließ Isabel ausrichten, der Schlüssel liege in der Mauernische neben dem Fenster.

»Sie hat plötzlich Kopfschmerzen bekommen«, sagte Bernhard Lorenz, aber er glaubte nicht daran. »Setzen Sie sich noch ein bißchen zu uns.« Er deutete auf den freien Platz neben sich.

Isabel, immer noch völlig benommen, nickte. Fast war sie erleichtert, wieder unter Menschen und dem Bannkreis Marios entronnen zu sein.

Bernhard Lorenz machte die beiden mit Barbara Lohr und dem jungen Reimers bekannt.

Barbara gab erst Isabel, dann Mario die Hand. Sie lächelte maliziös. Erfahren wie sie war im Umgang mit Menschen, erfaßte sie sofort die Situation. Dieses junge Geschöpf war verliebt in den dunkelhaarigen Fischer - oder was immer er sein mochte -, und sie befanden sich beide in einem Zustand, der es geraten erscheinen ließ, sie möglichst in Ruhe zu lassen. Sie sah immer wieder von einem zum anderen und amüsierte sich sehr.

Die Situation wäre möglicherweise peinlich geworden, doch Bernhard Lorenz und der junge Reimers sorgten dafür, daß ein Gespräch in Gang kam. Peter Reimers gehörte zu den Menschen, die viel reden, um ihre Unsicherheit zu verbergen, und so schwatzte er denn munter drauflos, und der Doktor sekundierte

ihm, während Mario und Isabel sich verliebte Blicke zuwarfen und Barbara sie ungeniert beobachtete.
Dann, als das Spiel für sie langweilig zu werden begann (keine Frau schätzt es, wenn sie bei einem Mann überhaupt keine Beachtung findet - und Mario schien sie gar nicht zu bemerken), neigte sie sich zu Reimers hinüber und erklärte unvermittelt: »Es ist spät geworden, mein Lieber. Wir sollten nach Hause fahren.«
Reimers stimmte augenblicklich zu. Er war ohnehin nur ungern mitgekommen. Viel lieber wäre er mit Barbara im Hotel geblieben, hätte mit ihr auf der Terrasse eine Flasche Champagner getrunken und einen weiteren Versuch unternommen (nach all den vielen vergeblichen Versuchen, die er schon hinter sich hatte), sie aus ihrer Reserve zu locken. Zwar hatte sie in den beiden letzten Nächten in seinen Armen gelegen, aber das hatte an der merkwürdig distanzierten Beziehung zwischen ihnen kaum etwas geändert. Er hatte sie im Verdacht, daß sie nur aus Mitleid mit ihm schlief.
Nachdem sich Barbara und ihr Begleiter verabschiedet hatten, entstand eine kleine verlegene Pause. Lorenz sah Mario an und dann Isabel. Er bemerkte den Ausdruck von Verstörtheit in ihren Augen und überlegte, ob er sich anbieten sollte, sie nach Hause zu bringen, doch das konnte er Mario nicht antun. Er schien nur auf ein Zeichen von ihr zu warten, um aufzustehen und mit ihr wegzugehen, doch sie tat, als bemerke sie seine Ungeduld nicht.
Lorenz bemühte sich, die Unterhaltung fortzusetzen, doch es wurde ein Monolog daraus. Die beiden schwiegen hartnäckig, ganz eingesponnen in Gedanken, die er nur zu gut erriet.
Schließlich fragte er: »Sollen wir gehen? Ich glaube, es gibt Regen.«

Mario stand sofort auf. »Ja, gehen wir. Ich muß nur noch bezahlen. Wartet einen Moment auf mich. Ich bin gleich wieder da.«
Er ging ins Lokal. Isabel sah ihm nach.
»Kennen Sie Mario schon länger?« fragte sie ohne Umschweife.
»O ja - ich habe ihn schon als kleinen Jungen gekannt.«
»Was ist er für ein Mensch?«
Lorenz, von der direkten Frage überrascht, blinzelte in den Lichtschein der Lampe, die seitlich in der Nische angebracht war. Er verscheuchte eine Mücke, die sich auf seiner Hand niedergelassen hatte, und sagte bedächtig: »Das kann ich nicht mit zwei Sätzen beantworten.«
»Nur ungefähr . . .« Isabels Stimme klang drängend. Mario konnte jeden Augenblick zurückkommen. »Ist er leichtfertig? Kann man ihm trauen?«
»Mein liebes Kind!« Bernhard Lorenz breitete in gespielter Verzweiflung die Arme aus. »Er ist ein Mann. Wenn Sie mich schon fragen, dann muß ich Ihnen sagen, kein Mädchen, das so jung und hübsch ist wie Sie, sollte einem Mann trauen, schon gar nicht einem Südländer.«
»Aber -« Sie brach ab, weil Mario auftauchte. Er wurde an der Tür von dem einbeinigen Peppino aufgehalten.
Hastig beugte sie sich vor. »Nur noch eine letzte Frage, Doktor: Haben Sie ihn gern?«
»Mario? O ja, ich habe ihn sehr gern.«
Aufatmend lehnte sie sich zurück. »Dann bin ich beruhigt. Danke, daß Sie mir das gesagt haben.«
Lorenz wollte erwidern, auf sein Urteil könne sie sich nicht verlassen, doch da kam Mario zurück, und ein paar Minuten später verabschiedeten sich die beiden.

Die letzten Lichter auf der Piazza verlöschten. Wolken waren aufgezogen, ein scharfer Wind kam um die Ecken, und der Mond hatte sich unsichtbar gemacht.
Mario hatte den Arm um Isabel gelegt. Er redete beschwörend auf sie ein, doch sie schüttelte zu allen seinen Vorschlägen den Kopf.
Er flehte und bettelte, er drückte sie an sich und sagte ihr, er liebe sie und sie bringe ihn um den Verstand. Noch nie sei er so verrückt nach einer Frau gewesen, er schwöre es. Sie könne es ihm nicht antun, ihn jetzt allein zu lassen.
»Komm mit mir, Cara! Ich bitte dich -«
»Nein.«
»Aber warum nicht? Warum? Sag es mir! Ich will es wissen.«
»Weil ich nicht will.«
»Hast du Angst?« fragte er.
»Vielleicht.«
»Das ist Unsinn. Du bist erwachsen. Ich kenne kein Mädchen, das Angst hat. Oder ist es das erste Mal? Sag mir - ist es das erste Mal, Cara?«
Er blieb vor ihr stehen und zwang sie, ihn anzusehen.
»Ist es das erste Mal?« wiederholte er drängend.
Sie gab keine Antwort, schüttelte nur stumm den Kopf.
»Dann begreife ich dich nicht.«
Unvermittelt wurde er zornig, rüttelte derb ihre Schultern.
»Sag mir etwas, Isabel.«
»Was soll ich dir sagen?«
»Hast du nur mit mir gespielt?«
»Nein.«
»Warum tust du mir das an? Warum schickst du mich fort?«
»Ich bin müde.«

»Das glaube ich dir nicht.« Er wollte sie küssen, doch sie bog den Kopf zurück.
»Glaub es mir oder glaub es mir nicht. Ich kann jetzt nicht mit dir schlafen. Das kommt alles so - so plötzlich. Du darfst mich nicht drängen. Also gut - ja ... ich habe Angst, ich kann es nicht ändern. Bring mich nach Hause, ich muß jetzt allein sein. Ich muß in Ruhe über alles nachdenken.«
Er ließ sie unvermittelt los. »Du bist ein merkwürdiges Mädchen.«
»Vielleicht.«
Er streichelte ihre Wange. »Also gut - ich bringe dich nach Hause. Wenn du es unbedingt willst, bringe ich dich nach Hause.« Plötzlich lachte er, preßte sie an sich und sagte: »Aber ich komme wieder, und dann wirst du mich nicht mehr fortschicken. Ich weiß, wir werden sehr glücklich sein, mia bella cara.«
Sie machte sich hastig von ihm los und lief ein paar Schritte. Er holte sie ein, schob seinen Arm unter den ihren und sagte, sie brauche nicht wegzulaufen, er habe schon begriffen und es sei alles in Ordnung. »Keine Angst, ich tu dir nichts, wenn du es nicht willst. Ich kann warten.«
Arm in Arm gingen sie weiter. Mario knipste seine Taschenlampe an und achtete darauf, daß Isabel auf dem steilen, steinigen Weg nicht stolperte.
Plötzlich kam der Mond hinter einer Wolke hervor. Sein Licht fiel auf die weißen Bögen einer Loggia, die zum Haus des Apothekers gehörte. Sie gingen ein Stück an der Mauer entlang, die das Grundstück einrahmte. Isabel strich mit dem Handrücken im Vorbeigehen über die zarten Blüten der Bougainvillea.
Nachdem sie eine Viertelstunde gegangen waren, bog der Weg links ab zur Casa ›Tina‹, so benannt nach Veras jugendlicher Stiefmutter.

Als sie nur noch wenige Schritte vom Haus entfernt waren, blieb Mario stehen. Sie bat ihn, weiterzugehen, doch er nahm sie in die Arme. »Hast du immer noch Angst, Cara?«

»Nicht küssen«, sagte sie schnell, doch er lachte nur, schloß die Hand fester um ihren Rücken und schob die andere in den Ausschnitt ihres Kleides.

Eine Weile standen sie reglos, Isabel mit wild klopfendem Herzen. Sanft streichelte er die Spitzen ihrer Brüste.

Mit einer heftigen Bewegung machte sie sich von ihm frei. Sie taumelte und stützte sich mit beiden Händen auf die niedrige Mauer, die zu dem benachbarten Weingarten gehörte. Da legte Mario ruhig und sicher seine Hand auf ihre Schulter und ließ sie dort einen Augenblick, bis das Zittern nachließ.

»Komm jetzt«, sagte er und lächelte beruhigend. »Ich werde dich nicht mehr anrühren.«

»Es ist zu albern«, murmelte sie. »Ich habe entsetzliche Hemmungen.«

»Macht nichts. Damit werden wir schon fertig.«

Es sollte beruhigend klingen, aber eine Spur von Ironie schwang mit.

Sie stieß sich von der Mauer ab und ging mit gesenktem Kopf neben ihm her die wenigen Schritte bis zu dem kleinen Vorplatz vor der Casa ›Tina‹.

Mario wartete, bis sie den Schlüssel aus der Mauernische genommen und die Tür aufgeschlossen hatte. Dann nahm er ihre Hand und hielt sie einen Augenblick fest.

»Buona notte, cara. A domani!«

»A domani«, murmelte sie verlegen. Und setzte hinzu: »Scusi! Mi dispiace tanto.«

»Oh, du sprichst italienisch«, rief er überrascht. »Ich hatte ja keine Ahnung.«

»Nur ein paar Worte. Ich kann es nicht besonders gut.«
»Ich werde es dir beibringen.« Er war so begeistert, daß er einen Augenblick vergaß, daß er eigentlich gekränkt war.
Zum Abschied küßte sie ihn leicht auf die Wange. Und dann fiel die Haustür hinter ihr ins Schloß, und er stand allein im hellen Mondlicht, wartete noch eine Weile, ob sie vielleicht zurückkommen würde, und wandte sich schließlich achselzuckend zum Gehen.

Als er zu Hause angelangt war, hatte er seine Enttäuschung überwunden. Er wußte nicht, welche Motive Isabel bewogen hatten, sich erst von ihm küssen zu lassen und sich ihm dann zu verweigern. Es war auch gleichgültig. Beim nächstenmal würde sie mit ihm schlafen, es gab für ihn nicht den leisesten Zweifel. Er war verliebt in sie, und da kannte er nur eines: zupakken.
Sie war keine Jungfrau mehr. Ihre Hemmungen deuteten auf eine unerfreuliche Beziehung zu einem Mann, der ein Tölpel gewesen sein mußte. Mit ihm, Mario, würde sie mehr Glück haben. Er lächelte nicht ohne Selbstgefälligkeit, während er sich entkleidete und nackt unter das straff gespannte Laken legte.
Mario war seinem Temperament nach der geborene Liebhaber. Seit seinem sechzehnten Lebensjahr spielte amore in seinem Leben die entscheidende Rolle. Noch nie hatte er es sich versagt, mit einer Frau zu schlafen, die ihm gefiel. Er würde es sich auch diesmal nicht versagen, egal, ob es Schwierigkeiten gab oder nicht. Gerade daß Isabel die Spröde spielte, reizte ihn, obwohl er nicht sicher war, ob sie nicht tatsächlich Furcht vor einer Liebesbeziehung hatte.

Sie war ein schönes Mädchen, und wenn er an sie dachte, stieg heißes Verlangen in ihm hoch. Er würde dieser blonden *tedesca* einiges beibringen, was ihr die Furcht nahm und sie für die Ungeschicklichkeiten entschädigte, die sie in den Armen anderer hatte erdulden müssen. Je mehr er darüber nachdachte, desto erregter wurde er. Dio! Er fluchte leise vor sich hin.
Er mußte sich zusammennehmen. Die Bilder, die vor ihm aufstiegen, vertrieben ihm den Schlaf.
Mario schlug das Laken zurück, stand auf und trat an das geöffnete Fenster. Es hatte angefangen zu regnen. Das Wasser platschte auf die Terrasse. Er ging nach draußen, ließ sich naßregnen, lief eine Weile herum und kehrte erst wieder in sein Zimmer zurück, als ihm kühl wurde. Danach trocknete er sich ab, kroch wieder unter sein Laken und war zwei Minuten später fest eingeschlafen.

7

Am Morgen regnete es immer noch.

Isabel wurde wach davon, daß das Wasser in die Zisterne blubberte.

Sie frühstückte allein, während Vera noch schlief. Sie hatte die ganze Zeit Angst, Vera würde plötzlich auftauchen. Sie wollte allein sein. Nachdenken. Etwas ging in ihr vor, eine Veränderung. Sie kam sich vor wie ein Mensch, der gerade erst zum Leben erwacht.

Es gelang Isabel, unbemerkt das Haus zu verlassen. Überall waren Pfützen und kleine Rinnsale, die den Weg hinunterflossen. Doch sie hatte Gummistiefel angezogen, und es störte sie nicht, durch Wasserlachen zu stapfen. Die Luft war herrlich. Isabel legte den Kopf in den Nacken und ließ den Regen über ihr Gesicht rinnen. Es tat gut. Alles in ihr wurde wach. Der Druck wich. Sie wurde ruhiger, sah klarer. Mario war eine Versuchung, sie wußte es. Aber vielleicht braucht der Mensch Versuchungen, um lebendig zu werden. Bisher war sie tot, erstarrt.

Isabel ging spazieren. Der Himmel war voller Wolken. Immer neue kamen über den Epomeo, dicke schwarze Regenwolken.

Und sie war so froh gestimmt! Am liebsten hätte sie laut gesungen. Sie ging zu den Bädern hinunter und traf nur wenige Menschen. Das Meer war dunkel, mit wild schäumender Brandung, der lange Strand wie ausgestorben.

Der Regen wurde heftiger, und Isabel lief zurück ins Dorf, patschte über glitschige Steintreppen hinunter zur Piazza. Ein paar Touristen unter Schirmen standen vor dem Zeitungsstand; Fischer in dicken Wollpullovern und Pudelmützen auf dem Kopf lehnten, die Hände in den Taschen ihrer weiten Hosen vergraben, unter dem Vordach des Café ›Ridente‹. Tische und Stühle troffen vor Nässe. Es war ein ziemlich trostloser Anblick, aber Isabel berührte das alles nicht. In ihr war Frohsinn.
Sie setzte sich in den Eingang beim ›Pescatore‹ und bestellte einen Espresso. Das war nun wirklich nichts Besonderes, im Halbdunkel eines Lokals zu sitzen und durch die geöffnete Tür in den strömenden Regen hinauszublicken, während im Hintergrund die Espressomaschine summte und sich ein paar Touristen laut miteinander unterhielten. Warum dieses berauschende Gefühl von Freiheit? Wo kam es her? Wer hatte es geweckt? Mario? Seine Küsse?
Isabel saß vielleicht eine Stunde lang beim ›Pescatore‹ und wartete darauf, daß Mario plötzlich auftauchen würde. Wäre er gekommen, sie hätte keinen Augenblick gezögert, ihm zu folgen. Durch den Regen zurück an den Strand, bis zu dem kleinen Lokal, bis in sein Zimmer neben der Küche, bis in sein Bett.
Aber er kam nicht.

Erst zwei Tage später sah Isabel Mario wieder. Er hatte in der Casa ›Tina‹ angerufen und sich mit ihr zum Abendessen verabredet. Ob er sie abholen dürfe? Gegen sieben Uhr? Bene. Er werde pünktlich da sein.
Er hatte sich herausgeputzt, sie erkannte ihn kaum wieder. Gestreiftes Hemd, graue Flanellhosen, dunkelblauer Blazer - Vera stieß einen Pfiff aus, als sie ihn sah. »Mamma mia, was hast du vor?«

Er wiegte bedächtig den Kopf, ließ die Zähne blitzen. »Wir werden sehen. Ist die Signorina fertig?«
Die Signorina war fertig. Sie stand oben an der Treppe, entzückend anzusehen in einer hauchdünnen Bluse aus getupftem Musselin und einem weiten, schwingenden Wollrock. Dazu trug sie hochhackige Sandalen.
»Buona sera!« sagte Isabel und sprach so leise, daß es kaum zu verstehen war.
»Buona sera!« Mario lachte ihr entgegen. Was für ein Idiot war er doch gewesen, sich nicht schon gestern zu melden!
Er war wohlerzogen genug, nicht sofort sein Mädchen unter den Arm zu nehmen und mit ihm zu verschwinden. Eine Weile saß er zwischen den beiden auf der Terrasse, trank einen Campari und unterhielt sie mit einer lebhaften Schilderung der heutigen Tagesereignisse. Wie plötzlich eine große Jacht in der Bucht aufgetaucht sei und bald darauf ein ganzer Schwarm hübscher junger Amerikanerinnen seine Terrasse bevölkert hätte. Sie hätten ihn aufgefordert, sie hinüber nach Capri zu begleiten und ihnen die Blaue Grotte zu zeigen.
»Und warum bist du nicht mitgefahren?« fragte Vera lächelnd.
»Ich hatte etwas Besseres vor«, erwiderte Mario mit einem Blick auf Isabel.
Er wartete noch fünf Minuten, dann fragte er höflich, ob es Vera recht sei, wenn sie jetzt gingen. Er habe für halb acht Uhr einen Tisch bei ›Bina‹ bestellt. Und ob sie nicht doch mitkommen wolle? Dazu sah er sie so treuherzig an, daß Vera in lautes Gelächter ausbrach.
»Sei nicht albern, Mario. Das haben wir doch schon alles besprochen. Ihr geht allein, und ich komme endlich mal dazu, in Ruhe zu lesen. Außerdem erwarte

ich heute abend einen Anruf.« Das stimmte nicht, aber sie wollte vermeiden, daß Isabel ein schlechtes Gewissen hatte, wenn sie sie allein gehen ließ. Sie sollte sich amüsieren. Und sie sollte nicht das Gefühl haben, sie, Vera, wäre aus taktischen Gründen zu Hause geblieben.

Der Abend war mild. Sie saßen bei ›Bina‹ draußen auf der Terrasse, mit Blick auf den kleinen Hafen und den ›Torre‹. Sie hatten Spaghetti gegessen und hinterher frutti di mare. Dazu tranken sie den leichten Weißwein der Gegend, der an den Hängen des Epomeo wächst.

Isabel war - vielleicht, um ihre Unsicherheit zu verbergen - zum erstenmal im Beisammensein mit Mario gesprächig. Sie erzählte Geschichten aus ihrer Studienzeit, sprach von Fahrten, die sie im Zusammenhang mit ihrem Studium gemacht hatte, und erwähnte ihre Vorliebe für die Antike. Ob Mario schon einmal in Paestum gewesen sei? Nein? Aber das könne sie gar nicht begreifen. Wenn sie hier leben würde, wäre sie schon mindestens ein dutzendmal dort gewesen.

»Wir können ja hinfahren«, schlug er vor.

Er hatte nur eine vage Vorstellung von Paestum, aber um in ihren Augen nicht allzu ungebildet zu erscheinen, berichtete er von einem Besuch in Pompeji im vergangenen Jahr, mußte aber zugeben, sich an Einzelheiten nicht mehr erinnern zu können. Dio mio - es sei eben alles sehr zerstört gewesen.

Ob er denn wenigstens schon einmal im Nationalmuseum in Neapel gewesen sei? wollte Isabel wissen.

Im Museo nazionale? No. Dazu hätte er keine Zeit.

Keine Zeit? Sie schüttelte mißbilligend den Kopf. Das sei aber jammerschade. Es gäbe dort so herrliche Dinge zu sehen, einmalige Dinge. Dafür müsse man einfach Zeit haben.

Mario merkte, daß ihm das Gespräch zu entgleiten drohte. Von Kunst verstand er nichts, da konnte er nicht mitreden. Dafür verstand er etwas von Frauen. Dieses ganze Gerede von Paestum - lächerlich! Als ob es jetzt darauf ankäme. Das waren doch alles nur Ablenkungsmanöver. Darauf durfte er sich gar nicht einlassen.

Er nahm ihre Hand und sagte, im Augenblick wären ihm das Nationalmuseum und alle Schätze der Antike herzlich gleichgültig. Es ginge um sie und um sonst gar nichts.

Isabel schwieg, runzelte die Stirn.

»Wie wäre es mit einem Espresso?« fragte er.

»Gerne.«

Isabel überließ ihm ihre Hand, sah aber an ihm vorbei hinüber zur Mole.

»Cara!«

Langsam wandte sie den Kopf. »Ja?«

»Findest du nicht, wir sollten lieber von uns reden?«

Sie sahen einander an, einen atemlosen Augenblick lang sahen sie einander an, und dieser Augenblick entschied eigentlich alles.

»Du mußt mir helfen«, flüsterte Isabel. »Wenn du mir nicht hilfst -«

Er schüttelte den Kopf. »Du bist ein Kind.«

»Nein, das bin ich nicht«, sagte sie schnell. »Ich bin kein Kind, und ich bin auch nicht unerfahren. Es ist nur -«

Sie verstummte, weil Binas halbwüchsiger Sohn mit dem Espresso kam. Schweigend warteten sie, bis der Junge die kleinen Tassen vor sie hingestellt hatte und wieder verschwand.

»Sprich weiter, cara«, sagte Mario ungewöhnlich sanft. »Was ist geschehen? Was hat dich so - so ängstlich gemacht? Hat man dir weh getan?«

»Nein, eigentlich nicht. Man hat mir nicht weh getan. Ich . . . wahrscheinlich liegt es an mir. Ich bin - wie sagt man bei euch? - una donna fredda, eine kalte Frau. Ich tauge nicht zur Liebe.«
Er sah sie überrascht an. »Glaubst du das wirklich?«
»Ja.«
»Aber das ist doch Unsinn. Jede Frau taugt zur Liebe. Es kommt nur auf den richtigen Mann an.«
Er sagte das mit so viel Überzeugung, daß sie lachen mußte. »Jeder Mann denkt natürlich, er wäre der richtige.«
Sie ließ ihren spielerischen Ton fallen und sagte ernst: »Woher willst du wissen, daß wir, du und ich, zusammenpassen?«
»Das fühle ich.«
Sie hob die Schultern und bog die Hände auseinander in der ihr eigenen Gebärde der Ratlosigkeit. »Aber ich . . . ich kann . . . ich weiß nicht . . .«
»Cara!« Er legte mit festem Druck die Hand auf ihren Arm. »Du grübelst zuviel, das ist nicht gut. Trink deinen Espresso aus! Wir gehen zu mir.«
Isabel widersprach nicht. Was hätte sie auch sagen sollen? Sie hatte sich innerlich ja längst damit abgefunden, mitzugehen. Sie wußte nicht, ob es Liebe war, was sie zu ihm trieb. Sie wußte nur, daß es geschehen mußte, daß es nicht mehr aufzuhalten war.
Langsam gingen sie den steilen Weg zur Kirche hinauf. Oben blieben sie einen Augenblick stehen und blickten hinunter zur Maronti-Bucht. Sie sahen die Lichter der Fischerboote weit draußen auf dem Meer und das Leuchtfeuer von Capri, das in regelmäßigen Abständen aufblitzte. Nur ein paar vereinzelte Sterne. Kein Mond. Der Wind, der plötzlich aufgekommen war, trug das Rollen der Brandung zu ihnen herauf.

»Komm«, sagte Mario und zog sie von der Mauer weg. »Laß uns weitergehen.«

Längst hatten die kleinen Restaurants am Strand geschlossen. Im Albergo ›Nettuno‹, an dem sie vorüberkamen, brannten nur noch ein paar vereinzelte Lichter. Die Terrasse war leer. Aus dem Inneren des Hauses drang ein Lautsprecher. Da saßen wohl noch ein paar Gäste vor dem Fernseher.

»Wie spät ist es eigentlich?« fragte Isabel.

»Keine Ahnung. Ich schätze, halb zwölf.«

»Ob bei dir im Haus noch jemand wach ist?«

»Es ist kein Mensch da. Ich lebe allein. Pina geht am Abend, wenn die letzten Gäste fort sind, nach Testaccio. Sie hat dort ihre Familie.«

Sie blieb unvermittelt stehen. Plötzlich fürchtete sie sich vor ihm. Er war ein Fremder.

Er nahm ihre Hand und murmelte etwas, was sie nicht verstand. Es klang beruhigend. Sie ging weiter, mußte ein Stück über Felsen und Tang klettern und sah dann im Mondlicht das kleine Haus, das eigentlich nur eine Hütte mit vorgebauter Veranda war.

Hier also, dachte sie, hier wird es passieren.

Er schloß die Tür auf. Einen Augenblick zögerte sie noch.

»Komm schon«, sagte er leise. Er legte den Arm um sie und führte sie, vorbei an Gerümpel und leeren Flaschen, die sich in dem schmalen Gang neben der Küche stapelten, in sein Zimmer.

Und dann kam der Augenblick, da lag sie auf seinem Bett, und er legte sich an ihre Seite. Er zog sie an sich, küßte sie, streichelte ihren Hals und ihren Nacken, flüsterte Zärtliches in sie hinein.

Ein Verlangen nach Hingabe erfaßte sie, nach Selbstaufgabe. Ihr Leben ändern, sich ihm anvertrauen, dieser Stimme, diesen Händen - jetzt, für immer . . .

»Küß mich!« murmelte sie an seinem Hals. »Küß mich!«
Es klang wie eine Beschwörung.

Sie erwachte, noch halb träumend. Der Wind rüttelte an den Fensterläden. Einen Augenblick überlegte sie. Wo war sie? Was war geschehen? Ein Lichtschein drang durch die geschlossene Tür. Sie hörte Schritte von nebenan, als tappe jemand auf bloßen Sohlen über einen Steinfußboden.
Mario, dachte sie. Und sie spürte: Alles war gut. Ihr Leben - neu, voller Glanz, voller Hoffnung. Sie mußte es bloß halten, sie mußte es festhalten -
»Mario!« rief sie laut. »Mario - komm zu mir.«
Der Vorhang aus Plastikstreifen wurde auseinandergeschoben. Mario kam herein, in Hemd und Hose, eine Weinflasche in der Hand.
Sie sah ihn auf sich zukommen. Bei seinem Anblick empfand sie eine tiefe, nie gekannte Freude. Einem plötzlichen Impuls folgend sprang sie aus dem Bett, lief ihm entgegen und warf sich in seine Arme.
»Cara!« Es gelang ihm gerade noch, die Weinflasche hinzustellen.
»O Liebster!« Sie schmiegte sich an ihn. »Ich bin ja so glücklich, so glücklich! Noch nie in meinem Leben - ich schwöre es dir - bin ich so glücklich gewesen.«
Mario küßte sie. Er streichelte ihren Rücken, ihre Hüften, ihre Schenkel.
Ihr Körper spannte sich. »Du machst mich verrückt, Mario. Du brauchst mich nur anzufassen und . . . laß mich los - ich halte das nicht aus.«
Er lachte und hielt sie noch fester. Dann hob er sie auf und trug sie zurück zum Bett. Er holte die Weinflasche, brachte zwei Gläser, füllte beide mit Wein und hielt ihr eines hin. »Trink, cara!«

Sie trank, während sie ihn dabei ansah. »Ich verstehe das alles nicht«, murmelte sie.
»Was verstehst du nicht?«
»Mich - dich . . . uns beide. Wie ist das möglich? Wie konnte das geschehen?«
Er sah sie verständnislos an. »Ich weiß nicht, wovon du redest, cara.«
Sie sagte befangen: »Ich dachte immer, ich wäre kalt, gefühllos. Bin ich gefühllos, Mario?«
»Du?« Er lachte. »Nein, das bist du nicht. Wie kommst du darauf? Wer hat dir das gesagt?«
»Niemand - nein, ich dachte nur . . . ich -«
Er nahm ihr das Glas aus der Hand. »Ich will dir sagen, was du bist: Du bist aufregend. Ja, das bist du, widersprich mir nicht! Du bist süß und wild und aufregend, und ich liebe dich sehr.«
Sie sah ihn an. Mit großen Augen sah sie ihn an. »Ist das wahr? Meinst du das wirklich? Du sagst das nicht nur so daher?«
»Was redest du für Unsinn. Spürst du es nicht? Spürst du nicht, daß ich dich liebe?«
»Du darfst dich nie lustig über mich machen«, erwiderte sie ernst. »Ich vertraue dir mein Leben an.«
Mario antwortete nicht.
»Hast du mich verstanden?« fragte sie.
Er nickte.
Es kam ein bißchen überraschend für ihn, dieses Bekenntnis. Er konnte nicht viel damit anfangen. Sie war reizend, diese kleine tedesca, aber eben doch ein bißchen sentimental. Er war wirklich verliebt in sie, er meinte das ganz aufrichtig. Obwohl - nun ja, man würde sehen. Vielleicht sollte er die Sache nicht allzu lange ausdehnen.
»Warum antwortest du nicht?« Ihre Stimme klang beunruhigt.

»Was soll ich antworten, cara? Ich habe dir gesagt, daß ich dich liebe. Genügt das nicht?«
»Aber wie soll es weitergehen«, sagte sie, »wie lange wird es dauern?«
Er lachte laut auf. »Cara! Du bist ein Kind. Niemand weiß, wie lange eine Liebe dauert. Die eine ist kürzer, die andere länger. Es hat eben erst begonnen, und du willst schon wissen, wann es endet.«
»Nein, nein!« Sie richtete sich auf und sah ihn entsetzt an. »So habe ich es nicht gemeint. Ich wollte sagen -«
»Sprich nicht weiter«, unterbrach er sie. »Die Nacht ist bald zu Ende. Wir wollen jetzt nicht reden.«
»O Mario, aber ich muß dir sagen -«
»Morgen, cara. Oder in ein paar Tagen. Es eilt nicht. Wir haben so viel Zeit.«
»Haben wir das?«
»Natürlich. Oder willst du etwa schon wieder abreisen?«
»Nein, aber -«
Er legte den Finger an die Lippen, und sie verstummte.
Sie fühlte, daß sie jetzt nichts mehr sagen durfte, auch nichts mehr fragen. Er war hier, hielt sie in seinen Armen. Genügte das nicht? Nein, schrie es in ihr, nein! Sie wollte mehr, viel mehr. Erfüllung, Besitz. Aber das durfte sie nicht sagen. Noch nicht. Noch lange nicht.
»Woran denkst du, cara?« fragte er lächelnd.
Und sie, jetzt schon gewitzt, wie alle liebenden Frauen, die spüren, daß der Geliebte sich ihnen zu entziehen sucht, erwiderte strahlend: »Ich denke an dich.«
Er zog sie an sich. »Du bist süß, cara. Ich verspreche dir auch, mich nie über dich lustig zu machen. Dazu habe ich dich viel zu gern.«

»Komm zu mir ins Bett«, sagte Isabel. Und als er neben ihr lag: »Halt mich fest! Halt mich ganz fest und laß mich nicht mehr los.«

Sie sagte das schnell und leichthin, aber er spürte, daß es anders gemeint war. Und da wußte er, daß es Schwierigkeiten geben würde. Dies hier war kein Sommerabenteuer. Er saß in der Falle. Und er würde nicht wieder freikommen, ohne ihr weh zu tun.

8

Als Isabel am Vormittag in die Casa ›Tina‹ zurückkehrte, fand sie das Haus leer. Vera hatte einen Zettel an die Tür geheftet: Sie sei nach Panza gefahren, um Honig zu kaufen, komme aber bald zurück.

Isabel ging auf die Terrasse und setzte sich in den Liegestuhl unter der Palme. Sie schloß die Augen und suchte sich darüber klarzuwerden, ob Mario sie liebte. Sie rief sich all seine zärtlichen Worte und Gesten ins Gedächtnis zurück, doch das reichte nicht aus, um sie zu überzeugen. Es gab auch harte und beunruhigende Dinge, die zwar nichts mit ihr zu tun hatten, die ihr aber zeigten, daß die Liebe, wie sie sie sich vorstellte, nicht seinem Geschmack entsprach. Er wollte sich nicht festlegen. Und er zog - bei aller Ungezwungenheit - klare Grenzen zwischen sich und anderen.

Draußen klappte die Haustür. Vera kam zurück.

»Da bist du ja«, sagte Vera, als sie auf die Terrasse trat. Sie blieb stehen und blickte Isabel an, lächelte. »Hm«, machte sie. Sonst nichts.

»Ich hoffe, du hast dir keine Sorgen um mich gemacht«, sagte Isabel.

Veras Lächeln vertiefte sich. »Ich bitte dich - du bist erwachsen.« Sie kam näher, stellte die mitgebrachte Tüte in den Schatten der Palme und setzte sich auf die Steinbank. »Hast du schon gefrühstückt?« fragte sie.

»Ja.«

Vera streckte die Beine aus und schlenkerte mit den

Sandalen. Sie bemühte sich, ein möglichst unbeteiligtes Gesicht zu machen.
»Tu nicht so, als wüßtest du nicht, wo ich heute nacht war«, sagte Isabel gereizt.
Vera bedachte sie mit einem langen, nachdenklichen Blick. »Es geht mich nichts an«, erwiderte sie langsam.
»Nein, es geht dich nichts an, aber neugierig bist du doch.«
»Natürlich.«
Isabel stand auf. Sie ging ein paar Schritte auf der Terrasse auf und ab und setzte sich dann neben Vera. »Ich wollte eigentlich nicht darüber sprechen, aber nun tue ich es doch.«
»Du mußt nicht, Liebes, wenn du nicht willst«, sagte Vera sanft.
»Aber ich will ja.« Das klang trotzig.
»Gut, dann sprich dich aus. Du hast also mit ihm geschlafen?«
»Ja.« Es klang herausfordernd.
Die beiden sahen sich kurz in die Augen. Da war etwas in dem Gesicht der Freundin, was Vera irritierte.
»War es so, wie du es dir vorgestellt hast?« fragte sie leise.
Isabel sann dieser Frage einen Augenblick nach. Plötzlich wurde alles wieder in ihr wach, was sie eben noch verdrängt hatte. Mario war greifbar nahe. Sie spürte seine Hände, hörte seine Stimme, diese dunkle, schmeichelnde Stimme: Cara!
»Ich hätte nie für möglich gehalten . . .«, murmelte sie. Tränen verdunkelten plötzlich ihre Augen.
»Aber Kind - um Himmels willen . . .« Vera war betroffen. »So nahe geht dir das?«
Isabel sah sie fremd an.
»So nahe geht dir das?« wiederholte Vera ihre Frage.

»Ich liebe ihn«, sagte Isabel. »Verstehst du - ich liebe ihn.«
Vera erschrak. »Du liebst ihn? Du liebst diesen Neapolitaner? Aber das darfst du nicht, das ist Wahnsinn! Mit so einem Mann kann man schlafen, aber man darf sich nicht in ihn verlieben.«
»Warum nicht?«
»Weil - verzeih, wenn ich das sage . . . du weißt, ich habe nichts gegen Mario, aber er wüßte mit deiner Liebe gar nichts anzufangen.«
»Das verstehe ich nicht.« Isabel preßte die Lippen zusammen. Sie warf der Freundin einen feindseligen Blick zu.
»Komm zu dir«, sagte Vera bittend. »Du darfst dir nicht so einen Unsinn einreden.«
Isabel wollte auffahren, besann sich aber. Es lohnte nicht. Vera hatte keine Ahnung. Niemand hatte eine Ahnung . . .
Als Vera weitersprach, hörte sie kaum hin.
Worte wie ›südliche Mentalität‹ und ›Abenteurer‹ schlugen an ihr Ohr, doch diese Worte ließen sie kalt.
Es waren ganz andere Worte, die sie bewegten, die in ihr nachhallten: Worte der Leidenschaft, der Zärtlichkeit . . . Worte, die sich tief in ihr Gedächtnis eingegraben hatten.
Sie machten sie gegen alle Warnungen immun.
»Bist du endlich fertig?« fragte sie, als Vera schwieg.
»Ich fürchte, du hast mir gar nicht zugehört.«
»Nein.«
Isabel wandte der Freundin ihr schmales Gesicht zu.
»Das alles geht mich nichts an«, sagte sie ruhig. »Mario und ich gehören von nun an zusammen. Alles andere interessiert mich nicht.«
Vera starrte sie an. »Du hast dich da in eine ganz böse

Geschichte verrannt.« Sie sagte es aufgebracht, fast zornig.
»Das ist meine Sache.«
»Nicht ganz. Ich fühle mich ein bißchen mitverantwortlich. Schließlich war ich es, die dir geraten hat - aber ich konnte natürlich nicht ahnen -« Sie brach ab und zuckte resigniert die Achseln.
Isabel wurde sehr ernst. »Ich hätte nicht mit dir darüber reden dürfen. Es war ein Fehler von mir. Es gibt Dinge, über die spricht man nicht, weil ein anderer sie doch nicht begreift. Aber eines sollst du noch wissen: Selbst wenn ich unglücklich werde durch ihn, selbst wenn er mich verläßt . . . ich werde nicht einen Augenblick bereuen, daß ich heute nacht bei ihm geblieben bin.«

Eine halbe Stunde später verließ Isabel das Haus. Sie mußte allein sein. Auf einem schmalen Ziegenpfad spazierte sie hinauf nach Serrara.
Je höher sie stieg, desto leichter fühlte sie sich. Sie hatte die Gegenwart der Freundin kaum noch ertragen können. Ein fremder Mensch. Sie hatte nichts mehr mit ihr gemein. Seit es Mario gab, gab es nur noch ihn. Alles andere war gleichgültig geworden.
Ein neues Leben begann, jetzt, in diesem Augenblick. Ihre bisherigen Freunde, ihr Studium, ihre Pläne für die Zukunft - vorbei. Das alles zählte nicht mehr.
Isabel blieb stehen, blickte hinunter in die Tiefe. Das Meer - weit, endlos, in der Ferne im Dunst verschwimmend.
Lange stand sie so, tief in Gedanken, fühlte sich auf wunderbare Weise von allen Problemen befreit.
Sie ging weiter und kam an einsam gelegenen Bauernhöfen vorbei. Schwarzgekleidete Frauen mit Kopftüchern hantierten im Garten und erwiderten mit ei-

nem stummen Nicken oder einem gemurmelten »Giorno« ihren Guß.
Sie stieg, während die Sonne auf sie herabbrannte, höher und höher. Sie hatte kein Ziel, nur den Wunsch, allein und unbehelligt zu sein. Irgendwann erreichte sie Serrara, aber da waren ihr zu viele Menschen. Sie ging weiter. Nach einer Weile setzte sie sich auf einen Mauervorsprung und schaute über das Land. Winzig klein sah sie Angelo liegen, sah den Torre und die Fischerboote im Hafen.
Sie fragte sich, was Mario in diesem Augenblick machte.
Und plötzlich war die Eifersucht da. Ein neues, schmerzliches Gefühl, das sie noch nicht kannte.
Vorbei war es mit ihrer Ruhe und Ausgeglichenheit.
Sie hatte Angst.
Eine einzige Nacht hatte genügt, sie von Mario abhängig zu machen. Sie war besessen von ihm; konnte sich ein Leben ohne ihn nicht mehr vorstellen.
Und er? Wie dachte er darüber? Sie wußte es nicht.
Während Isabel über die Weinterrassen hinunter zum Meer blickte, wurde ihr vieles klar, was sie bisher nicht verstanden hatte. Sie hatte gegen ihre eigene Natur gelebt. Hatte sich an Menschen angeschlossen, die ihr nichts bedeuteten, sich einem Mann hingegeben, der ihre Sinne unbefriedigt ließ.
Die Unfähigkeit zu lieben - sie war fast schwermütig darüber geworden. Und nun erkannte sie, daß das alles in ihr vorhanden war, daß es nur des richtigen Mannes bedurfte, sich als Frau zu fühlen.
Warum dann aber jetzt die Angst? Diese plötzliche Niedergeschlagenheit? War das der Preis für eine so ungestüme, alle Fesseln sprengende Leidenschaft?
Es war schwierig für sie, sich mit der neuen Lage auseinanderzusetzen. Es war, als hätte sie sich ohne Kom-

paß auf eine Reise in ein fremdes Land begeben. Würde Mario bereit sein, sie auf dieser Reise zu begleiten? Oder war die Grenze seiner Liebe schon erreicht? War alles, was er ihr zu bieten hatte, dieser rasche Ausbruch von Zärtlichkeit und Sinnenrausch gewesen?

»Nein«, sagte sie laut.

Aber der Zweifel war damit nicht aus der Welt geschafft. Sie dachte an ihre Mutter, deren Leben durch einen Mann zerstört worden war, und ballte die Fäuste. Ihr sollte so etwas nicht passieren! Sie würde kämpfen.

Ganz nüchtern erwog sie jetzt ihre weiteren Schritte. Sie würde auf der Insel bleiben, in Marios Nähe. Mammi würde natürlich entsetzt sein und alles versuchen, ihr diesen Gedanken auszureden, doch diesmal würde sie sich nicht von ihr beeinflussen lassen.

Sie würde ihren eigenen Weg gehen.

Isabel richtete sich auf. Sie hatte jetzt den Anfall von Schwäche überwunden. Kämpfen - Mario ganz zu sich herüberziehen. Das Erlebnis der vergangenen Nacht war ja erst der Anfang. Es lag an ihr, mehr daraus zu machen - alles.

Sie glaubte an seine Liebe. Jetzt, in diesem Augenblick, glaubte sie fest daran.

Dennoch war es ein Wagnis, hierzubleiben, sie wußte es. Aber was verlor sie schon? Zu Hause hatte sie sich unglücklich gefühlt, unverstanden. Ihr Leben schien erstarrt.

Hierzubleiben, war nicht nur ein Wagnis - es war auch eine Chance.

9

Barbara Lohr und Peter Reimers frühstückten zusammen.
Sie saßen auf der kleinen Terrasse, die zu Barbaras Zimmer gehörte. Die Sonne schien. Sie blickten hinunter in den Garten und auf den Swimming-pool. Zu dieser frühen Morgenstunde saß nur ein einzelner Hotelgast in einem der roten Liegestühle und las Zeitung. Alles war still und friedlich. Man hätte denken können, es herrsche eitel Wonne und Eintracht zwischen dem jungen Paar, das hier so vertraut beisammensaß, doch der Schein trog.
Der Streit, der seit Tagen zwischen ihnen schwelte und bei dem es um die von Peter angestrebte Heirat ging, war an diesem Morgen zum Ausbruch gekommen.
Peter, übernächtigt und überreizt, hatte Barbara in einem für ihn ungewöhnlich scharfen Ton zur Rede gestellt.
»Ich verlange eine Erklärung für dein Benehmen, Barbara.«
»Was für ein Benehmen?«
»Tu nicht so, als wüßtest du nicht, was ich meine.«
»Ich habe keine Ahnung.«
»Dann werde ich es dir sagen. Es war unfair, mich hierherkommen zu lassen und mich dann wie einen dummen Jungen zu behandeln. Du wußtest genau - laß mich ausreden . . . du wußtest genau, daß ich mit dem

festen Vorsatz hierherkam, dich zu bitten, meine Frau zu werden.«
»Das wußte ich nicht«, log Barbara und rückte ihren Stuhl ein wenig zur Seite, um mit dem Gesicht in der Sonne zu sitzen.
»Das nehme ich dir nicht ab«, sagte Peter erregt. »Du hast es gewußt, aber du hast die ganze Zeit Katz und Maus mit mir gespielt. Immer wenn ich ernsthaft mit dir reden wollte, hast du mich einfach ausgelacht und mich nicht zu Wort kommen lassen.«
»Das ist wirklich zu albern«, sagte sie.
Da fing Peter an zu schreien. Laut und sich vor Aufregung immer wieder verhaspelnd, ließ er seinen Gefühlen freien Lauf. Barbara war im ersten Augenblick zu verblüfft, um zu reagieren, doch nach und nach geriet sie in Wut. Wie kam dieser unbedeutende, sie mit seiner Anhimmelei seit Jahren anödende Mensch dazu, ihr gegenüber so ausfallend zu werden? Er mußte plötzlich verrückt geworden sein. Oder war es ihm zu Kopf gestiegen, daß sie ihm erlaubt hatte, mit ihr zu schlafen? Sie hatte ihn für manierlicher gehalten, für schüchterner, aber das war ein Irrtum gewesen. Höchste Zeit, daß sie ihm klarmachte, wie grenzenlos gleichgültig er ihr war.
»Ich verbitte mir, daß du in diesem Ton mit mir redest«, sagte sie scharf, als er endlich einmal schwieg, um Atem zu holen. »Ich habe mit dir geschlafen, aber das gibt dir noch lange kein Recht, mich zu beschimpfen. Wenn dir mein Benehmen nicht paßt, dann kannst du ja nach Hause fahren. Es ist eine Frechheit von dir, zu behaupten, ich hätte dir irgendwelche Hoffnungen gemacht, nur weil ich dir erlaubte, nach Ischia zu kommen. Ich denke nicht daran, dich zu heiraten, damit das ein für allemal klar ist. Ich müßte ja verrückt geworden sein. Ich möchte dich nicht krän-

ken, aber wenn ich überhaupt einmal im Leben heirate - was ich bezweifle -, dann bestimmt nicht einen Mann, der als erwachsener Mensch immer noch am Gängelband seiner Mutter zappelt und sich von ihr tyrannisieren läßt.«
Das saß. Peter Reimers war blaß geworden. Sein Zorn fiel in sich zusammen. Jetzt war er nur noch ein gedemütigter kleiner Junge.
»Es ist nicht anständig von dir, mir das vorzuwerfen«, sagte er mit gepreßter Stimme.
Barbara spürte, daß sie zu weit gegangen war. Aber jetzt kam es schon nicht mehr darauf an. Er war unverschämt geworden, und sie hatte sich gerächt. Diese ganze Geschichte hing ihr zum Hals heraus. Sie wollte Peter loswerden. Endgültig.
Mitleidlos sagte sie: »Ich werfe dir überhaupt nichts vor. Ich stelle lediglich fest. Und jetzt mach bitte kein beleidigtes Gesicht, so etwas kann ich nicht ausstehen.«
»Wie hart du bist.«
Das klang bitter.
Ungeduldig stand sie auf. Sie ging kurz auf der Terrasse auf und ab. Auf dem benachbarten Balkon war ein Mann aufgetaucht. Groß, schlank, grauhaarig. Er lächelte ihr zu. Unwillkürlich lächelte sie zurück. Nicht übel, dachte sie. Warum langweilte sie sich eigentlich mit diesem dummen Jungen? Es war ein Fehler gewesen, ihn herkommen zu lassen. Mit dem da drüben hätte sie mehr Spaß gehabt.
»Barbara!« Peters Stimme klang bittend. »Wollen wir uns nicht wieder vertragen?«
Sie drehte sich um und sah ihn an. Sah sein betretenes Gesicht, die flehend auf sie gerichteten Augen und dachte: Er ist ein Weichling. Er hat es nicht besser verdient. Leichten Tones sagte sie: »Ach, mein Lieber, du

nimmst immer alles gleich zu tragisch. Wir haben uns doch gar nicht gezankt.«
Er wollte etwas sagen, doch sie kam ihm zuvor. »Du kennst jetzt meinen Standpunkt, das genügt. Von Heirat zwischen uns kann keine Rede sein. Wenn du uns die paar Tage nicht verderben willst, dann fang bitte nicht wieder davon an.«
Peter Reimers schwieg. Er ließ die Schultern hängen. Sein Mund verzog sich zu einem kläglichen Lächeln. Sie hatte das schon öfter bei ihm beobachtet. Dieses Sich-gehen-Lassen, dieses Resignieren - es reizte sie maßlos. Sie hatte größte Lust, ihm ein paar Beleidigungen an den Kopf zu werfen. Dieser Körper, der einfach zusammensackte, dieser Mangel an Energie - es war ein Anblick, der alle bösen Instinkte in ihr wachrief. Sie hätte ihm am liebsten zugerufen: Mensch, nimm dich zusammen! Laß dich nicht so gehen. Merkst du nicht, wie lächerlich du dich machst?
Doch Barbara schwieg, lachte nur trocken auf.
»Was ist?« fragte Reimers, der nun vollends eingeschüchtert war.
»Nichts.«
Er sah sie unsicher an. »Möchtest du, daß ich abreise?«
Sie zuckte die Achseln. »Von mir aus kannst du bleiben. Wenn du mir nicht wieder so eine Szene machst . . .«
Sie ging ins Zimmer, ließ ihn einfach allein da draußen sitzen.
Nach einer Weile kam er nach und fand sie vor dem Toilettentisch, mit entblößtem Oberkörper. Sie nahm keine Notiz von ihm. In aller Ruhe, von ihrer Tätigkeit völlig in Anspruch genommen, zupfte sie sich die Augenbrauen.
Er sah sie an. Sah diesen hübschen, wohlgeformten

Frauenkörper und ballte die Fäuste. Sie verachtete ihn, das war ihm inzwischen klargeworden, aber er, er konnte ihr darum nicht böse sein. Er liebte sie. Auch wenn sie ihn schlecht behandelte, auch wenn sie ihn demütigte und kränkte, er liebte sie und verzieh ihr alles.

Langsam kam er näher und blieb hinter ihr stehen. Sie fühlte sich in ihrer Tätigkeit gestört und legte die Pinzette aus der Hand.

»Was willst du?« fragte sie ungeduldig.

»Du kannst beruhigt sein«, sagte er mit einer fremden, spröden Stimme. »Ich werde dich nicht länger mit meiner Gegenwart belästigen. Ich werde morgen abreisen.«

Einen Augenblick war sie beschämt, doch sie unterdrückte dieses Gefühl.

»Du wirst schon wieder dramatisch, mein Lieber«, erwiderte sie trocken. »Ich habe mich nicht belästigt durch dich gefühlt.«

Er nahm all seinen Mut zusammen und legte die Hände auf ihre Schultern. »Es tut mir leid, daß ich dich vorhin angeschrien habe, aber ich konnte einfach nicht mehr.«

Sie blickten einander an. Barbaras Gesichtsausdruck verlor an Härte. »Schon gut«, sagte sie und drückte ihre Wange kurz gegen seine Hand. Dann stand sie schnell auf und griff nach ihrem Bademantel. Bloß jetzt keine Versöhnung, die im Bett endete! Sie empfand keinen Widerwillen vor ihm, aber er war nun einmal nicht ihr Typ. Bloß raus hier, dachte sie. Weg, unter andere Menschen.

Plötzlich stand das Bild des hübschen, dunkelhaarigen Neapolitaners vor ihren Augen, den sie neulich in Angelo kennengelernt hatte. Sie hatte Lust, ihn wiederzusehen. Der Gedanke, den letzten Tag, an dem Peter

hier war, mit ihm allein zu verbringen, war ihr schrecklich. Sie fürchtete seine Sentimentalität. Nein, nein, es war besser, mit ihm unter Menschen zu gehen, da mußte er sich zusammennehmen.
Peter Reimers war alles andere als begeistert, als sie ihm ihren Entschluß mitteilte, ein Boot zu mieten und nach Angelo zu fahren, aber Barbara bestand darauf. Eine halbe Stunde später fuhren sie los, immer entlang der felsigen Küste, vorbei an Forio mit seinem malerischen Hafen und der ins Meer ragenden, hochgelegenen Fischerkirche Maria del Soccorso.
Das Meer war ruhig. Barbara lag halb zurückgelehnt und ließ sich von der Sonne bescheinen. Sie war nur mit einer Leinenhose und einer dünnen Bluse bekleidet, die fast bis zur Taille offenstand. Wenn sie sich bewegte, war ihre Brust deutlich zu sehen. Barbara störte das überhaupt nicht, aber Peter war der Anblick in Gegenwart des Fischers, der das Boot steuerte, peinlich. Er bedeutete Barbara ein paarmal, sie möge sich nicht ganz so aufreizend hinlegen, doch sie tat, als bemerke sie seine Bemühungen nicht.
Als sie sich dem kleinen Ort Succhivo näherten, machte sie der Fischer auf die wohlgeschichteten Aschentuffe aufmerksam, die steil ins Meer abfielen. Er wollte ihnen auch die Höhlen bei Sant'Angelo zeigen, doch Barbara winkte ab. Sie wollte so schnell wie möglich zum Maronti-Strand gebracht werden.
Kaum hatte das Boot angelegt, sprang sie, ihre Sandalen in der Hand haltend, in den Sand. Sie überließ es Peter Reimers, sich mit dem Fischer wegen des Preises zu einigen (wäre er klug gewesen, hätte er das vorher geregelt!), und ging zielstrebig auf das kleine Restaurant zu, das der Fischer ihr vom Meer aus gezeigt hatte. ›Ristorante di Mario‹ hatte sie gesagt, und der Bootsführer hatte gegrinst und genickt und mit sei-

nem ausgestreckten Zeigefinger die Richtung gewiesen.
Sie entdeckte Mario sofort. Er stand an der Bar und mixte einen Cocktail, während er sich gleichzeitig mit einem älteren Paar unterhielt, das die Speisekarte studierte. Barbara sah, wie Marios Gesicht jenen freundlich-interessierten Ausdruck annahm, der ihm im Umgang mit Touristen sicher längst zur Gewohnheit geworden war. Sie bemerkte aber auch, daß diese beiden ihn offensichtlich langweilten, und war versucht, ihm ein fröhliches »Hallo« zuzurufen.
Peter Reimers war inzwischen herangekommen. Der Fischer hatte natürlich einen viel zu hohen Preis verlangt, und Peter war verdrießlich. »Was befiehlst du jetzt?« fragte er Barbara mit deutlicher Ironie in der Stimme.
Sie hatte sich eigentlich vorgenommen gehabt, an diesem letzten Tag ein bißchen nett zu ihm zu sein, doch nun ärgerte sie sich schon wieder. Ohne auf seine Frage zu antworten, ging sie die Treppe hinauf. Peter Reimers folgte mürrisch hinterdrein.
Mario begrüßte seine Gäste strahlend und führte sie an einen schattigen Tisch im Hintergrund der kleinen Veranda. Er beriet sie bei der Auswahl der Speisen, empfahl als Vorspeise überbackene Zucchiniblüten und dazu einen leichten, trockenen Weißwein.
»Ich trinke mittags keinen Alkohol«, erklärte Peter Reimers sofort.
»Aber ich«, sagte Barbara und wechselte mit Mario einen Blick des Einverständnisses. Sie war jetzt in ausgezeichneter Stimmung und dachte nicht daran, sich von ihrem Begleiter, den sie ohnehin abgeschrieben hatte, den Tag verderben zu lassen.
Sie waren noch beim Aperitif - Peter hatte sich nach längerem Zureden bereit erklärt, wenigstens einen

Campari zu trinken -, als Isabel und Vera erschienen.
Barbara erkannte Isabel sofort wieder und winkte ihr zu.
»Kommen Sie«, rief sie. »Setzen Sie sich doch zu uns. Hier ist noch Platz.«
Isabel stutzte einen Augenblick. Sie erinnerte sich nicht gleich an Barbara, doch dann nickte sie und ging zu den beiden, da Barbara immer noch winkte und auf ihren Tisch deutete.
Mario strich leicht über ihren Arm, als sie an ihm vorbeikam. Sie lächelte ihm zu.
»Cara«, flüsterte er, und seine Augen leuchteten auf.
Barbara, der nichts entging, sah es und empfand eine leise Enttäuschung. Ach ja, Mario hatte ja etwas mit diesem blonden Gänschen! Daran hatte sie gar nicht mehr gedacht.
Es gab eine lebhafte, etwas einseitige Begrüßung. Barbara tat, als wäre Isabel eine alte Bekannte von ihr. Froh darüber, dem Alleinsein mit Peter entkommen zu sein, forderte sie die beiden fast überschwenglich auf, sich zu ihnen zu setzen.
Der Tisch wurde vorgezogen, und zwei weitere Stühle wurden gebracht. Peter Reimers, der gar nicht wußte, wie ihm geschah, sah sich plötzlich von lauter hübschen jungen Frauen umgeben.
Barbara ließ eine weitere Flasche Wein kommen. Sie erklärte, es wäre ein so herrlicher Tag, den müsse man feiern. Dabei breitete sie die Arme aus und blickte strahlend in die Runde.
Peter Reimers neigte sich ein wenig zu ihr und flüsterte geniert: »Benimm dich nicht so auffallend. Alle sehen schon zu uns herüber.«
»Na, wennschon«, sagte Barbara laut. »Wenn du wüßtest, wie gleichgültig mir das ist.«

Mario füllte die Gläser. Barbara forderte ihn auf, mitzutrinken, doch er lehnte lächelnd ab. »Ich habe zu tun. Vielleicht später, wenn nicht mehr so viele Gäste hier sind.«

Barbara war jetzt zufrieden. Sie hatte ihr Publikum. Peter Reimers war ausgeschaltet, konnte ihr nicht mehr zur Last fallen. Er war eigentlich schon gar nicht mehr vorhanden. Jetzt galt es, Mario zu erobern, obwohl das nicht leicht sein würde, solange er in dieses blonde Kind verliebt war. Aber war er in sie verliebt?

Barbara trank schnell und viel, redete laut, warf Blicke hierhin und dorthin, beobachtete, wog ab, zog ihre Schlüsse. Sie spürte, daß die Atmosphäre mit Spannung geladen war. Mario und Isabel - da gingen Ströme von einem zum anderen. Wie sie sich ansahen! Wie sie jede Gelegenheit wahrnahmen, sich zu berühren. Dieser Mario war ein Mann nach ihrem Geschmack. Jung, stark, gutaussehend, selbstbewußt. Er hatte eine Art zu gehen und sich zu bewegen, die aufreizend wirkte. Bei seinem Anblick überlief sie ein angenehmes Prickeln, das sie nur zu genau kannte. Während sie aß und trank und redete, überlegte sie, wie sie zwischen Mario und dieses Mädchen einen Keil treiben konnte. Immer wieder ließ sie ihren Blick abschätzend auf Isabel ruhen. Das war keine ernsthafte Rivalin, dazu war sie viel zu jung und ahnungslos. Sie würde Fehler machen. Bald schon würde sie Fehler machen, so blind verliebt, wie sie war. Da konnte man ansetzen. Eifersüchtig mußte man dieses Mädchen machen, dann würde sie sich so blöde und tolpatschig benehmen, daß Mario schnell genug von ihr bekam.

Es war sehr heiß an diesem Tag in Sant'Angelo. Kein Windhauch bewegte das Meer. Die Gäste auf Marios Veranda brachen einer nach dem anderen auf und zogen sich in ihre kühlen Hotelzimmer oder in den

Schatten der Sonnenschirme zurück, die unten am Strand in langer Reihe aufgestellt waren.
Peter Reimers ließ deutlich Zeichen der Erschöpfung erkennen. Er hing schlaff in seinem Korbstuhl, und auf seiner Stirn standen dicke Schweißperlen. Immer wieder zog er das Taschentuch heraus und wischte sich damit das Gesicht ab. Der Wein, den er nun doch auf allgemeines Zureden getrunken hatte, war ihm zu Kopf gestiegen. Vor Müdigkeit fielen ihm fast die Augen zu, doch er hütete sich, das zuzugeben. Barbara hätte sofort die Gelegenheit benutzt, ihn zurück ins Hotel zu schicken. Er aber wollte hierbleiben und seinen Kummer, der mit jedem Augenblick heftiger wurde, voll auskosten.
Natürlich hatte er längst bemerkt, daß Barbara es auf den Italiener abgesehen hatte, auf diesen Mario, nach dem sich alle Frauen buchstäblich die Hälse verdrehten. Und er hatte auch bemerkt, daß Mario die Bemühungen Barbaras kaum zur Kenntnis nahm, weil all seine Aufmerksamkeit dem schönen blonden Mädchen galt.
Peter nippte an seinem Espresso. Dumpf, müde und unglücklich brütete er vor sich hin. In diesem Augenblick setzte sich Mario zu ihnen an den Tisch. Peter sah, wie Barbara den jungen Mann mit einem Blick bedachte, in dem weibliche Selbstsicherheit, Neugierde und geschlechtliche Gier lagen. Mario reagierte nicht darauf. Er nahm von diesem Blick, den auch Vera und Isabel bemerkt hatten, einfach keine Notiz.
Vera stand plötzlich auf und erklärte unvermittelt: »Ich habe keine Lust, hier noch länger herumzusitzen. Ich gehe runter an den Strand. Kommst du mit, Isabel?«
Isabel schüttelte den Kopf. »Nein. Ich bleibe hier.« Sie dachte nicht daran, Mario mit dieser Person, die gar

keine Anstalten traf, sich zu entfernen, allein zu lassen.
Barbara sah sie an, kühl und fast unmerklich lächelnd. Sie amüsierte sich sehr. Die Arme war ja jetzt schon völlig aus der Fassung gebracht. Sie war der Situation überhaupt nicht gewachsen. Was würde erst geschehen, wenn Mario, der ihr im Augenblick noch blind ergeben war, nichts mehr von ihr wissen wollte?
Vera nahm achselzuckend ihre Badesachen und entfernte sich. Mario rief ihr nach, sie dürfe sich auf keinen Fall in die pralle Sonne legen, das sei gefährlich.
»Sie sind sehr besorgt um Ihre Gäste«, sagte Barbara so boshaft, wie sie manchmal sein konnte. Sie hatte plötzlich die Idee, daß auch zwischen ihm und Vera etwas gewesen war, und ärgerte sich, daß er gerade ihr so gar keine Beachtung schenkte. Der furchtbare Verdacht stieg in ihr hoch, sie könnte für ihn zu alt sein, doch dann fand sie diesen Gedanken so komisch, daß sie in lautes Lachen ausbrach.
Mario sah sie erst ein wenig befremdet an, wurde dann aber von ihrem Lachen angesteckt und lachte mit.
»Sei nicht so albern, Barbara.« Das war Peter Reimers. Er konnte die Hitze und das stundenlange Sitzen auf dem unbequemen Stuhl einfach nicht mehr ertragen und war nahe daran, die Beherrschung zu verlieren. »Tu mir den einzigen Gefallen und laß uns jetzt gehen.«
Barbara sah ihn aus zusammengekniffenen Augen an. »Bist du verrückt geworden? Warum soll ich gehen? Ich denke nicht daran! Ich amüsiere mich großartig.«
Sie wandte sich Mario zu und sagte, ihm direkt in die Augen sehend: »Hätten Sie vielleicht eine Zigarette für mich? Ich habe mir zwar vorgenommen, nicht

mehr zu rauchen, aber jetzt habe ich plötzlich Lust darauf.«

Es lag ein merkwürdiger Doppelsinn in dieser an sich harmlosen Bemerkung. Isabel sah betroffen von einem zum anderen. Mario wollte aufstehen, doch Peter Reimers kam ihm zuvor. Er hielt Barbara sein aufgeklapptes Zigarettenetui hin.

Ein Schweigen entstand. Dann erklang Barbaras Stimme, überlegen wie immer: »Bemüh dich nicht. Du weißt, diese Sorte kann ich nicht ausstehen.«

Mario sprang auf. Er ging an die Bar und kam mit einer Schachtel Zigaretten zurück. Als er Barbara Feuer gab, griff sie ruhig und wie selbstverständlich nach seiner Hand.

Das war zuviel für Peter Reimers. Er schob so ungestüm den Tisch zurück, daß eines der Gläser umfiel und zerbrach. Ohne sich für sein Ungeschick zu entschuldigen, stand er auf und verließ mit großen Schritten die Veranda.

Barbara begann zu lachen. Isabel sah sie starr vor Staunen an. »Das ist wirklich zu komisch«, gluckste Barbara. »Zu komisch ist das. O Gott, wie kann man bloß so empfindlich sein als Mann!«

»Sie haben ihm weh getan«, sagte Isabel leise.

»Ist sie nicht reizend?« fragte Barbara und sah dabei Mario an.

»O ja«, sagte Mario mit Nachdruck und griff nach Isabels Hand. Und da ihn das spöttische Lächeln Barbaras ärgerte, setzte er hinzu: »Warum soll ein Mann nicht empfindlich sein? Wir Italiener sind sehr empfindlich. Wenn uns eine Frau kränkt - wir spüren das sofort und reagieren darauf.«

Er hatte das in einem leichten Ton gesagt, aber Barbara hörte doch die Kritik heraus. Sie blickte ihn an und erwiderte: »Wir wollen ein andermal darüber reden, ja?

Jetzt habe ich zuviel getrunken, da werde ich leicht aggressiv.« Sie drückte ihre Zigarette aus und stand auf. »Vielleicht besuchen Sie mich mal in Lacco Ameno. Ich würde mich freuen.«

Sie gab erst Isabel, dann Mario die Hand und ging davon. Und obwohl sie wirklich sehr viel getrunken hatte, waren ihre Schritte ruhig und fest, ihre Haltung aufrecht.

Isabel sah ihr nach. Sie hatte die letzte halbe Stunde nur mit zusammengebissenen Zähnen überstanden und empfand für diese Frau fast so etwas wie Haß, obwohl sie sich sagte, daß das lächerlich war.

Die letzten Gäste hatten die Veranda verlassen. Pina, das kleine Serviermädchen, räumte die Gläser und Flaschen ab und brachte sie in die Küche. Mario sah Isabel an und wartete auf eine Bemerkung von ihr, doch sie schwieg.

»Was ich an dieser Frau so unerträglich finde, ist ihre Arroganz«, sagte er. »Sie bildet sich ein, alle Männer laufen hinter ihr her.«

Sie sah ihn finster an. »Du lügst«, sagte sie. »Du findest sie gar nicht unerträglich. Meinst du, ich habe nicht bemerkt, wie du auf ihren Busen gestarrt hast?«

Er begann zu lachen, hörte aber sofort auf, als er ihren Gesichtsausdruck sah.

»Du bist doch nicht etwa eifersüchtig?« fragte er.

»Doch.«

»Aber warum? Es ist doch gar nichts passiert.«

»Ach, das verstehst du nicht«, sagte sie gereizt. »Ich weiß ja selbst, daß nichts passiert ist. Es ist nur . . . wie soll ich dir das erklären? Ich komme mir so dumm vor neben so einer Frau. Die kann reden und sich aufspielen, und die Männer starren sie an und finden sie großartig.«

»Ich wundere mich über dich«, sagte Mario erstaunt.

»Warum?«
»Ich hatte keine Ahnung, daß du - wie sagt man? - Komplexe hast. Das hast du doch gar nicht nötig, so, wie du aussiehst.«
Er kam näher, wollte sie an sich ziehen, doch sie schob ihn fort.
»Laß das«, sagte sie. »Ich will das jetzt nicht.«
Er wollte ärgerlich werden, beherrschte sich aber. Sie benahm sich kindisch. Sie hatte nicht den geringsten Grund, eifersüchtig zu sein.
»Cara -«, seine Stimme klang zärtlich, »- verdirb uns nicht den Tag wegen dieser dummen Person.«
»Sie ist keine dumme Person«, fuhr Isabel ihn an. »Sie ist schön und klug und tüchtig. Und du weißt es. Sie ist genau die Sorte Frau, die auf einen Mann Eindruck macht.«
Was rede ich da? dachte sie erschrocken. Ich preise sie ja förmlich an. Wenn ich so weitermache, treibe ich sie ihm direkt in die Arme.
Sie setzte sich auf die Bank neben der Küche, tief deprimiert jetzt.
Mario kam kopfschüttelnd näher, blieb vor ihr stehen und blickte auf sie herab. »Was ist bloß in dich gefahren, cara? Ich kenne dich gar nicht wieder.«
Sie kannte sich selbst nicht wieder. Eifersucht war ein Gefühl, das ihr bisher fremd gewesen war. Aber jetzt hatte es von ihr Besitz ergriffen und zwang sie, törichte Dinge zu sagen. Sie wußte schon, es würde wieder und wieder kommen, ohne daß sie sich dagegen wehren konnte.
Durch das Küchenfenster kam der eintönige Gesang Pinas. Dazu klapperte sie unbekümmert mit dem Geschirr.
Die beiden schwiegen eine Weile. Mario fühlte sich unbehaglich. Er hatte lange kein Gefühl mehr in eine

Frau investiert. Was erwartete Isabel von ihm? Daß er keine andere Frau mehr ansah? Daß er sich fortan nur noch ihr widmete und sich damit dem Gespött seiner Freunde aussetzte?
Isabel sah ihn forschend an.
»Woran hast du eben gedacht?« fragte sie.
Mario zog eine Zigarette aus der Tasche. Es war eine Geste der Abwehr. Er fühlte sich überrumpelt. Nach kurzem Zögern erwiderte er: »Ich habe gar nichts gedacht, cara. Es ist viel zu heiß, um etwas zu denken.«
»Du hast schon wieder gelogen«, stellte sie fest.
Er sprang auf und warf die eben angerauchte Zigarette weg.
»Cara, mach mich nicht böse! Ich liebe dich, aber ich mag es nicht, wenn man grundlos Streit anfängt.«
Sie gab sich geschlagen. »Verzeih«, sagte sie und streckte die Hand nach ihm aus. »Also gut, ich gebe es zu, ich war eifersüchtig. Ich kann dir nicht erklären, warum, aber es ist so.«
Mario begann zu lachen. Das war es also. Nun wußte er es. Ihre Aufrichtigkeit beschämte ihn, aber er beschloß, auf der Hut zu sein. Er wußte, wenn er ihr in allem nachgab, war er verloren. Sie würde mehr und mehr fordern, bis er völlig in ihren Händen war und nicht mehr von ihr loskam.
»Lach nicht«, sagte Isabel gekränkt. »Es wird nicht wieder vorkommen.«
»Das hoffe ich«, erwiderte er ernst. Er zog sie hoch, küßte sie rasch und ließ sie wieder los. »Komm schlafen, cara! Ich bin müde.«
Isabel starrte ihn an.
Mario war schon an der Tür. »Was ist? Kommst du nicht mit?«
Sie machte eine hilflose Bewegung zum Küchenfenster.

Er lachte. »Pina? Die stört das nicht.« Fast hätte er hinzugesetzt: Die ist das gewöhnt.
Er verschwand im Haus, und sie folgte nach kurzem Zögern.
Mario schloß die Zimmertür ab. Er begann sich auszuziehen, während sie unschlüssig stehen blieb.
»Zieh dich aus, cara«, sagte er ungeduldig. »Ich bitte dich, tu nicht so, als würdest du dich vor mir genieren.«
Sie hob die Arme und zog das Kleid über den Kopf.
Er sah sie an. »Komm zu mir!« Jetzt klang seine Stimme weich. »Bitte - cara!«
Langsam, fast widerwillig kam sie näher. Als sie unmittelbar vor ihm stand, betrachtete er sie eine Weile, wie man ein Kunstwerk betrachtet. »Du bist wunderschön, cara.« Er streichelte ihre Brüste. Sie bog den Oberkörper zurück. Ihr Fuß stieß an eine Blumenvase. Die Vase fiel um, und das Wasser ergoß sich auf die Steinfliesen.
»Macht nichts«, sagte Mario. Er ließ sich auf das Bett fallen und zog sie neben sich.
Sie legte die Hand auf seine Hüfte. »Ich habe lauter Unsinn geredet.«
»Ja, das hast du.«
»Ich liebe dich, Mario.«
»Ich liebe dich auch.« Er wußte, daß sie unter Liebe etwas anderes verstand als er, aber das spielte im Moment keine Rolle.
Isabel lächelte ihm zu. Ihr Gesicht war hell und jung und arglos. »Dann bin ich glücklich«, sagte sie.
»Versprich mir, daß du nicht mehr eifersüchtig sein wirst.«
»Ich verspreche es dir.«
»Es ist so dumm.«
»Ja, ich weiß.«

Sie dehnte sich. Alles war wieder gut. Nie wieder würde sie sich so töricht benehmen wie vorhin.
Die leichten Vorhänge blähten sich im Wind. Sonnenkringel tanzten auf dem Fußboden. Das Tuckern eines Motorbootes drang zu ihnen herauf.
Mario richtete sich halb auf und betrachtete den schlanken, braungebrannten Körper neben sich.
»Ich bekomme Angst, wenn du mich so ansiehst«, sagte sie.
Er gab keine Antwort.
Plötzlich begann sie zu sprechen: »Ich muß dir etwas sagen, aber du darfst mich nicht auslachen.«
»Ich lache dich nicht aus.«
»Du hast aus mir einen neuen Menschen gemacht. Ich kenne mich nicht mehr. Noch nie war ich so - so lebendig. Es zerreißt mich fast. Siehst du, du lachst, aber es zerreißt mich wirklich. Ich möchte schreien. Ich möchte losschreien, weil da irgend etwas in mir ist, was mir fast die Brust sprengt.«
»Schrei doch«, sagte er. »Wenn du meinst, daß du schreien mußt, dann schrei.«
»Aber das geht doch nicht«, sagte sie erschrocken. »Man darf sich nicht so gehenlassen. Man muß sich zusammennehmen.«
»Wer sagt das?«
»Meine Mutter.«
Er stutzte einen Augenblick. Dann meinte er leichthin: »Sie wird sich auch nicht immer zusammengenommen haben.«
Isabel hatte plötzlich Tränen in den Augen. »Versprich mir etwas, Mario.« Ihre Stimme klang gepreßt.
»Was soll ich dir versprechen?«
»Versprich mir, daß du mich nicht plötzlich allein läßt. Nicht von heute auf morgen. Das könnte ich nicht ertragen.«

Da warf er sich über sie, erfüllt von jener ihm eigenen Gefühlsmischung aus Leidenschaft und Leichtsinn.

»O cara!« rief er. »Was redest du für einen Unsinn. Küß mich lieber!«

Sie küßte ihn. Und er lachte und streichelte sie, und sie begriff nicht mehr, was sie eben noch so geängstigt hatte.

10

Don Ferdinando, der Priester von Sant'Angelo, war ein untersetzter, rundlicher Mann mit freundlichem Gesicht und ruhig blickenden Augen. Seine Gemeinde liebte ihn, denn er war einer der Ihren, stammte von der Insel und hatte Verständnis nicht nur für ihre Nöte und Sorgen, sondern auch für ihre Fehltritte. Er spielte mit der Jugend Fußball, saß mit den Fischern abends beim Wein und beriet die Frauen und Mädchen bei Liebeszwisten und Ehekrisen.
An diesem Abend war er zu Gast bei seinem Freund, dem Dottore Lorenz, den er seit Jahren kannte und dessen Gesellschaft er jeder anderen vorzog. Die beiden Männer saßen vergnügt und in Erwartung eines guten Essens an dem gedeckten Tisch in Bernhard Lorenz' kleinem Salon. Die Türen zur Terrasse standen weit offen, und der Abendwind ließ die Kerzen in den beiden silbernen Leuchtern, die Maria zur Feier des Tages frisch geputzt hatte, leicht flackern.
Don Ferdinando war kein Freund von komplizierten Speisen. Er liebte einfache, derbe Mahlzeiten, und so gab es Antipasto - scharf gewürzt mit Knoblauch und einem Tomatensugo, den Maria auf unnachahmliche Weise mit frischen Kräutern zubereitete. Danach Brathuhn, Weintrauben und einen milden Schafskäse. Getrunken wurde ein leichter Landwein, den Bernhard Lorenz direkt von einer Bäuerin aus Serrara bezog. Die Gespräche waren heiter und keineswegs theolo-

gisch ausgerichtet. Sie drehten sich zunächst um das Wetter, die diesjährige Weinernte, den bevorstehenden Ärztekongreß, der jedes Jahr im September in Angelo stattfindet, und den neuesten Dorfklatsch.

»Beim Juwelier auf der Piazza ist eingebrochen worden«, erzählte Don Ferdinando. »Sie haben es sicher schon gehört. Die Räuber sind mit dem Boot entkommen. Ernesto hat sie wegfahren sehen. Sie haben sich nicht einmal besonders beeilt.«

»Die Brüder werden immer unverschämter«, sagte Lorenz. »Nächstens kommen sie noch am hellichten Tag.«

»Was wollen Sie?!« Der Priester zog ein kleines silbernes Etui aus der Rocktasche und entnahm ihm eine kurze Zigarre, die er umständlich entzündete. »Nehmen Sie die Zigarettenschmuggler. Die führen die Polizei doch an der Nase herum. Vor ein paar Tagen sind sie mit ihren Booten hier im Hafen gelandet. Kein Mensch hat sich darum gekümmert. Die Touristen haben noch gelacht. Aber diese Burschen können einem im Grunde leid tun«, fuhr Don Ferdinando fort. »Die meisten von ihnen würden im bittersten Elend leben, wenn sie sich nicht durch Schmuggeln ein bißchen was verdienen könnten. Viel schaut ohnehin nicht für sie heraus. Das große Geld machen die Drahtzieher im Hintergrund.«

Von den Schmugglern sprang das Gespräch auf den Terrorismus über und auf die zunehmende Brutalität in Städten wie Rom und Neapel.

»Wo kommen wir eigentlich hin?« fragte Bernhard Lorenz und füllte behutsam das Weinglas seines Freundes. »Nehmen Sie unsere kleine Insel . . .« Lorenz trank bedächtig einen Schluck, stellte das Weinglas auf den Tisch und sah zu, wie ein roter Tropfen am Stiel herunterlief, bevor er auf der hölzernen Tisch-

platte landete. Mit einer gewissen Resignation in der Stimme sagte er: »Wie sich das Leben hier in den letzten zwanzig Jahren verändert hat - Verfall der Sitten, Anpassung an die moderne Zeit, der Massentourismus, der Einfluß Amerikas - für mein Gefühl eine Katastrophe.«
Don Ferdinando lächelte sein verzeihendes Priesterlächeln. »Übertreiben Sie nicht ein wenig, Dottore? Eine Katastrophe würde ich es nun nicht gerade nennen. Bedenken Sie, daß die Ischitaner hier während des Krieges fast verhungert wären. Der Aufschwung, den die Insel genommen hat -«
»Das ist natürlich richtig«, fiel ihm Lorenz ins Wort. »Ich gönne es den armen Leuten hier, daß es ihnen endlich gutgeht, daß sie Geld verdienen. Nur -« Er machte eine Pause und zerteilte mit dem Messer den letzten Happen Käse auf seinem Teller. »Ich bedaure, daß dieser Aufschwung gleichzeitig mit einem Niedergang verbunden ist. Mit dem Niedergang der allgemeinen Moral.«
»Moral -« Don Ferdinando machte mit beiden Händen eine weitausholende Geste. »Das ist ein Wort, mit dem ich immer sehr behutsam umgehe.«
Bernhard Lorenz, der gescheiterte Arzt und betrogene Ehemann, nickte.
»Ich gebe Ihnen recht. Moral ist eine zweischneidige Sache. Sie bei einem Menschen anzuzweifeln, den man nicht sehr genau kennt, steht uns gar nicht zu. Lassen wir also die Moral beiseite und sprechen wir von den Sitten. Sie müssen zugeben, Don Ferdinando, da liegt vieles im argen. Hier im Süden ist das noch augenfälliger als bei uns im Norden.«
Er trank einen Schluck und fuhr dann fort: »Nehmen Sie nur die neapolitanischen Mädchen. Es wäre doch früher undenkbar gewesen, daß ein junges Mädchen

in Neapel ohne die Begleitung einer älteren Person auf die Straße ging. Und heute? Heute kommen sie allein mit ihrem Freund am Wochenende auf die Insel und liegen halbnackt am Strand herum.«
»Das ist richtig«, erwiderte der Priester trocken. »Aber was wollen Sie machen? Sie können die Zeit nicht zurückdrehen. Das fing nach dem Krieg mit der amerikanischen Besatzung an. Da tauchten plötzlich Frauen in Uniform in Neapel auf, die ungeniert allein in ein Lokal gingen. Da wurden unsere Mädchen natürlich rebellisch und wollten das auch einmal probieren. Der nächste Schritt war ein Freund, waren Verabredungen, war das Ausbrechen aus der elterlichen Zucht. Und nun ist das alles längst sanktioniert. Man tritt sogar zu dreien vor den Altar, und nur ganz rückständige Mütter würden es wagen, ihren Töchtern deswegen Vorwürfe zu machen.«
»Und die jungen Männer?« fragte Lorenz. »Ich habe mir sagen lassen, da gäbe es immer noch gewisse Idealvorstellungen.«
»Die gibt es zweifellos«, erwiderte Don Ferdinando. »Wenn es ums Heiraten geht, sind viele Neapolitaner ganz erstaunlich altmodisch. Ein Mädchen, das keine Jungfrau mehr ist, hat es selbst heutzutage noch schwer, einen Mann zu bekommen. Und wenn sie sich mit mehreren herumgetrieben hat, dann ist es so gut wie ausgeschlossen.«
Bernhard Lorenz lehnte sich zurück und musterte das runde, gutmütige Gesicht des Priesters. Nach einer kleinen Pause sagte er nachdenklich: »Was müssen diese einfachen Fischer hier auf der Insel bloß von den ausländischen Touristinnen denken, die sich jedem Kerl, der starke Muskeln hat, ungeniert an den Hals werfen?«
»Die denken sich gar nichts«, erwiderte Don Ferdi-

nando mit einem launigen Lächeln. »Die nehmen mit, was ihnen geboten wird. Und ich kann es ihnen nicht einmal verübeln.«
Es klopfte, und von der Tür kam das leise »Permesso?« der alten Maria. Während sie abräumte, lobte Don Ferdinando die Zubereitung der Speisen, und das runzlige Gesicht unter dem schwarzen, streng zurückgekämmten Haar strahlte.
»Auch noch ein Relikt aus einer längst vergangenen Zeit«, sagte Lorenz, nachdem Maria wieder gegangen war. »Eine einfache Bäuerin, aber mit mehr Würde als manche sogenannte Dame.«
Die beiden Männer traten hinaus auf die Terrasse und blickten eine Weile über das dunkle Wasser. Weit hinten waren ein paar Lichtpunkte zu sehen. Fischerboote, die zum Fang ausliefen.
Lorenz hatte eine neue Flasche Wein entkorkt und schob seinem Gast einen Stuhl hin. »Da ist noch etwas, was ich mit Ihnen besprechen wollte, Don Ferdinando.«
Der Priester blickte ihn fragend an.
»Es handelt sich um Mario, unseren Freund.«
»Ah, Mario - hat er wieder etwas angestellt?«
Bernhard Lorenz lächelte nicht. Sein Gesicht blieb ernst. »Ich mache mir Sorgen um ihn. Er hat sich da in eine Geschichte eingelassen - eine junge Deutsche . . . ich weiß nicht, ob Sie schon davon gehört haben?«
»Aber ja. So etwas spricht sich herum. Sie soll außergewöhnlich hübsch sein.«
»Mir gefällt diese Sache nicht«, sagte Lorenz. »Ich habe mich mit dem Mädchen ein paarmal unterhalten. Sie macht nicht den Eindruck einer Abenteurerin. Im Gegenteil. Ich fürchte, daß sie sich in Mario verliebt hat, und ich wollte Sie eigentlich bitten, einmal mit ihm zu reden.«

Don Ferdinando hob abwehrend beide Hände. »Ich mische mich nicht gerne in solche Angelegenheiten ein. Wenn er nicht zu mir kommt –«

Bernhard Lorenz beugte sich vor und sah den Priester eindringlich an. »Er wird natürlich nicht kommen«, sagte er. »Warum sollte er? Für ihn ist die Sache sonnenklar. Ein Mädchen kommt nach Ischia und legt sich zu ihm ins Bett. Das kennt er, das hat er schon hundertmal erlebt. Nur –« Er brach ab und suchte nach den passenden Worten. Als er weitersprach, klang seine Stimme gedämpft: »Ich fürchte, diesmal ist er an die Falsche geraten. Er wird Schwierigkeiten bekommen.«

Don Ferdinando fand die Besorgnis seines Gastgebers geradezu rührend, obwohl er sie für übertrieben hielt. Er kannte dieses Mädchen nicht, aber sie war ja wohl erwachsen genug, um die Folgen ihres Handelns richtig einschätzen zu können. Und was Mario betraf, so war er viel zu erfahren im Umgang mit Frauen, um in eine wirklich unangenehme Situation zu geraten.

»Für wen fürchten Sie eigentlich, Dottore?« fragte er nicht sonderlich beeindruckt. »Für Mario oder für das Mädchen?«

»Für beide«, erwiderte Bernhard Lorenz. »Aber ich glaube, es ist bereits zu spät, um hier noch einzugreifen. Wir müssen den Dingen wohl ihren Lauf lassen.«

Don Ferdinando blieb noch eine halbe Stunde. Dann schob er den Stuhl zurück und stand auf. »Es ist spät geworden, Dottore. Sie müssen müde sein.«

Bernhard Lorenz widersprach, doch der Priester verabschiedete sich. »Besuchen Sie mich bald einmal. Meine Mutter wird sich freuen. Sie fragt oft nach Ihnen.«

»Grüßen Sie sie bitte von mir. Und sagen Sie ihr, der

Kuchen, den sie mir geschickt hat, wäre ausgezeichnet gewesen.«
Der Doktor begleitete seinen Gast die Treppe hinunter. Im Haus war es still. Nur aus einem der Zimmer drang noch gedämpfte Musik. Das war sicher Fräulein Bertram aus Frankfurt. Sie war vor drei Tagen angekommen und hatte Bernhard Lorenz gleich am ersten Abend erzählt, sie könne nachts nicht schlafen. Und dabei sah sie ihn mit einem Blick an, der ihn für diese Misere verantwortlich zu machen schien.
Unten an der Haustür gaben sich die beiden Männer die Hand. Don Ferdinando bedankte sich noch einmal für den netten Abend und wiederholte seine Bitte, der Dottore möge bald zu ihm kommen.
Bernhard Lorenz sah der kleinen, gedrungenen Gestalt noch einen Augenblick nach und dachte, daß dieser sympathische und kluge Mann genauso einsam war wie er selbst, nur mit dem Unterschied, daß der andere freiwillig darauf verzichtet hatte, sein Leben an eine Frau zu binden.
Auf dem Weg zu seinem Zimmer begegnete Lorenz Fräulein Bertram. Sie stand plötzlich wie ein Geist vor ihm, und wie ein Geist war sie auch nur mit einem hellen, durchsichtigen Gewand bekleidet. Sie sah ihn an.
Und dann brach es unvermittelt los - ein Schwall von Klagen: »Diese Schlaflosigkeit! Jede Nacht geht das so. Ich bin schon halb verrückt. Und dann kommen diese schrecklichen Gedanken. Es ist alles so traurig. Das Alleinsein -«
Sie brach ab, sah Bernhard Lorenz hilflos an. Und dann schluchzte sie plötzlich auf. »Ich bin so unglücklich -«
»Aber, aber . . .!« Bernhard Lorenz lächelte, aber er blieb unbeeindruckt. Er kannte das nur zu genau. Sie

waren alle unglücklich. All diese mittelalterlichen, alleinstehenden Frauen waren unglücklich und trostbedürftig, aber wenn man sich mit ihnen einließ, wurde man sie nicht mehr los.
»Nehmen Sie ein Schlafmittel, Fräulein Bertram.«
»Ich will kein Schlafmittel nehmen, das ist ungesund.«
Sie machte einen Schritt auf ihn zu und ließ wie unabsichtlich einen Träger ihres Nachthemds von der Schulter gleiten.
»Wollen Sie mir nicht einen Augenblick Gesellschaft leisten? Wir könnten ein Glas Wein zusammen trinken.«
Bei anderer Gelegenheit wäre er vielleicht mitgegangen. Obwohl ihre Plumpheit ihn abstieß, tat sie ihm leid. War er nicht selbst oft trostbedürftig gewesen? Eine arme, vernachlässigte Frau, von der niemand etwas wissen wollte. Die sich jedem an den Hals warf, gierig nach ein bißchen Wärme, nach ein bißchen Lust.
Aber heute wollte er nicht. Der Gedanke, sich über dieses blasse, enttäuschte Gesicht zu beugen, diese Brust zu streicheln, die sich ihm unter dem dünnen Hemd so freigiebig darbot, war ihm einfach widerlich.
Er lehnte mit ein paar höflichen Worten ab, bat, ihm nicht böse zu sein, doch er sei müde.
Fräulein Bertram verbarg ihre Enttäuschung hinter einem trüben Lächeln. Sie war es gewöhnt, abgewiesen zu werden, aber hier im Süden hatte sie doch ein wenig mehr Entgegenkommen erwartet. Um sich einen halbwegs guten Abgang zu verschaffen, sagte sie jetzt fast sachlich: »Es war nur eine Idee von mir. Ich fühlte mich plötzlich so einsam. Nichts für ungut, Doktor. Gute Nacht - und schlafen Sie schön.«
Sie huschte davon und verschwand hinter ihrer Zim-

mertür. Lorenz hörte, wie sie drinnen den Schlüssel herumdrehte.
Später, als er bereits im Bett lag, stellte er Betrachtungen darüber an, daß das beginnende Alter für einen Mann leichter zu ertragen sei als für eine Frau. Regten sich die Leidenschaften in ihm, so konnte er dieselben immer noch befriedigen, ohne sich lächerlich zu machen. Gerade jetzt waren die jüngsten und hübschesten Frauen bereit, mit ihm zu schlafen, während ein alterndes Mädchen wie Fräulein Bertram stets auf Peinlichkeiten gefaßt sein mußte, wenn sie einen Bettgefährten suchte.
Bernhard Lorenz überlegte das und fand es traurig. Heute, im Zeitalter der Pille und der freien Liebe, war es für die Frauen viel schwerer, von einem bestimmten Alter an Zurückhaltung zu üben, weil nicht nur die Lebenserwartung, sondern auch die Liebeserwartung höher war.
Das alles war sehr kompliziert, und Bernhard Lorenz war weit davon entfernt, es zu verstehen. Doch da das Leben auch in ihm langsam verrann, da auch er ängstlich darauf bedacht war, seine physischen Kräfte zu erhalten, war er geneigt, die Lebensgier älterer Frauen zu tolerieren.
Im Dunkeln lag er, und es kam einer der gefürchteten Augenblicke, wo er das selbstgewählte Alleinsein unerträglich fand. Er fühlte im voraus die Demütigungen und Enttäuschungen eines einsamen Alters und stand Qualen aus bei dem Gedanken, irgendwann einmal als verblödeter, hilfloser Greis fremden Menschen ausgeliefert zu sein. Ach, und es kam wieder die Verzweiflung über seine gescheiterte Ehe! Alles überwunden Geglaubte, alle Zweifel an sich selbst kamen wieder.
Er stand auf, kleidete sich an, schlich die Treppe hin-

unter und aus dem Haus und lief den Strand entlang, bis ihn die Müdigkeit wieder zurück in sein Bett trieb.
Er schlief ein, doch wachte er mehrmals auf, weil er schlecht geträumt hatte. Die Furcht war immer noch in ihm. Er mußte erst aufstehen und ein Glas Wein trinken, ehe das wilde Herzklopfen nachließ.

11

Mario erwachte schlecht gelaunt aus seiner Siesta. Als ihm einfiel, daß Isabel gleich kommen würde, um, wie sie am Telefon angekündigt hatte, ihm eine wichtige Mitteilung zu machen, wurde seine Laune noch gereizter. Er hatte ein ungutes Gefühl. Es war ihm zumute wie einem Menschen, dem eine Schlinge um den Hals gelegt werden sollte. Er liebte Isabel, aber ihr beharrliches Über-ihn-Verfügen fing an, ihm lästig zu werden. Manchmal hatte er Lust davonzulaufen. Auch ihre Eifersucht störte ihn. Sie versuchte sie vor ihm zu verbergen, aber es gelang ihr nicht.
Es war ein kühler, regnerischer Tag. Der Strand war leer, und Gäste waren daher kaum zu erwarten. Mario hatte Pina beurlaubt. Er war allein, als Isabel, angetan mit einem gelben Overall und hohen Gummistiefeln, bei ihm erschien. Sie merkte sofort, in welch schlechter Stimmung sich Mario befand, aber nachdem sie Tee getrunken und sich eine Weile unterhalten hatten, wurde er zusehends heiterer. Noch wirkte, wie er sich eingestehen mußte, der Zauber dieses Mädchens, und er war bereit, sich ihrer sanften Tyrannei bis zu ihrer Abreise, die ja nun bald erfolgen mußte, weiter zu unterwerfen.
Doch dann begann sie zu sprechen, und als er den Sinn ihrer Worte erfaßte, war er entsetzt.
Er saß eine Weile reglos da. »Hast du dir das genau überlegt?« fragte er dann.

»Ja, das habe ich.«
»Du bist wirklich fest entschlossen, hierzubleiben?«
»Ja.« Sie sah ihn an und forschte in seinen Zügen. »Freust du dich nicht darüber?«
»Dio mio, cara!« stieß er hervor und sprang auf. »Natürlich freue ich mich. Es kommt nur so - so überraschend für mich. Ich weiß gar nicht, was ich sagen soll.«
Er lief hin und her, blieb schließlich am Fenster stehen und starrte hinaus. Seine Hand fuhr zum Hals. Jetzt war die Schlinge zugezogen. Was sollte er tun? Wie, um Himmels willen, konnte er ihr diese Idee ausreden, ohne sie zu verletzen?
»Ich sehe schon, du bist alles andere als froh darüber.« Ihre Stimme klang schüchtern wie die eines kleinen Mädchens. »Dabei tue ich es nur aus Liebe zu dir.«
Er drehte sich um und blickte sie an. Sah die schmale, zusammengesunkene Gestalt, das enttäuschte Gesicht, den zitternden Mund ... »Cara!« Mit zwei Schritten war er bei ihr. Er zog sie hoch und preßte sie an sich. »Sei nicht traurig, Liebste. Es ist ja alles gut. Ich freue mich, daß du hierbleibst.«
Er streichelte und küßte sie, und dabei dachte er: Was rede ich da? Es ist ja gar nicht wahr. Ich freue mich überhaupt nicht!
»O Mario, ich bin so glücklich, daß du das sagst. Ich dachte schon -« Sie beendete den Satz nicht, sah ihn nur aus großen, strahlenden Augen an. »Du wirst sehen«, flüsterte sie. »Wir werden glücklich sein. Ich werde dir bestimmt nicht zur Last fallen, du brauchst keine Angst zu haben. Vera reist übermorgen ab. Ich werde mir dann ein Zimmer suchen.«
»Ein Zimmer?« Er war einen Augenblick verwirrt.
»Ja, natürlich. Was dachtest du denn? Dachtest du, ich

würde zu dir ziehen? Nein, nein, das will ich nicht. Ich will nur hierbleiben, in deiner Nähe ...«

»O cara!«

Er setzte sich, zog sie neben sich, legte den Arm um sie. Zeit gewinnen, dachte er. Sie war so hingerissen, so voller Hingabe und Vertrauen. Er durfte sie jetzt nicht enttäuschen. Er durfte ihr nicht sagen, daß er es lieber sähe, sie bliebe nicht.

Sie machten Pläne. Das heißt, Isabel machte sie, und er hörte zu. Sie besaß ein wenig Geld. Nicht viel, aber es würde reichen, hier ein oder zwei Jahre zu leben. Inzwischen würde sie Malstunden nehmen. Sie hatte sich schon erkundigt. In Forio gab es zwei Maler, die Unterricht gaben. Ihr Studium mußte sie natürlich abbrechen, aber das war nicht weiter schlimm. Sie hatte sich immer schon gewünscht, künstlerisch tätig zu sein. Zu malen, vielleicht auch zu bildhauern. Hier auf der Insel würde sie nichts ablenken. »Außer dir natürlich«, sagte sie und lachte über sein verdutztes Gesicht.

»Nun, was sagst du zu meinen Plänen?« fragte sie dann. »Bist du nicht überrascht über meine Zielstrebigkeit?«

Das war er allerdings. Wieder war ihm, als schnüre ihm jemand die Luft ab. Sie hatte sich das alles ausgedacht, sicher nicht in der Absicht, ihm Unannehmlichkeiten zu machen, aber so, wie sich ihm die Situation jetzt darstellte, war er peinlich berührt. Mit einer Umsicht, die er ihr nie zugetraut hätte, ging sie daran, sein Leben zu ändern. Er zweifelte nicht einen Augenblick daran, daß das ihre eigentliche Absicht war.

Ohne mich, dachte Mario und spürte plötzlich so etwas wie Feindseligkeit gegen sie. Da spiele ich nicht mit!

Er ließ sich nichts anmerken. Blieb äußerlich freundlich und ermunterte sie sogar zu ihrem Vorhaben. Das mit dem Malen wäre eine gute Idee. Er kenne den Maler Antonio in Forio, den meine sie ja wohl, und er wäre gerne bereit, einmal mit ihm zu reden.
»Ja? Würdest du das wirklich tun?«
»Aber selbstverständlich. Ich will dir doch helfen.«
Und dabei schoß ein kleiner, hinterhältiger Gedanke durch seinen Kopf. Dieser Antonio war ein bemerkenswerter Mann. Ein Mann, der den Frauen gefiel. Er brauchte ihm nur einen kleinen Wink zu geben, und schon . . .
»Mario - ich bin ja so glücklich!« Isabel schlang ihre Arme um seinen Hals.
Tief beschämt über das, was er eben gedacht hatte, zog er sie an sich.
»Ich liebe dich«, sagte sie hingerissen. »Noch nie habe ich einen Menschen so geliebt, und ich werde auch keinen mehr so lieben.«
Er küßte sie. Es war alles ein bißchen beängstigend für ihn.
»Sag etwas«, bat sie.
»Was soll ich sagen?«
»Sag, daß du glücklich bist - felice . . . bitte, sag es!«
Er streichelte ihr Haar. »O cara, du bist ein Kind. Sono felice - bist du nun zufrieden?«
Isabel sah ihn aufmerksam an. »Ich weiß nicht. Bei dir weiß man nie, ob es wirklich ernst gemeint ist.«
Er lachte. »Soll ich es dir beweisen?«
Er hatte die Arme wieder um sie gelegt und drückte sie an sich. Während er sie küßte, begann er sie auszuziehen. Er fühlte, wie sie ihm entgegenkam.
»Ja, das ist gut - das ist gut, Mario. Nimm mich! Halte mich! Ich habe Sehnsucht nach dir.«

Als Isabel erwachte, lag Mario an ihrer Schulter. Er schlief. Sie liebkoste sein Haar, das feucht von Schweiß war, und lächelte zärtlich wie eine Mutter, die ihr Kind betrachtet. Jetzt, während er schlief, sah er wehrlos aus.

Sie rief leise seinen Namen, doch er reagierte nicht. Eine Weile lag sie unbeweglich und lauschte auf seinen regelmäßigen Atem. Ihr Gesicht war ihm zugewandt, doch dann machte er eine Bewegung im Schlaf, und als fühlte sie sich bei einer Indiskretion ertappt, drehte sie sich um.

Nach einer Weile stand sie leise auf und zog sich an. Sie wollte das Zimmer verlassen, doch in diesem Moment wachte er auf.

»Was ist los?« murmelte er verschlafen. »Warum bist du nicht bei mir?«

Er streckte den Arm aus. Sie kam zu ihm, setzte sich auf das Bett und legte den Kopf auf seine Brust.

Ihre Augen waren ganz nahe.

Plötzlich fiel ihm alles wieder ein: ihr Plan, mit dem sie heute zu ihm gekommen war. Sein Erschrecken darüber und sein fester Vorsatz, sich nicht durch sie bestimmen zu lassen, sein Leben zu ändern.

So, wie sie ihn jetzt ansah, war er nicht sicher, ob ihm das gelingen würde.

Sie wollte ihn küssen, doch er schob sie mit einer behutsamen Bewegung von sich.

»Was ist?« fragte sie irritiert. »Liebst du mich nicht mehr?«

Er lachte. »Natürlich liebe ich dich. Aber jetzt habe ich Hunger.« Er stand auf und zog sich an, sie dabei aus den Augenwinkeln beobachtend. Sonderbar, dachte er, wie leicht man eine Frau erschrecken kann. Sie sind alle unsicher.

Er ging in die Küche, und Isabel, unerfahren im Umgang mit Männern, folgte ihm. Er beachtete sie nicht, hantierte mit Töpfen und Pfannen und pfiff dabei vor sich hin. Vorbei war es mit dem Triumph, den sie eben noch empfunden hatte. Jetzt fühlte sie nur, daß er sich ihr entzog und in seiner unbekümmerten Männlichkeit unerreichbar für sie war.

Das änderte sich auch nicht, als sie einander gegenübersaßen, das von Mario zubereitete Fleisch aßen und dazu Wein tranken.

Sie sagte plötzlich: »Ich möchte wirklich wissen, was eigentlich in dir vorgeht.«

Er sah sie erstaunt an. »In mir? Wieso? Was soll das heißen?«

Und sie, erbittert, weil er sie nicht verstehen wollte: »Man könnte meinen, du bist an nichts anderem interessiert als an Essen und Trinken.«

Er fing an zu lachen. »Im Augenblick bin ich das auch.«

Isabel fand diese Bemerkung primitiv, sagte aber nichts.

Mario schob den letzten Bissen Fleisch in den Mund und trank einen kräftigen Schluck Wein hinterher. Danach tunkte er eifrig mit einem Stück Brot die Fettreste vom Teller, kaute und trank wieder und wischte sich mit dem Handrücken die Lippen ab.

Isabel betrachtete ihn mit einer Mischung aus Faszination und Widerwillen. Zum erstenmal fiel ihr auf, wie unmanierlich er aß. Die gesunde Gier, mit der er die Speisen in sich hineinschaufelte, stieß sie ab. Doch dann sagte sie sich, daß es lächerlich war, derartige Äußerlichkeiten wichtig zu nehmen. Schließlich liebte sie ihn und wollte alles für ihn aufgeben. Wie durfte sie sich dann über derartige Kleinigkeiten aufregen?

Mario war jetzt satt und zufrieden. Er sah Isabel lä-

chelnd an und tätschelte ihr Knie. »Du bist mir hoffentlich nicht böse?«
Sie tat erstaunt. »Warum sollte ich?«
Er lachte. »Bei Frauen weiß man das nie. Aber ich hatte wirklich Hunger, tut mir leid.«
Er stand auf, ging zum Fenster und sah hinaus in den strömenden Regen. Er hatte plötzlich Lust, am nächsten Tag nach Amalfi zu fahren und Freunde zu besuchen. Aber er konnte Isabel nicht gut allein lassen, gerade jetzt, da sie sich entschlossen hatte, auf Ischia zu bleiben. Mitnehmen wollte er sie aber auch nicht.
Unbehaglich bewegte er die Schultern. Es ging also schon los! Er war nicht mehr Herr seiner Entschlüsse. Mußte Rücksicht nehmen und konnte nicht das tun, wozu er Lust hatte.
Bisher hatte er das noch immer vermieden.
Mißmutig starrte er weiter nach draußen und trommelte mit den Fingerspitzen gegen die Scheiben.
Da er ihr so hartnäckig den Rücken zukehrte, wurde Isabel ungeduldig. Sie stand auf und ging zu ihm. Eine Weile standen sie schweigend nebeneinander.
Endlich sagte sie: »Wenn es dir unangenehm ist, daß ich hierbleibe, dann mußt du es mir sagen. Ich will dir nicht zur Last fallen.«
Er legte den Arm um sie. »Es ist mir nicht unangenehm, cara«, erwiderte er. »Wenn du nicht von mir verlangst, daß ich dich heirate –«
Sie wurde rot. »Das würde ich nie von dir verlangen.«
Er drückte ihre Schulter. »Du weißt, daß ich dich liebe, aber zum Heiraten bin ich nicht der Richtige für dich.«
Was er in Wahrheit dachte, verriet er ihr nicht: Heiraten würde er einmal eine Neapolitanerin. Ein Mädchen, das sehr hübsch, sehr jung und sehr unschuldig war.

Sie verbrachten den Abend und die Nacht zusammen. Sie lagen umschlungen auf dem Bett, während der Sturm an den Fensterläden rüttelte und der Regen gleichmäßig auf das Dach trommelte. Es war dunkel im Zimmer.
Isabel erfaßte eine unbestimmte Furcht vor der Zukunft. Unerreichbar ferngerückt war ihr alles, was bisher ihr Leben ausgemacht hatte: Mutter, Freunde, Lehrer, ihr Studium, ihre Hoffnungen, ihre Ziele.
Sie lag hier, an der Seite eines fremden Mannes, in einem fremden Land, in einer fremden Welt. War sie sicher, daß es nicht eine feindliche Welt war?
Als hätte er ihre Gedanken erraten, sagte Mario: »Hast du dir alles klargemacht, Isabel? Du bist jung und schön, das ganze Leben liegt noch vor dir. Ich kann dir nichts bieten, nichts als meine Liebe. Und was ist das schon, die Liebe eines Mannes? Ich kann dir nicht versprechen, daß ich nicht eines Tages aufhöre, dich zu lieben. Was machst du dann? Hast du dir das gut überlegt?«
Isabel schwieg.
Er richtete sich auf und beugte sich über sie. »Cara«, sagte er eindringlich, »hast du gar keine Angst?«
Plötzlich fiel alle Unsicherheit von ihr ab. »Nein«, erwiderte sie fest, »ich habe keine Angst. In der Liebe darf man keine Angst haben. Man macht sie sonst lächerlich und klein.«
Er war gerührt. Aber er dachte auch, daß er sie gewarnt hatte und daß sie ihm später keine Vorwürfe machen konnte.

Am nächsten Morgen schrieb Isabel einen Brief an ihre Mutter. Sie teilte ihr mit, sie habe sich entschlossen, ihr Studium aufzugeben und für immer in Italien zu bleiben. Sie bat darum, ihr ein paar Sachen zu

schicken, die sie im einzelnen anführte, und sie bat auch um das Geld, das ihr zustand.
Der Brief schloß mit den Worten: »Versuche nicht, mich umzustimmen. Es wäre sinnlos. Ich liebe Mario. Nichts auf der Welt kann mich davon abbringen, bei ihm zu bleiben. Es tut mir leid, daß ich Dir Kummer mache, aber ich kann nicht anders. Ich weiß, daß ich nur hier zu meinem wahren Selbst finden werde, und ich bitte Dich von Herzen, das zu respektieren und mir keine Vorwürfe zu machen. Vielleicht kommst Du mich im nächsten Jahr einmal besuchen. Du wirst dann selbst einsehen, daß ich richtig gehandelt habe.«
Sie schickte den Brief per Eilboten ab und machte sich auf die Suche nach einem Quartier. Vera empfahl ihr, zu Lorenzina zu gehen. Das war eine junge Frau, die beim Reisebüro arbeitete und nebenbei Zimmer vermietete. Sie bewohnte zusammen mit ihrer verwitweten Mutter ein kleines Haus in der Nähe der Kirche.
Isabel hatte Glück. Sie bekam ein Zimmer mit Ausblick zum Meer, das sogar eine eigene Terrasse hatte. Die Mahlzeiten konnte sie, wenn sie wollte, mit der Familie einnehmen. Da das Angebot sehr preisgünstig war, mietete sie gleich für ein volles Jahr.
Damit waren die Würfel gefallen. Isabel hatte ihr Schicksal selbst in die Hand genommen.

Zweiter Teil

I

Frau Dr. Edith Hausmann erwartete Teebesuch: Hilde, eine alte Freundin von ihr, die ein ähnliches Schicksal erlitten hatte wie sie selbst und die ihr darum vertraut war.
Hilde war geschieden, genau wie sie, und genau wie sie hatte sie auch ihre einzige Tochter an einen Mann in der Fremde verloren. Allerdings mit dem Unterschied, daß dieser Mann, ein Perser aus vermögendem Haus, die Tochter geheiratet hatte.
Für Edith Hausmann waren die vergangenen Monate die schlimmsten ihres Lebens gewesen. Nachdem sie im Oktober vergangenen Jahres den Brief Isabels erhalten hatte, war ihr erster Impuls gewesen, das nächste Flugzeug zu nehmen, nach Neapel zu fliegen und ihrer Tochter den Kopf zurechtzusetzen.
Hilde hatte ihr diesen Plan ausgeredet. Aus eigener Erfahrung wußte sie, wie sinnlos es war, ein verliebtes Mädchen zur Vernunft bringen zu wollen.
»Du kannst sie nicht zwingen zurückzukommen«, hatte sie immer wieder gesagt. »Isabel ist volljährig. Wenn du sie nicht für immer verlieren willst, dann mußt du gute Miene zum bösen Spiel machen. Es ist deine einzige Chance.«
Edith Hausmann hatte schließlich eingesehen, daß ihr nichts anderes übrigblieb, als sich zunächst in das Unvermeidliche zu fügen.
Wie immer in Krisenzeiten, stürzte sie sich in Arbeit.

Obwohl es mit ihrer Gesundheit nicht zum besten stand, gönnte sie sich kaum eine Stunde am Tag Ruhe und war nicht zu bewegen, einmal für längere Zeit Urlaub zu machen.
Es war Sonntag. Edith war am Vormittag spazierengegangen, hatte aber nach kurzer Zeit umkehren müssen, da sie von starken Schmerzen befallen wurde. Das ging nun schon ein halbes Jahr so. Immer wieder dieser nagende Schmerz in der Magengrube, der in immer kürzer werdenden Abständen auftrat.
Der Teetisch war gedeckt. Sie hatte Kuchen besorgt und ein Viertelpfund Pralinen, da Hilde Süßigkeiten liebte. Beim Einkauf dieser Pralinen war es zu einem kleinen Zwischenfall gekommen. Es waren mit Zukkerguß überzogene Trüffel, die nur in einer bestimmten Konditorei hergestellt wurden. Edith hatte sie früher immer für Isabel gekauft, die als kleines Kind gerade auf diese Trüffel ganz versessen gewesen war. Nun, beim Anblick der bunten Schachtel, war sie plötzlich in Tränen ausgebrochen und hatte sich nur mühsam beherrschen können. Ein Schwall von Erinnerungen überkam sie, ausgelöst durch diese lächerlichen Pralinen, mit denen sie ihre Tochter früher beschenkt hatte. Sie sah Isabel wieder als kleines Mädchen, das ihr entgegenlief, wenn sie aus der Praxis nach Hause kam, und sie hörte wieder die Stimme, die sie so lange schon entbehren mußte, aufgeregt fragen: »Mammi, Mammi, hast du mir etwas mitgebracht?«
Die Sehnsucht nach Isabel wurde so übermächtig in ihr, daß sie stundenlang in einem Winkel ihres Zimmers saß und vor sich hin starrte. Auch jetzt, da Hilde jeden Augenblick kommen mußte, befand sie sich noch immer in düsterer Stimmung. Immer wieder stellte sie sich die Frage, wie das Dilemma, in dem sie sich befand, zu lösen war, doch sie fand keine Ant-

wort. Es war, als hätten sie alle Kraft und Zuversicht, die sie früher erfüllt hatten, für immer verlassen.
Sie fragte sich manchmal, ob andere Mütter sich in ähnlichen Situationen gelassener verhielten, doch sie kam zu dem Schluß, daß ihre Reaktion durchaus natürlich war. Daß ein so hoffnungsvolles Menschenkind wie Isabel ihre ganze Zukunft einem hergelaufenen Taugenichts opferte, war für sie als Mutter einfach deprimierend.
Seit ihrer Scheidung hatte sie eine unüberwindliche Abneigung gegen Männer. Sie mißtraute noch den nettesten und ging in ihrer Voreingenommenheit so weit, daß sie ihnen gerade ihre Nettigkeit als Heuchelei auslegte. Sie wollte sich nicht eingestehen, daß sie einsam und unbefriedigt war, sondern spielte sich und anderen die Rolle einer Frau vor, die stark genug war, sich im Alleinsein zu behaupten. Die wenigen Freunde, die sie besaß, hatten sich im Laufe der Zeit von ihr zurückgezogen, da sie es leid waren, sich immer wieder von neuem mit anhören zu müssen, wie groß die Enttäuschung war, die ihr Isabel angetan hatte. Einzig Hilde hielt ihr die Treue. Und als Hilde jetzt Edith am Teetisch gegenübersaß, rosig, rundlich und ausgeglichen, ertappte sich die Ärztin bei dem Gedanken, daß sie diese Freundin, die das genaue Gegenteil von ihr war, beneidete.
Dank eines ausgezeichneten Scheidungsanwalts in besten Verhältnissen lebend, war Hilde in mehrfacher Hinsicht bemerkenswert. Eine mittelgroße, mollige Frau Anfang Fünfzig. Das graue Haar war sorgfältig frisiert, das faltenlose Gesicht mit der kurzen Nase und dem auffallend hübschen Mund strahlte Klugheit und Humor aus. Sie stammte aus Berlin, was nicht zu überhören war. Vor ihrer Verheiratung war sie Antiquitätenhändlerin gewesen und hatte zwei Jahre in Paris ge-

lebt. Von dort hatte sie nicht nur modischen Chic, sondern auch eine gewisse lässige Lebensart mitgebracht, die ihr bei Schwierigkeiten des Alltags sehr zustatten kam. Sie regte sich selten über etwas auf, bewahrte in unangenehmen Situationen eine heitere Ruhe und war, was Männer anbelangte, von unglaublicher Toleranz. Den Verführer ihrer Tochter empfing sie nicht nur mit offenen Armen, sie verblüffte ihn auch noch dadurch, daß sie mit keiner Silbe auf einer Heirat bestand. Ihr herzliches, unkonventionelles Wesen beeindruckte den jungen Mann so sehr, daß er schließlich ganz von selbst um die Hand seiner Freundin anhielt.

Nachdem sie Tee getrunken und sich eine Weile über belanglose Dinge unterhalten hatten, kam Edith, wie immer bei solchen Gelegenheiten, auf ihrer beider Töchter zu sprechen. Sie stellte Vergleiche an und konnte sich nicht genug darüber erregen, daß Isabel, wie aus allen ihren Briefen hervorging, sich mit einem Mann zusammengetan hatte, der aus kleinsten Verhältnissen stammte und ganz und gar ungebildet war.

»Die Brüder betreiben eine Pizzeria«, rief sie aus. »Irgend so eine schäbige Kneipe in der Altstadt von Neapel. Isabel ist dort gewesen. Sie schreibt, sie wäre sehr gastfreundlich aufgenommen worden. Ein richtiger Familienbetrieb, schreibt sie. Es gäbe schrecklich viel zu tun, aber alle seien vergnügt und guter Dinge. Ich könne mir gar nicht vorstellen, wie heiter und unbekümmert diese Neapolitaner wären.«

Hilde nickte. »Das habe ich auch schon gehört. Sie leben in schrecklicher Armut, aber dabei lachen und singen sie.«

»Und betrügen dich nach Strich und Faden«, setzte Edith hinzu.

»Ach, ich glaube, jetzt übertreibst du aber«, sagte Hilde versöhnlich. »Betrogen wird woanders auch, nicht nur in Neapel.«
»Ich halte das nicht mehr aus!« rief Edith Hausmann aufgebracht. »In was für ein Milieu ist mein Kind geraten! Was soll ich tun? Sag mir, was ich tun soll! Das kann so nicht weitergehen. Es muß etwas geschehen. Ich kann nicht einfach tatenlos hier rumsitzen und zusehen, wie meine einzige Tochter vor die Hunde geht.«
»Aber das tut sie doch gar nicht«, erwiderte Hilde sanft. »Sie hat einen Freund. Irgendeinen hübschen, neapolitanischen Burschen. Ist das wirklich so ein Unglück? Es hätte schlimmer kommen können. Sei froh, daß es kein Terrorist ist.«
»Du hast wirklich Humor, liebe Hilde. Da soll ich vielleicht noch dankbar sein?«
Hilde nickte ernst. »In gewisser Weise, ja. Ich kann dir Fälle aus meinem Bekanntenkreis erzählen, da sträuben sich dir die Haare. Ob es sich jetzt um Rauschgift handelt, um Mädchen, die in einer Kommune leben, um andere, die sich einem indischen Rattenfänger anschließen und sich von ihm ausnehmen lassen, oder um solche, die für ihren Freund auf den Strich gehen – heutzutage ist alles drin.«
»Aber ich habe immer gedacht, daß meine Tochter –«
»Entschuldige, liebe Edith, aber das ist einfach dumm«, fiel ihr Hilde ins Wort. »Deine Tochter ist nicht besser und nicht schlechter als andere Töchter. Vielleicht ist sie hübscher und intelligenter, aber sie ist darum nicht weniger anfällig.«
»Das hat sie von ihrem Vater«, sagte Edith dumpf. »Ihr Vater war so labil, daß er von einem Extrem ins andere fiel. Er war ein schlechter Mensch. Aber ich kann

nicht glauben, daß Isabel auch schlecht ist. Nur seine Labilität -« Sie brach ab und zuckte resigniert mit den Schultern. »Seine Labilität muß sie mitbekommen haben. Das ist die einzige Erklärung dafür, daß sie sich diesem Kerl ausgeliefert hat.«
»Du kennst ihn doch gar nicht«, sagte Hilde gelassen. »Vielleicht ist er reizend.«
Edith wurde rot vor Zorn. »Ich hasse ihn«, rief sie. »Du kannst dir nicht vorstellen, wie ich diesen Menschen hasse. Er hat mein Kind verführt. Dafür könnte ich ihn umbringen.«
»Jetzt redest du aber wirklich dummes Zeug.«
»Findest du?« Die Ärztin stand auf und ging mit großen Schritten im Zimmer auf und ab. Plötzlich verzerrten sich ihre Lippen. Sie drückte beide Hände auf den Leib und blieb in verkrampfter Haltung stehen.
»Was ist?« fragte Hilde erschrocken.
»Nichts.« Edith stöhnte leise und ließ sich in einen Sessel fallen.
Hilde starrte sie an. »Was hast du denn, um Gottes willen? Kann ich dir helfen? Soll ich dir ein Glas Wasser bringen?«
Edith schüttelte den Kopf. »Nein, danke.« Sie saß ganz still, beide Hände auf den Leib gepreßt. Nach und nach verebbte der Schmerz.
»Hast du das öfter?« fragte Hilde behutsam.
Edith gab keine Antwort.
»Du solltest dich untersuchen lassen.«
»Das wollte ich schon längst.«
»Tu es wirklich«, drängte die Freundin. »Mit so was ist nicht zu spaßen.«
»Ich habe Angst«, sagte Edith leise.
Hilde wagte keine weiteren Fragen zu stellen. Sie spürte, daß Edith mehr über ihren Zustand wußte, als sie zugab.

Bald darauf verabschiedete sie sich. Edith hielt sie nicht zurück.
»Paß auf dich auf«, sagte Hilde, bereits an der Tür. »Versprich mir, dich zu schonen.«
»Wozu?« fragte Edith mit einem jämmerlichen Blick. »Für wen?«
Hilde kehrte noch einmal um und schloß die Freundin in die Arme. »Sei doch nicht so verzweifelt«, sagte sie. »Es wird schon alles gut werden. Isabel wird zu dir zurückkommen.«
»Das glaube ich nicht«, erwiderte die Ärztin. Sie fühlte eine neue Schmerzwelle und schob die Freundin von sich. »Geh jetzt, es ist besser. Ich verspreche dir, vernünftig zu sein. Gleich morgen früh werde ich Fersen aufsuchen.«

Doktor Manfred Fersen war ein Jugendfreund Ediths; sie hatten zusammen studiert. Er war ein ruhiger, bedächtiger Mann, einer der wenigen Männer, zu denen Edith Vertrauen hatte. Als sie ihn am nächsten Morgen um einen Termin bat, bestellte er sie noch für den gleichen Nachmittag zu sich.
Es war ein nebliger Februartag. Die Lichter brannten schon, als sich Edith auf den Weg machte. Von Minute zu Minute wurde es dunkler. Leiser Nieselregen fiel. Die Stimmung hätte nicht trostloser sein können.
Edith ging langsam, als wollte sie den Augenblick der Entscheidung noch hinauszögern. Doch endlich stand sie vor der weißlackierten Tür mit dem Arztschild, läutete und wurde von einer Schwester mit weißem Häubchen eingelassen.
Dann saß sie dem Arzt an seinem Schreibtisch gegenüber, und nach einigen einleitenden Worten begann das Verhör.

Wie lange sie diese Schmerzen schon habe? Warum sie nicht eher gekommen wäre? Wann und wie oft die Schmerzen aufträten und ob sie mit Erbrechen verbunden seien?
Edith gab mit leiser Stimme Auskunft. Fersen, der sie lange nicht gesehen hatte, war über ihr Aussehen beunruhigt. Sie war entsetzlich abgemagert. Das Gesicht hatte eine gelbliche, ungesunde Farbe. Die Augen lagen tief in den Höhlen.
Er stand auf. »Na, dann wollen wir dich einmal gründlich untersuchen. Eine Röntgenaufnahme wird sich wohl kaum vermeiden lassen, aber das besprechen wir später.«
Edith war im allgemeinen eine vernünftige Frau, und die Vernunft sagte ihr, daß sie sich in das Unvermeidliche zu fügen hatte, wenn es jetzt an sie herantrat. Trotzdem konnte sie nicht verhindern, daß sie zu zittern anfing, als Fersen mit seiner Untersuchung begann. Sie versuchte sich zu beherrschen, doch einmal, als die Finger des Arztes gegen ihre Bauchwand drückten, stöhnte sie laut auf.
»Tut das so weh?« fragte Fersen besorgt.
Sie nickte mit schmerzverzerrtem Gesicht.
Er richtete sich auf und bedeutete ihr, sie könne sich wieder anziehen.
Als Edith dem Arzt wieder gegenübersaß, ergriff sie als erste das Wort.
»Wir wollen uns nichts vormachen, Manfred«, sagte sie. »Ich vermute, daß es sich um ein Karzinom handelt.«
»Warum bist du bloß nicht eher gekommen?« Seiner Stimme war ein deutlicher Vorwurf anzuhören.
Sie blickte hastig auf. »Ich habe also recht mit meiner Vermutung?«
»Das kann man jetzt noch nicht mit Sicherheit sagen.

Wir müssen erst das Ergebnis der Röntgenaufnahme abwarten.«

Im Zimmer herrschte Schweigen. Edith sah zum Fenster hinaus. Der Regen lief an den Scheiben herunter. Dahinter war Dunkelheit.

»Seltsam«, begann sie nach einer Weile. »Wie wenig selbst Menschen wie wir, die ständig mit dem Tod zu tun haben, auf das eigene Ende vorbereitet sind.«

»Du bildest dir hoffentlich nicht ein, du müßtest sterben?«

Sie nickte ernst. »Doch, Manfred. Ich bin ziemlich sicher.«

»Das ist Unsinn«, sagte er schroff. »Selbst wenn unser Verdacht begründet ist, bleibt immer noch die Operation.«

»Und dann kann ich, wenn ich Glück habe, noch ein Jahr leben.«

»Oder auch länger. Erinnere dich an den Fall deiner Patientin, Frau Kohls. Du hast sie mir damals geschickt, weil Verdacht auf Unterleibskrebs bestand. Ich habe sie operiert, und sie lebt heute noch.«

Edith stand auf. Sie schwankte ein wenig und hielt sich am Tisch fest. »Du meinst es gut mit mir, Manfred, ich weiß. Aber ich fürchte, bei mir liegt der Fall anders. Du weißt, ich gebe im allgemeinen nicht viel auf Gefühle, ich halte mich lieber an Tatsachen, aber diesmal - ich weiß nicht, wie ich dir das erklären soll . . .« Sie sah wieder nach draußen. »Ich fühle, daß ich sterben werde, Manfred«, sagte sie leise.

Fersen schwieg, räusperte sich, schwieg weiter. Dann murmelte er etwas Unverständliches und erhob sich.

»Warten wir die Röntgenaufnahme ab«, sagte er knapp.

Edith zuckte die Schultern. »Wie du meinst. Wann soll ich kommen?«

»Ich denke, gleich übermorgen. Je eher wir uns Gewißheit verschaffen, desto besser.«

Zwei Tage später wußte Edith, daß sie vom Tod gezeichnet war.
»Du hattest recht!« Der Finger des Arztes umriß die Konturen des Tumors, der auf der Röntgenaufnahme als grauer Fleck deutlich zu erkennen war. »Es handelt sich um ein Karzinom im vorgeschrittenen Stadium.«
So gelassen wie möglich fragte Edith: »Wie lange habe ich noch zu leben?«
Doktor Fersen warf einen letzten Blick auf das fotografische Negativ, das eine so unwiderlegbare Aussage machte. Dann lehnte er sich in seinem Sessel zurück, griff nach einer Zigarette, schob sie jedoch wieder in das Etui zurück. Er wartete noch einen Augenblick, entschloß sich dann aber, zu reden, um es rasch hinter sich zu bringen.
»Wenn ich dich operiere, wirst du diese Operation kaum ein Vierteljahr überleben.«
Edith nickte, als hätte sie nichts anderes erwartet.
»Und wenn du mich nicht operierst?«
Er schwieg.
»Die Wahrheit, Manfred. Ich will die Wahrheit wissen.«
»Im äußersten Fall ein Jahr.«
Sie nickte. »Danke. Ich bin dir dankbar, daß du aufrichtig bist.«
Er räusperte sich. »Es wird nicht leicht für dich werden, Edith.«
»Ich weiß. Ich bin selbst Ärztin.«
»Wenn ich dich operieren würde –«
»Eine Operation kommt nicht in Frage«, sagte sie schnell. »Ich brauche dieses Jahr.« Und weil er sie fra-

gend ansah: »Ich habe noch etwas zu erledigen, etwas Wichtiges. Es handelt sich um Isabel.«

»Möchtest du darüber sprechen?« fragte Fersen.

»Nein.«

Doktor Fersen entspannte sich. Der schlimme Augenblick war vorbei. Er kannte Edith seit vielen Jahren. Sie war eine kluge Frau. Eine beherrschte Frau. Vielleicht zu beherrscht. Wäre es besser gewesen, sie zu belügen? Nein.

Ediths leise Stimme unterbrach seinen Gedankengang. »Ich werde eine längere Reise antreten. Vielleicht könntest du mir einen Bericht für den dortigen Arzt mitgeben?«

»Du bekommst eine ausführliche Diagnose.«

»Danke.«

Fersen erteilte ihr dann noch einige Behandlungsvorschriften und bat sie, vor Antritt ihrer Reise noch einmal zu ihm zu kommen.

Erst beim Hinausgehen überfiel sie Mutlosigkeit. Sie war nahe daran, in Tränen auszubrechen. Als der Arzt ihr beim Abschied die Hand gab, hielt sie diese einen Augenblick fest. »Versprich mir etwas, Manfred.«

»Was?«

»Wenn ich starke Schmerzen habe . . . laß mich nicht unnötig leiden.«

Dann war sie wieder zu Hause, saß in ihrer leeren Wohnung, die Hände im Schoß, untätig, müde, ratlos. Jetzt einen Menschen haben, mit dem man reden konnte! Isabel. Aber konnte man mit ihr noch reden? Die wenigen Briefe, die sie von ihr bekam, waren die Briefe einer Fremden. Höflich, distanziert. Was würde sie sagen, wenn sie von der Krankheit der Mutter hörte? Würde es ihr gleichgültig sein? Oder wäre sie bereit zurückzukommen, um sie zu pflegen?

Eine Weile hing Edith diesen Überlegungen nach.

Dann sagte sie sich, daß es sinnlos war. Sie mußte Isabel wiedersehen. Sie mußte sich ein Bild machen. Auch von dem Mann, den ihre Tochter angeblich liebte.
Es wurde dämmrig. Edith saß immer noch da und starrte vor sich hin. Sie war zu müde, um aufzustehen und Licht anzumachen. Draußen schneite es. Der Schnee fiel in dichten, weißen Flocken und bedeckte das schmale Rasenstück im Vorgarten.
Sie stellte sich selbst die Frage, ob sie Angst hatte vor dem Tod. Die Antwort war: Ja. Nie war ihr das Leben begehrenswerter erschienen als jetzt, da es sich unaufhörlich von ihr entfernte. Der Blick auf den Schnee da draußen weckte Vorstellungen in ihr, die nicht mehr einzuholende Versäumnisse wachriefen: besonnte Schneehänge unter blauem Himmel, ein Sonnenaufgang über einer Winterlandschaft, kalte, prickelnde Luft, Menschenstimmen, Gelächter - Leben. Vertrautes, köstliches, begehrenswertes Leben, das sie vertan hatte.
Vor dreizehn Jahren war ihre Ehe geschieden worden. Seitdem hatte sie sich an zwei Dinge geklammert: an das Kind und an ihre Arbeit. Wie in einem Kokon hatte sie gelebt, sich selbst von der Außenwelt abkapselnd. Isabel war ausgebrochen. Die Leere, die dadurch entstand, war durch nichts auszufüllen gewesen.
Jetzt, zum erstenmal, spürte sie, wieviel sie versäumt hatte. Sie hätte reisen können, fremde Landschaften entdecken, neue Menschen kennenlernen, Freundschaften schließen, sich möglicherweise noch einmal verlieben
Zu alledem war es jetzt zu spät.
Ihr blieb noch ein Jahr. Ein Frühling, ein Sommer, ein Herbst. Was konnte sie mit diesem Rest von Leben anfangen? Im Grunde wußte sie es schon. Sie wollte nur

noch eines: Isabel wiedersehen. Versuchen, ihr zu helfen.
Plötzlich packte sie die Angst, es könnte schon zu spät sein. Sie begann am ganzen Leib zu zittern. Es dauerte eine Weile, ehe der Krampf nachließ und sie innerlich wieder ruhig wurde.
Sie fing an zu überlegen, wie sie ihr Leben und das Leben ihrer Tochter in der noch verfügbaren Zeit in Ordnung bringen konnte. Die Praxis mußte aufgelöst werden. Dazu benötigte sie nicht länger als drei oder vier Wochen. Sie würde einige Papiere verkaufen, um genügend flüssiges Geld in Händen zu haben.
Während sie ihre Überlegungen anstellte, war alle Furcht von ihr abgefallen. Sie war jetzt wieder ganz die selbständige Frau, die umsichtig plante. Dem Feind in ihrem eigenen Leib war sie unrettbar ausgeliefert. Gegen ihn konnte sie nichts unternehmen. Aber den anderen, den Verführer, der genauso gefährlich, genauso zerstörerisch war, den würde sie bekämpfen.
Sie stand auf und machte Licht. Mit einem einzigen energischen Ruck zog sie die Vorhänge zu und verbannte Schnee, Himmel und alle ablenkenden Gedanken an versäumtes Leben. Sie hatte eine Aufgabe. Um diese Aufgabe durchzuführen, mußte sie nüchtern sein und durfte keinen Träumen nachhängen.
Sie setzte sich an den Schreibtisch, zog einen Kalender heraus und stellte einen Zeitplan auf. Nachdem sie alles noch einmal gründlich durchdacht hatte, kam sie zu dem Schluß, daß sie spätestens Anfang Juli würde reisen können.

2

Während der Wintermonate hatte Isabel mit Mario einige Auseinandersetzungen. Es ging immer um dasselbe: Trennung oder Zusammenbleiben. Treue oder Untreue. Dauerhaftigkeit oder allmähliche Lockerung ihrer gegenseitigen Beziehung.
Isabel behauptete sich. Zuerst folgte sie Mario, der im Dezember, wie jedes Jahr, die Insel für drei Monate verließ, nach Neapel. Mario brachte sie in einer Pension in der Via Concordia unter, einer modernen Straße mit reizlosen Mietshäusern, die nicht unbedingt neapolitanisch anmutete. Sie bewohnte ein Zimmer in einer geräumigen Wohnung, die der Witwe eines Rechtsanwalts gehörte. Ihre Mitmieter waren eine Lehrerin an einem Spracheninstitut, ein ältliches Ehepaar, das sich ständig zankte, und ein Opernsänger von San Carlo mit dem schönen Namen Salvatore Cipoletta - auf deutsch ›Zwiebelchen‹. Hier verbrachte Isabel den Winter, sie beschäftigte sich mit ihrem Malstudium, ging fast jeden Tag ins Nationalmuseum und nahm bei Signora Meglio, ihrer Flurnachbarin, Italienischunterricht. Dieser Beweis ihrer Zuneigung rührte Mario. Er bewunderte die Beharrlichkeit, mit der sie lernte, und den Eifer, mit dem sie sich nicht nur seine Sprache, sondern auch seine Lebensgewohnheiten zu eigen zu machen suchte.
Es gelang ihr auf diese Weise, das Band, das sich zu Anfang des Winters, als Mario allein bei seiner Familie

lebte, bereits gelockert hatte, wieder so fest zu knüpfen wie zu Beginn ihrer Bekanntschaft. Sie sahen sich täglich. Mario, der nur abends bei seinen Brüdern in der Pizzeria half, hatte genügend Zeit, Isabel die Stadt zu zeigen und sich auch sonst um sie zu kümmern. Ein paarmal begleitete er sie ins Museum, doch fühlte er sich inmitten all dieser ›toten Dinge‹, wie er sich ausdrückte, unbehaglich und konnte gar nicht begreifen, daß sich ein Mensch, noch dazu ein junges, hübsches Mädchen, stundenlang damit beschäftigen und immer wieder aufs neue dafür begeistern konnte.

Einmal, als sie ihn wieder gebeten hatte, sie zu begleiten, sagte er ihr rundheraus, er langweile sich dort und ginge lieber einen Espresso trinken. Sie könnten sich ja später bei der Galleria Umberto treffen. Isabel, die sich ärgerte, daß er so wenig darum bemüht war, ihre Interessen zu teilen, während sie alles tat, sich seinem Wesen und seiner Lebensart anzupassen, gab eine unfreundliche Antwort und ließ ihn kurzerhand stehen. Sie hatte das noch nie getan und bereute es bereits nach wenigen Minuten. Doch nun war es zu spät, umzukehren. Mario war im Menschengewühl untergetaucht, und es blieb ihr nichts anderes übrig, als allein ins Museum zu gehen.

Als sie zwei Stunden später bei der Galleria Umberto anlangte, sah sie Mario in einem der Cafés. Er saß am Fenster und redete auf eine junge, schwarzhaarige Frau ein. Isabel überlegte, ob sie einfach weitergehen sollte, entschloß sich dann aber, einzutreten, da sie wissen wollte, wer die Fremde war.

Mario bemerkte sie erst, als sie unmittelbar vor ihm stand. Sie machte ein verstocktes Gesicht, und seine Begrüßung fiel darum kühl aus. »Das ist Gilda«, sagte er auf italienisch. »Eine alte Freundin von mir.«

Gilda war klein, rundlich und auffallend hübsch. Sie

hatte eine zierliche Nase, volle Lippen und die schönsten Augen, die Isabel je gesehen hatte. Gilda zeigte eine Freude über diese unerwartete Begegnung, die Isabel weder begreifen noch teilen konnte. Sie begrüßte die Neapolitanerin eher frostig und war nur schwer zu bewegen, sich zu setzen. Es entspann sich eine gezwungene Unterhaltung, und Isabel wünschte im stillen dieses Mädchen, das mit Mario auf vertrautem Fuß zu stehen schien, zum Teufel. Sie wollte endlich mit Mario allein sein, um ihm zu sagen, daß es ihr leid täte, ihn einfach stehengelassen zu haben, doch Gilda tat ihr den Gefallen nicht. Sie blieb sitzen, freundlich lächelnd und plaudernd, und obwohl Isabel Mario flehende Blicke zuwarf, dieses Beisammensein zu dritt zu beenden, tat er, als bemerke er nichts.
Vielleicht wäre noch alles gutgegangen, wenn Gilda nicht von einer Party angefangen hätte, die demnächst bei Freunden von ihr stattfinden sollte.
»Du kommst doch auch, nicht wahr?« wandte sie sich in aller Harmlosigkeit an Mario. Und sie lächelte ihm zu und legte einen Augenblick ihre Hand auf seinen Arm.
»Natürlich komme ich«, erwiderte Mario und zwinkerte vertraulich, als hätte er die Anwesenheit Isabels vollständig vergessen.
Isabels Miene wurde eisig. Wie kam diese wildfremde Person dazu, über Mario einfach zu bestimmen? Und wie konnte Mario ohne weiteres zusagen, ohne mit ihr auch nur darüber zu reden?
Isabel mußte sich beherrschen, um nicht aufzuspringen. Was bildete Mario sich eigentlich ein? Dachte er überhaupt nicht mehr daran, Rücksicht auf sie zu nehmen? Sie warf ihm einen wütenden Blick zu und zischte leise auf deutsch: »Schick sie weg. Das ist unerträglich. Ich will mit dir allein sein.«

Mario war so überrascht, daß er einen Augenblick keine Antwort fand. Doch dann erwiderte er knapp und unfreundlich: »Das kommt überhaupt nicht in Frage.« Er wandte sich sofort wieder Gilda zu, die das kleine Intermezzo mit großen Augen beobachtete.
Jedes weitere Wort, das Mario mit der Neapolitanerin redete, reizte Isabel maßlos. Sie steigerte sich immer mehr in Zorn hinein und nahm sich vor, Mario endlich einmal die Meinung zu sagen. Sie hatte sich schon viel zuviel von ihm bieten lassen. Diesmal würde sie nicht wieder alles wortlos einstecken. Und wie sich diese eitle Person aufspielte! Und wie Mario es genoß, wenn sie ihn anhimmelte mit ihren riesigen Augen. Wie ein Pfau blähte er sich! Er schien gar nicht zu bemerken, was in ihr, seiner Geliebten, vorging.
Mario bemerkte es wohl, doch er sagte sich, daß es nichts schaden könnte, Isabel einmal zu zeigen, wie unabhängig er sich fühlte. Darum sagte er jetzt auch mit wohlberechneter Grausamkeit: »Es war wirklich nett, daß wir uns wieder einmal getroffen haben, Gilda. Wir müssen nächste Woche zusammen essen. Ich rufe dich an.«
Isabel wurde blaß. Vorbei war es mit ihrer Selbstsicherheit. Hatte sie sich eben noch vorgenommen, ihm eine Szene zu machen, so war ihr jetzt nur noch darum zu tun, dieses Rendezvous, das für sie schmerzliche Folgen haben würde, zu vereiteln. Sie saß ganz still da, fror förmlich zusammen und erregte damit die Aufmerksamkeit Gildas, die ein viel zu weiches Herz hatte, um nicht zu spüren, daß diese blonde tedesca unglücklich war.
»Ich glaube, ich muß jetzt gehen«, sagte sie und stand auf. »Ich habe noch eine Verabredung.«
Mario wollte sie festhalten, doch sie blieb dabei, sie müsse fort. Er half ihr in den Mantel und wiederholte

sein Versprechen, sie nächste Woche anzurufen. Sie gab beiden die Hand, rief »ciao« und »buona sera« und entschwand, indem sie sich zwischen den Tischen hindurchschlängelte.

Am Tisch blieb es zunächst still. Isabel saß mit gesenktem Kopf, während Mario an ihr vorbeisah, als wäre sie Luft. Beide überlegten ihren nächsten Schritt, doch es war wie immer Isabel, die als erste kapitulierte. Ihren Schmerz unterdrückend, legte sie ihm zaghaft die Hand auf die Schulter. »Es tut mir leid, Mario. Aber du mußt mich verstehen. Es ist so schwierig für mich. Du und dieses Mädchen - ihr wart so vertraut miteinander. Und ihr habt so schnell gesprochen. Ich konnte euch nicht verstehen. Oh, bitte - Mario, Lieber ... versteh mich doch! Ich bin eifersüchtig, du weißt es. Ich kann nicht dagegen an.«

Auf dieses hilflose Eingeständnis gab er keine Antwort. Unfreundlich wandte er sich ab und zuckte die Achseln.

Nach einer Weile verließen sie das Café. Schweigend gingen sie nebeneinanderher. Isabel kämpfte mit den Tränen. Sie spürte die Entfremdung, die sich zwischen ihnen ausbreitete, und fürchtete sich davor. Wie gerne hätte sie ein nettes, versöhnliches Wort gesagt, doch sie wagte es nicht. Er sah so fremd und abweisend aus. Sie kannte dieses Gesicht bereits an ihm. Er war dann ein völlig anderer, und es fiel ihr schwer, sich vorzustellen, daß dies derselbe Mann war, der so zärtlich und liebevoll sein konnte.

Auch diese Auseinandersetzung endete in gewohnter Weise. Mario brachte sie in ihre Pension zurück, und es kam der Moment, da sie einander leidenschaftlich umarmten und sich wieder versöhnten. Dennoch blieb ein Unbehagen in Isabel zurück. Sie war unterlegen, sie wußte es. Dieser Mann, der einfach und ungebildet war, besaß eine Kraft, gegen die sie nicht ankam, einen unbeugsamen Willen, wenn es darum ging, seine Unabhängigkeit zu verteidigen. Er liebte sie, aber er schirmte sich vor ihr ab und ließ sie nie ganz an sich heran. Da war immer eine unsichtbare Wand, gegen die sie vergebens anrannte.

Isabel zweifelte nicht daran, daß der eigentliche Grund für Marios veränderliches Wesen ihr gegenüber seine Familie war. Diese Familie, die sie an einem Sonntagmittag in dem bekannten Restaurant ›Zi Teresa‹, am Hafen, dicht beim Kastell Nuovo, zum erstenmal präsentiert bekam, war für sie ein Alptraum. Einmal wegen der ganz und gar unterschiedlichen Wesensart (es gab nicht ein Familienmitglied, zu dem sie sich näher hingezogen fühlte), zum anderen, weil sie spürte, daß dieser Clan, der sich mindestens nach außen hin in allen Dingen einig zu sein schien, geschlossen Front gegen sie machte.

Beherrscht wurde die Familie von La Mamma, einer dicklichen Matrone mit dem Gesicht einer freundlichen, aber wachsamen Bulldogge. Sie hatte nach dem Tod des Vaters, der ein unbedeutender Mann gewesen sein mußte, dafür gesorgt, daß die beiden ältesten Söhne die vom Vater betriebene Pizzeria weiterführten, der noch eine kleine Bar angeschlossen war, die der dritte Sohn leitete. Assunta, die einzige Tochter, wurde in eine Klosterschule gesteckt, die sie erst als Achtzehnjährige wieder verließ. Sie sollte eigentlich Lehrerin werden, verlobte sich aber mit einem Friseur und besuchte zur Zeit ein Kosmetikinstitut, um sich dort in den Künsten der Schönheitspflege ausbilden zu lassen. La Mamma, obwohl meist auf Ischia (die Familie besaß in Panza einen kleinen Weinberg und ein eigenes Haus), fuhr mehrmals im Monat nach Neapel, sah nach den Geschäften, inspizierte auch den Laden

ihres zukünftigen Schwiegersohnes und kümmerte sich darum, daß Söhne und Schwiegertöchter keine Dummheiten machten und vor allem nicht zuviel Geld ausgaben. Vor allem aber kam sie, um ihre Enkelkinder zu sehen, an denen sie mit abgöttischer Liebe hing.
Es war ein warmer, sonniger Oktobertag, als jenes Mittagessen bei ›Zi Teresa‹ stattfand, das Mario eigens zu dem Zweck arrangiert hatte, eine unverfängliche Begegnung zwischen seiner Mutter und seiner Geliebten herbeizuführen. Es war Isabels Wunsch gewesen, diese Mutter, von der Mario oft und nur in Tönen größter Hochachtung sprach, kennenzulernen. Mario hatte sich lange dagegen gesträubt. Er konnte nicht recht einsehen, wozu eine solche Begegnung gut sein sollte, da er ja nicht die Absicht hatte, Isabel zu heiraten. Schließlich hatte er nachgegeben. Vielleicht war auch ein bißchen Eitelkeit dabei, denn wie alle Neapolitaner war er stolz auf seine Familie, insbesondere auf seine Schwester, die eine Schönheit war und von ihm sehr geliebt wurde. Da er es aus Gründen, über die er sich selbst nicht recht klar war, vermeiden wollte, Isabel in das Haus seiner Mutter nach Panza zu bringen (möglicherweise spielte auch da wieder seine Eitelkeit eine Rolle, denn seine Mutter hauste in einem der alten verschachtelten Würfelhäuser, die auf Fremde oft einen verwahrlosten Eindruck machen), zog er es vor, dieses gemeinsame Essen in Neapel zu arrangieren. Auf diese Weise lernte seine Freundin gleich sämtliche Familienmitglieder kennen.
Als Mario und Isabel eintrafen, waren sie alle schon versammelt. Sie saßen an einem langen Tisch in der Mitte der Terrasse, und Isabel ging von einem zum anderen und gab ihnen die Hand. Ihr Italienisch hatte schon recht gute Fortschritte gemacht, doch dem ra-

schen neapolitanischen Kauderwelsch, das jetzt von allen Seiten auf sie eindrang, war sie nicht gewachsen. So blieb sie fast während der ganzen Mahlzeit, die sich mehrere Stunden hinzog, stumm und wie betäubt von all den neuen Eindrücken. Da sie kaum ein Wort von dem verstand, was um sie herum geredet wurde, hatte sie Gelegenheit, all diese Menschen, die ihr fremd und in ihrer südlichen Lebhaftigkeit ein wenig unheimlich waren (in manchen Augenblicken herrschte ein solches Geschrei am Tisch, daß sie sich am liebsten die Ohren zugehalten hätte), genau zu beobachten.
Da war, wie gesagt, der Mittelpunkt, La Mamma, die von Glas zu Glas lauter und gesprächiger wurde, dabei aber nichts von ihrer natürlichen Würde einbüßte. Sie trug ein schwarzes Kleid, wie die meisten einfachen älteren Frauen in südlichen Ländern. Das graue Haar war in der Mitte gescheitelt und zu einem Knoten aufgesteckt. Was Isabel auffiel, war das listige Lächeln, das immer wieder über ihr Gesicht glitt, als mache sie sich über ihre Familie, die da so vergnügt schmausend beisammensaß, ein klein wenig lustig.
Links und rechts von ihr saßen die beiden ältesten Söhne, die im Gegensatz zu ihrem Bruder Mario eher farblos wirkten. Brave, rechtschaffene Männer, die aussahen wie gute Söhne und treue Ehemänner. Ganz anders Paolo, der die Bar übernommen hatte. Obwohl Mario im Aussehen am ähnlichsten, mißfiel er Isabel vom ersten Augenblick an. Er war Mario in vergröberter Form. Ein derber, sinnlich aussehender Bursche, dem man zutraute, daß er seine Hände in allerhand trüben Geschäften stecken hatte.
Neben Mario, mit ihm tuschelnd und alle Augenblicke in Gelächter ausbrechend, saß Assunta, die schöne Verlobte des Friseurs. Sie war in der Tat schön, mit ihrem schulterlangen schwarzen Haar, dem

bräunlichen Teint und den runden dunklen Augen. Sie wußte es aber auch, und Isabel konnte La Mamma verstehen, die dieses Mädchen hinter Klostermauern versteckt und später zu sich auf die Insel geholt hatte, um sie in Porto als Lehrerin ausbilden zu lassen. Daß sie sich dann in ihren Friseur verliebte, hatte die Mutter zwar nicht verhindern können, doch da dieser Friseur zwei gutgehende Geschäfte in Neapel besaß, kam es bald darauf zur Verlobung, und alles war in Ordnung.
Blieben noch die beiden Schwiegertöchter. Sie zu beschreiben wäre Isabel schwergefallen, denn es war nichts Besonderes an ihnen zu bemerken, außer der Tatsache, daß sich beide wieder in anderen Umständen befanden, was sie fröhlich und unbekümmert zur Schau stellten, indem sich bald die eine, bald die andere auf den Bauch klopfte, wozu La Mamma jedesmal anerkennend nickte. Im übrigen waren sie genauso unbedeutend und bar jeder Originalität wie ihre Ehemänner.
Für Isabel stand es bald fest, daß Mario der auserwählte Liebling der Mutter und ihr ganzer Stolz war. Sah sie ihn an, so verlor sich das leicht spöttische Lächeln, um einem Ausdruck von Hingerissenheit Platz zu machen, der sich noch steigerte, wenn Mario das Wort an sie richtete. Kein Zweifel, sie liebte ihn mehr als ihre übrigen Kinder, ausgenommen die Enkel, die sie immer wieder auf ihren Schoß zog, abküßte und mit Süßigkeiten fütterte.
Sie wird mich nie akzeptieren, dachte Isabel, während sie zusah, wie La Mamma Mario zu sich heranwinkte und ihm etwas ins Ohr flüsterte, was er mit einem Kopfschütteln und einem Blick zu ihr, Isabel, beantwortete.
Man ignorierte sie nicht direkt während dieses Mittag-

essens, o nein. Immer wieder richtete der eine oder andere das Wort an sie, auch La Mamma, und doch hatte Isabel das untrügliche Gefühl, daß alle sie ablehnten.

Je länger sich das Mahl in die Länge zog, desto unsicherer und deprimierter wurde sie. Was tat sie hier eigentlich unter all diesen fremden Menschen? Es wäre besser gewesen, sie hätte nie den Wunsch geäußert, Marios Familie kennenzulernen. Und doch, und doch . . . ganz tief in ihrem Herzen war die Hoffnung, es möge ihr eines Tages gelingen, die Schranke, die sie von diesen Menschen trennte, zu durchbrechen und zu ihnen zu gehören. Mit ihnen zu reden, mit ihnen zu lachen, von ihnen verstanden zu werden. Ja, sie ertappte sich sogar bei dem Gedanken, sich zu wünschen, eine von La Mammas Schwiegertöchtern zu sein und von ihr mit einem anerkennenden Blick bedacht zu werden, weil sie einen dicken Bauch hatte.

Paolo hatte eben einen Witz gemacht, den Isabel natürlich nicht verstand. Eine Welle des Gelächters ging über den Tisch. Die beiden Schwiegertöchter kreischten vor Vergnügen. La Mamma lachte mit weit offenem Mund und drückte dabei die kleine Maria, ihr jüngstes Enkelkind, an sich. Die anderen Brüder wollten nicht zurückstehen und begannen nun ihrerseits Witze zu erzählen, die mit Gelächter und Beifall aufgenommen wurden. Niemand kümmerte sich mehr um Isabel, die sich völlig verlassen vorkam.

Sie dachte: Wie schön könnte alles sein, wenn ich mit Mario allein hierhergekommen wäre.

Das Bild, das sich ihr bot, war so hübsch, aber sie konnte sich nicht daran freuen. Weder an dem Blick auf das Kastell Nuovo noch an den weißen Jachten und den schaukelnden Booten im Hafen. Das alles erschien ihr wie eine fremde, feindliche Welt. Ihr ekelte vor dem Fischgeruch, der aus dem Hafenbecken aufstieg, vor den Bergen von Krustentieren, die die Kellner herbeischleppten, und vor den toten Fischen, die an den Tischen vorgezeigt wurden, bevor sie in die Pfanne wanderten.

Erst als die Musiker nach längerer Pause wieder auf der Terrasse erschienen und ihre neapolitanischen Weisen spielten, löste sich ihre Verkrampftheit, und sie taute ein wenig auf.

Mario, der wohl spürte, daß sie sich inmitten seiner Familie etwas verloren vorkam, setzte sich neben sie und bestellte bei dem Mandolinenspieler, der der Anführer der kleinen Spieltruppe zu sein schien, sein Lieblingslied: ›Santa Lucia luntana‹. Es war ein Lied, das ihn jedesmal zu Tränen rührte.

Am Tisch war es still geworden. La Mamma lauschte mit zurückgelehntem Kopf, während das Enkelkind auf ihrem Schoß eingeschlafen war. Mario hatte Isabels Hand genommen. Auf allen Gesichtern lag Ergriffenheit. Selbst sie, die Fremde, konnte sich dem Zauber dieses Liedes nicht entziehen, in dem von dem Heimweh der Fischer die Rede war, die Neapel verlassen mußten und nach Amerika auswanderten. »Santa Lucia luntana 'a te ... quanta malincunia!«

Der Mandolinenspieler mit den melancholischen Augen und dem roten Kopftuch sang aus vollem Hals. Ein weiteres Mitglied der Truppe, ein Dicker mit einem gewaltigen Bauch, schlug das Tamburin. Neben ihm geigte ein dünner Alter mit schmalen Lippen und schadhaften Zähnen voller Inbrunst, assistiert von einem Hakennasigen, der während der Darbietung keine Miene verzog.

Als der Sänger geendet hatte, applaudierten alle, und Mario steckte dem Mandolinenspieler einen Geldschein zu.

La Mamma gab irgendwann das Zeichen zum Aufbruch. Die Tische hatten sich geleert. Einige Katzen strichen herum und balgten sich um die Fischreste, die auf dem Boden herumlagen. Der Zigarettenhändler, der die Schmuggelware feilbot, entschwand, ebenso der Feuerzeugverkäufer und der Fotograf, der bei ›Zi Teresa‹ immer gute Geschäfte machte. La Mamma hatte sich bei Paolo eingehängt und strich im Vorbeigehen Mario über die Wange. Die Schwiegersöhne luden sich ihre Kinder auf die Schultern, und Assunta ging Hand in Hand mit ihrem Friseur, der erst gegen Ende der Mahlzeit eingetroffen war, da er einen Privatkunden zu bedienen gehabt hatte. Es folgten ein wenig schwerfällig die beiden schwangeren Frauen. Den Abschluß bildeten Mario und Isabel.
Auf der Treppe erwartete sie ein Rosenverkäufer. Die Schwiegersöhne schüttelten den Kopf, und auch Paolo winkte ab. Mario jedoch überreichte Isabel eine langstielige Rose, was von La Mamma mit einem ironischen Lächeln quittiert wurde.
Damit endete Isabels erste Begegnung mit der Familie. Und wenn sie auch im Laufe des Winters noch mehrmals Gelegenheit hatte, den einen oder anderen zu sehen, auch zwei- oder dreimal zum Essen bei den Brüdern, die gemeinsam in einer großen Wohnung lebten, eingeladen wurde, so blieb sie doch immer die Fremde, der Eindringling.

Zwei Ereignisse gab es in diesem Winter, die aus den kleinen Streitereien mit anschließender Versöhnung herausragten.
Das erste spielte sich bald nach jenem Cafébesuch in der Gallerie Umberto ab, wo Mario seine alte Freundin Gilda wiedergetroffen hatte. Fast hätte es das Ende ihrer Beziehung bedeutet.

Die hübsche, gutmütige Gilda hatte nämlich nicht nur Mario eine Einladung bei ihren Freunden verschafft, sondern auch Isabel. Anfangs hatte sie sich gesträubt mitzukommen, doch Mario hatte darauf bestanden. Es wäre beleidigend für die Gastgeber, sagte er, wenn sie die Einladung ohne triftigen Grund ablehnte.

Es war ein Fest unter neapolitanischen Handwerkern. Ein Fest, bei dem es laut und fröhlich zuging, bei dem viel gegessen und getrunken, getanzt, gelacht und geküßt wurde.

War schon das Mittagessen bei ›Zi Teresa‹ für Isabel eine qualvolle Angelegenheit gewesen - dieses Fest war ein wahres Martyrium. Abgesehen von den Verständigungsschwierigkeiten, waren ihr all diese lärmenden, dunkelhaarigen Menschen fremd und unheimlich. Sie, die blonde, schöne tedesca, die Geliebte des Draufgängers Mario, stand natürlich anfangs im Mittelpunkt der allgemeinen Aufmerksamkeit. Doch da sie sich scheu und linkisch benahm, kaum von Marios Seite wich und ihn eifersüchtig belauerte, wenn er mit anderen Mädchen sprach, verloren die Männer bald das Interesse an ihr, und die Frauen zogen sich zurück und bildeten kichernde kleine Gruppen oder gaben sich dem Vergnügen des Tanzes hin.

Natürlich wurde auch Isabel zum Tanzen aufgefordert, doch sie hatte keinen Spaß daran. All diese Männer, die nach Knoblauch rochen und schwitzten, die sie beim Tanz fest an sich drückten und ihr teils schmeichelhafte, teils zweideutige Dinge zuflüsterten, waren ihr widerlich. Sie benahm sich ihnen gegenüber so schroff und abweisend, daß sich bald niemand mehr um sie kümmerte.

Mario, dem es peinlich war, daß sich Isabel seinen

Freunden gegenüber so unfreundlich verhielt, machte ihr während eines Tanzes Vorwürfe.
»Sei doch nicht so arrogant! Siehst du nicht, daß du alle vor den Kopf stößt? Warum bist du so unhöflich?«
»Ich finde es gräßlich«, stieß sie hervor. »Warum sind sie alle so laut und aufdringlich?«
»Sie sind vergnügt, sie amüsieren sich. Du solltest dich auch amüsieren.«
»Das kann ich nicht.«
Er wurde ärgerlich. »Nimm dich gefälligst zusammen. Ich habe keine Lust, mich deinetwegen zu blamieren.«
Sie schwieg und machte ein bockiges Gesicht. Wäre sie ehrlich gegen sich selbst gewesen, so hätte sie zugeben müssen, daß diese Menschen eigentlich sehr nett waren. Sie waren nur eben lauter und temperamentvoller als die Menschen des Nordens. Der Grund, warum sie, Isabel, so verstimmt war, so wenig bereit mitzumachen, war ein ganz anderer. Er war klein, rundlich und auffallend hübsch. Der Grund war Gilda.
Gleich zu Beginn des Festes, nachdem Mario sie mit einigen seiner Freunde bekannt gemacht hatte, war er mit Gilda in einem der vielen Zimmer der weiträumigen Wohnung untergetaucht. Und den ersten Tanz hatte er nicht mit ihr, Isabel, sondern mit der kleinen Neapolitanerin getanzt. Und obwohl sie sich fest vorgenommen hatte, nicht eifersüchtig zu sein, stieg beim Anblick ihres Geliebten, der das hübsche Mädchen fest umschlungen hielt, wilder Zorn in ihr hoch.
Mario, wütend darüber, daß sich Isabel wie eine beleidigte Ehefrau benahm, kümmerte sich im Lauf der Nacht so gut wie gar nicht mehr um sie. Er flirtete mit

Gilda und anderen Mädchen, trank, tanzte und amüsierte sich.
Isabel saß schmollend in einer Ecke. Einer der jungen Männer, Angestellter bei einer Fluggesellschaft, der ein wenig Deutsch sprach, leistete ihr eine Weile Gesellschaft, doch sie gab ihm schließlich zu verstehen, sie habe Kopfschmerzen und er brauche sich nicht um sie zu bemühen, sie bliebe lieber allein.
Es war Gilda, die Mario gegen zwei Uhr morgens darauf aufmerksam machte, daß es seiner Freundin offensichtlich nicht gut ginge. »Sie sieht so blaß aus. Ich glaube, du solltest dich um sie kümmern. Vielleicht ist es besser, du bringst sie nach Hause.«
Mario weigerte sich. Er sah nicht ein, warum er gerade jetzt, da das Fest seinen Höhepunkt erreicht hatte, gehen sollte. Seine Liebe zu Isabel war in diesem Augenblick so gut wie ausgelöscht. Er fand sie lächerlich und anmaßend. Ein rechter Klotz am Bein, von dem er sich so bald wie möglich befreien mußte.
Gilda redete ihm gut zu. Sie hatte selbst einen Freund, einen Arzt, der in Reggio lebte und den sie nur selten sah. Die Qualen der Eifersucht waren ihr nur zu gut bekannt, und darum tat ihr Isabel leid, die ihretwegen von Mario vernachlässigt worden war.
»Tu es mir zuliebe«, bat sie und lächelte Mario zu. »Ich kann es nicht mehr mitansehen, wie unglücklich sie ist.«
»Sie soll sich zusammennehmen«, murmelte Mario finster.
Gilda brach in Gelächter aus. »Oh, ihr Männer seid köstlich! Immer sollen wir Frauen uns zusammennehmen. Und was tut ihr? Nehmt ihr euch vielleicht zusammen? Ach wo, ihr denkt gar nicht daran. Wenn euch etwas nicht paßt, dann kriegen wir das sofort zu spüren.«

Mario schien ihre letzten Worte nicht gehört zu haben, obwohl seine Augen fest auf sie gerichtet waren.
»Habe ich dir schon gesagt, wie wunderhübsch du aussiehst?« fragte er mit seiner einschmeichelndsten Stimme. »Ich frage mich, warum ich mich nicht längst in dich verliebt habe.«
»Rede keinen Unsinn«, sagte Gilda, die sich von Isabel beobachtet fühlte. »Du weißt genau, daß ich so gut wie verlobt bin. Und jetzt tu mir den Gefallen und kümmere dich um deine Freundin.«
Damit ließ sie ihn kurzerhand stehen und ging davon.
Mario sah hinüber zu Isabel. Er sah ihr strenges, hochmütiges Gesicht und fühlte fast so etwas wie Abneigung. Ah, wie lästig es doch war, eine Geliebte zu haben, auf die man Rücksicht nehmen mußte! Es kostete ihn Überwindung, die paar Schritte bis zu ihrem Platz zu gehen.
Isabel sah ihm entgegen. Sie bemerkte die Fremdheit in seinem Blick, das Gezwungene seiner Bewegungen. Eben noch war sie zwar unglücklich, aber gefaßt gewesen. Jetzt schien es, als wanke der Boden unter ihr. Dieses gleichgültige Gesicht! Diese kalten Augen! Nichts mehr von Liebe und Zärtlichkeit. Nur feindliche Abwehr. Isabel war nicht mehr so unerfahren, um es nicht zu erkennen. Was sollte sie davon halten? Wie sollte sie darauf reagieren? Sie fühlte sich vollkommen hilflos.
Mario sagte mit einer fremden, unpersönlichen Stimme: »Gilda meint, ich soll dich nach Hause bringen. Du fühlst dich nicht wohl.«
Sie erhob sich sofort. »Muß ich mich verabschieden?« fragte sie leise.
Mario gab keine Antwort. Er bahnte sich einen Weg durch die Tanzenden, dem einen oder anderen im

Vorbeigehen auf die Schulter klopfend. Isabel trottete mit gesenktem Kopf hinter ihm her.
Die Nacht war kühl, sternlos. Es ging ein frischer Wind. Isabel fror in ihrem leichten Mantel, wagte aber nicht, sich bei Mario einzuhängen. Nach einer Weile fanden sie ein Taxi und stiegen ein.
Die Fahrt zu ihrer Pension verlief schweigend. Isabel saß ganz in sich verkrochen. Sie dachte: Das ist die schlimmste Stunde meines Lebens. Es ist aus. Alles ist aus und zu Ende.
Dann waren sie am Ziel, und Mario bezahlte den Fahrer. Isabel war ein wenig erleichtert. Sie hatte befürchtet, er würde sie vor dem Haus absetzen und sofort wieder umkehren.
Sie schloß das Tor auf. Mario stand unmittelbar hinter ihr. Aus Angst, er könnte sie doch noch verlassen, zitterten ihre Hände dermaßen, daß es ihr erst beim dritten Versuch gelang, das Tor zu öffnen.
Die Stille im Haus, während sie die Treppe hinaufstiegen, war unheimlich. Isabel hatte Herzklopfen. Sie fürchtete sich vor der Auseinandersetzung, die nun bevorstand, fürchtete, die Beherrschung zu verlieren.
Sie betraten das Zimmer. Isabel machte Licht. Sie öffnete eine Schranktür und nahm einen Bügel heraus.
»Laß das jetzt«, sagte Mario scharf.
Sie tat den Bügel in den Schrank zurück, schloß die Tür, setzte sich hin.
Die Szene, die sich nun abspielte, war entsetzlich. Mario warf seiner Geliebten Dummheit, Eigensinn und Egoismus vor. Ihn vor seinen Freunden so zu blamieren! Isabel protestierte. Sie hätte ihn überhaupt nicht blamiert. Er, er wäre es gewesen, der sie vor allen lächerlich gemacht hätte. Gemein wäre es von ihm gewesen, mit diesem Mädchen herumzuschäkern und

sie einfach sitzenzulassen. Aber sie hätte ja immer gewußt, was sie von all seinen Liebesbeteuerungen zu halten habe. Kein Wort würde sie ihm mehr glauben. Nicht ein einziges Wort.
Mario lachte. Und dieses Lachen gab Isabel den Rest. Sie verlor die Beherrschung. Blind vor hilflosem Zorn schrie sie: »Scher dich zum Teufel! Ich will dich nicht mehr sehen. Ich habe es satt, satt! Was habe ich alles für dich getan? Meine Mutter habe ich verlassen, mein Studium habe ich aufgegeben, meine Freunde, mein ganzes Leben . . .«
»Ich habe dich nicht darum gebeten«, sagte Mario kalt.
Sie starrte ihn an, verblüfft und erschrocken. Als Mario dann hinzusetzte: »Es wäre mir lieber gewesen, du wärst zurückgefahren«, taumelte sie zurück, als hätte er ihr einen Schlag ins Gesicht versetzt. Sie brach in Tränen aus. Dann sprang sie auf, lief durch das Zimmer und warf sich quer über das Bett.
Ein dumpfes Geräusch ließ sie auffahren. Sie drehte sich um. Das Zimmer war leer. Mario war gegangen. Die Tür war hinter ihm ins Schloß gefallen.
Sie wollte es nicht glauben. Sie saß da und flüsterte vor sich hin: »Er kommt zurück. Er wird zurückkommen. Er läßt mich nicht allein.« Es klang wie eine Beschwörungsformel.
Eine Minute verging. Fünf Minuten. Zehn Minuten. Endlich begriff sie, daß Mario das Haus verlassen hatte, daß er nicht wiederkommen würde. Sie warf sich auf das Bett zurück und preßte ihr Gesicht in die Kissen.
Nachdem sie lange Zeit wie betäubt dagelegen hatte, richtete sie sich auf und begann nachzudenken. Sie sagte sich, daß sie sich töricht benommen hatte und daß ihr recht geschähe, wenn Mario nichts mehr von

ihr wissen wollte. Gleichzeitig aber wußte sie, daß sie die Trennung von ihm nicht ertragen könnte und alles tun würde, um ihn wieder zu versöhnen.
Selbst wenn er mich nicht mehr liebt, dachte sie, selbst dann würde ich bei ihm bleiben.
In der Stille der Nacht, während sie sich die kalten, unfreundlichen Worte Marios wieder ins Gedächtnis rief, ahnte sie, was auf sie zukam. Selbst wenn es ihr gelang, ihn wieder zu versöhnen (sie zweifelte nicht daran), würde das Zusammenleben mit ihm auf einen ständigen Kampf hinauslaufen. Sie würde lernen müssen, zu schweigen und Geduld zu haben, denn er würde immer wieder den Versuch machen, auszubrechen, da seine Freiheit ihm über alles ging.
Willst du das wirklich auf dich nehmen? fragte sich Isabel.
»Ja«, sagte sie laut.
Jetzt, in diesem Augenblick, hätte Mario ins Zimmer treten müssen. Sie hätte ihn bestimmt nicht angeschrien, sie hätte sich richtig verhalten, so, wie eine liebende Frau sich dem Mann gegenüber, der ihr alles bedeutet, zu verhalten hat.
Sie stand auf und begann sich zu entkleiden. Ihr heißes, verweintes Gesicht kühlte sie mit einem Schwamm, den sie vorher in kaltes Wasser getaucht hatte. Sie war jetzt wieder ganz ruhig, fast heiter. Niemand und nichts konnte ihre Liebe zerstören. Wenn sie nur klug war, wenn sie nur vernünftig war, wenn sie nur Geduld mit ihm hatte.
Und so schlief Isabel, sich wieder stark und sicher fühlend, mit einem Lächeln auf den Lippen ein.

3

Ende Februar reisten Isabel und Mario für ein paar Tage nach Florenz. Es hatte all ihrer Überredungskunst bedurft, Mario zu dieser Reise zu bewegen. Sie hatten sich zwar wieder ausgesöhnt, doch seine Liebe zu ihr - das spürte sie - war im Erkalten begriffen. Sie gab die Schuld daran seiner Familie und hoffte, die neue Umgebung und das Alleinsein mit ihr würden sie einander wieder näherbringen.
Noch auf der Fahrt war Mario eher schweigsam und voll innerer Abwehr. Während des Essens im Speisewagen scherzte er mit einer kleinen Französin, die mit ihnen am Tisch saß, doch zum erstenmal brachte es Isabel fertig, sich heiter und unbefangen an dem Gespräch, das in italienischer Sprache geführt wurde, zu beteiligen. Als sie in Florenz ausstiegen, winkte sie dem jungen Mädchen noch vom Bahnsteig aus zu.
»Ich kenne dich gar nicht wieder«, sagte Mario, während sie dem Ausgang zustrebten. »Bist du gar nicht eifersüchtig?«
Sie hängte sich bei ihm ein. »Überhaupt nicht. Du hast einmal zu mir gesagt, Eifersucht sei ein Zeichen von Unsicherheit. Warum sollte ich unsicher sein? Ich weiß, daß du mich liebst.«
Dazu schwieg er, blickte sie nur einmal kurz von der Seite an. Und weil sie so hübsch aussah, drückte er in plötzlichem Einverständnis ihren Arm.

Bei diesem Besuch in Florenz stimmte einfach alles. Es gab keine falschen Sätze, keine Gereiztheit, keine Ausflüchte, keine Lügen. Es gab nur reines, ungetrübtes Glück. Sie fanden ein kleines Hotel in der Nähe des Ponte Vècchio. Vom Fenster ihres Zimmers blickten sie auf den Arno und die Fassaden der alten Häuser am gegenüberliegenden Ufer.

Als sie am Morgen nach ihrer Ankunft erwachten, beobachteten sie vom Bett aus, wie sich der Himmel über dem Fluß rosig färbte und wie sich ganze Taubenschwärme flügelschlagend von den umliegenden Dächern aufschwangen, als hätte der beginnende Tag sie verscheucht.

Isabel sah nach Mario, sah ihn versunken in den Anblick des Himmels, sah sein Lächeln, das nicht ihr, sondern den Tauben galt, doch dann spürte er ihren Blick, und ihre Augen trafen sich und hielten einander fest. Jeder war bewegt von der Hingerissenheit, die er in den Zügen des anderen las. Sie sanken einander in die Arme.

Als sie sich voneinander lösten, ermattet, beseligt, schwiegen sie lange. Und dieses gemeinsame Schweigen war Ausdruck einer Verbundenheit, die sie schon verloren geglaubt hatten. Es war ein Zauber, der sie umfing, und dieser Zauber sollte während ihres Aufenthaltes in Florenz andauern.

Später, als sie aufstanden, als Isabel ins Badezimmer ging und sich wusch und ankleidete, erfüllten sie selbst diese banalen Handlungen mit Freude. Der Tag lag vor ihr wie ein wundervolles Ereignis.

Und so wanderten sie durch die Stadt, ein Liebespaar, das sich - wie viele andere - einzigartig dünkte. Florenz im Februar. Doch der Himmel wölbte sich blau über der Kuppel von Santa Maria del Fiore, und ein Hauch von Frühling lag in der Luft.

Sie standen vor der Seitenwand des Baptisteriums, und Isabel, einst - in einem früheren Leben - Studentin der Kunstgeschichte, machte Mario darauf aufmerksam, daß man in Florenz bei der Verwendung von farbigem Marmor darauf hinzielte, einfache geometrische Formen zu schaffen.
»Was du alles weißt«, murmelte Mario bewundernd.
Hatte ihn nicht sonst seine kunstbeflissene Freundin gelangweilt? Im Augenblick war er entzückt von ihr. Das gehörte zu dem Zauber dieser Tage, und Mario war viel zu eingesponnen darin, um sich darüber zu wundern.
Was gab es in dieser Stadt nicht alles zu sehen und zu bestaunen! Türme, Kuppeln, Kirchen, Kapellen. Villen und Paläste, Treppen, Brücken, Höfe und Galerien. Der ›David‹ von Michelangelo in der Galleria dell' Accademia; der ›Raub der Sabinerinnen‹ von Giambologna in der Loggia della Signoria; die prachtvolle Bronzegruppe der ›Judith‹ von Donatello auf der Freitreppe des Palazzo Vecchio - die Skulpturensammlung im Bargello - die Gemälde in den Uffizien . . .
Isabel, die sich diese Reise nach Florenz gewünscht hatte, war die Führende, und Mario folgte ihr ohne Widerspruch, ließ sich alles zeigen und erklären, war bereit, zu bewundern und zu verstehen.
In den Uffizien war es Leonardo da Vinci, zu dessen Werken es Isabel immer wieder hinzog. Besonders die ›Verkündigung‹ hatte es ihr angetan, die Lieblichkeit der Madonna und der mahnend ernste Ausdruck im Antlitz des Engels. Sie stand lange davor und bemerkte nicht, daß Mario sie lächelnd beobachtete, aber dieses Lächeln war frei von Überlegenheit, frei von Spott.
Mittags entdeckten sie ein kleines Lokal, dicht beim Dom. Es hieß ›Sasso di Dante‹, und da keine Saison war, setzten sich die Gäste aus Leuten zusammen, die

hier im Viertel wohnten und sich alle kannten. Der Wirt, ein jüngerer Mann mit weißer Schürze, der Mario an seinen Bruder Ernesto erinnerte und mit dem er sogleich ins Gespräch kam, stellte eine Flasche Wein vor sie hin und empfahl ihnen nach der Pasta als Hauptgericht geschmortes Kalbfleisch mit Pilzen.
Sie hatten Hunger und aßen mit Appetit, und Isabel trank mehr Wein, als sie es sonst tat, was die euphorische Stimmung, in der sie sich befand, noch erhöhte. Mario, seiner normalen Umgebung und auch seiner Familie entrissen, erging es nicht anders. Vergessen waren alle Streitigkeiten der vergangenen Wochen. Sie lachten viel und alberten herum, und dann wurden sie wieder ernst, und Isabel sah Mario an und legte ihre Hand an seine Wange, um ihm zu zeigen, wie sehr sie ihn liebte. Und er wehrte diese Hand nicht ab, wie er das sonst gerne tat, nein, er ergriff sie und drückte sie und sagte: »Mein kleiner Liebling.« Er sagte es auf deutsch, was er sonst nie tat. Es hörte sich unbeholfen und zärtlich an.
Später gingen sie Hand in Hand zurück zu ihrem Hotel. Sie überquerten den Ponte Vècchio und besahen sich die Auslagen in den Goldschmiedläden. Isabel deutete auf eine schmale goldene Kette mit einem Kreuz aus winzigen Diamantsplittern. »Hübsch«, sagte sie. »Findest du nicht auch, daß das eine besonders hübsche Kette ist?«
»Möchtest du sie haben?« fragte Mario.
Sie schüttelte den Kopf, doch er hatte schon die Hand auf dem Türgriff und zog sie mit sich in den Laden. Er kaufte die Kette, und sie schob den Kragen ihres Mantels zurück und knöpfte den obersten Knopf an ihrer Bluse auf, damit er sie ihr umlegen konnte. Im Spiegel sah sie sein Gesicht und lächelte ihm zu. »Danke!«
Im Hotel zogen sie sich sofort aus und legten sich ins

Bett. Das Spiel der Begierde, dessen sie in Neapel schon fast überdrüssig geworden waren, begann von neuem. Sie liebten sich bis zur Erschöpfung, fielen in Schlaf und erwachten zu einem neuen Ausbruch der Zärtlichkeit und des Verlangens.
Drei Tage und drei Nächte lebten sie so zwischen Traum und Wirklichkeit. Es war, als hätten sie diese Reise antreten müssen, um die Grenze ihrer Liebe zu erreichen. Als sie Florenz verließen, stand Isabel im Zenit des Glücks. Und Mario? Sah auch er ihre Beziehung in einem neuen Licht? War er bereit, aus der Hochgestimmtheit dieser Stunden Konsequenzen zu ziehen? Nein, bei ihm war es anders. Er dachte gar nicht darüber nach. Er war ein Augenblicksmensch. Er hatte diese Tage mit Isabel genossen, doch nun, da sie vorbei waren, war dieses Kapitel für ihn abgeschlossen.
In seine alte Umgebung zurückgekehrt und den Einflüssen seiner Familie ausgesetzt, verwandelte sich Mario wieder in den zwar charmanten, aber unbeständigen Liebhaber. Er kam und ging, wann es ihm paßte, wurde ungeduldig, wenn Isabel auf einem Beisammensein bestand, und zeigte sich jetzt auch ganz ungeniert mit Frauen aus seinem Bekanntenkreis. Vorbei war es mit der seligen Zweisamkeit der Florentiner Tage. Ihre Beziehung hatte wieder jene Distanz angenommen, die Isabel so sehr beunruhigte, weil sie nie sicher war, ob nicht plötzlich eine andere auftauchte, die ihr den Geliebten endgültig nahm.
Wenn sie darüber nachdachte, wollte sich manchmal Widerspruch in ihr regen, doch die Angst, ihn zu verlieren, war größer. Sie war bereit, auf jede Bedingung einzugehen, um Marios Geliebte zu bleiben. Isabel war in einen Zustand totaler Abhängigkeit geraten.

4

Auf Ischia war es Frühling geworden. Oleander und Bougainvillea blühten, der Ginster leuchtete an den Berghängen, und überall auf den Terrassen hoben kleine bunte Blumen ihre anmutigen Köpfe. Längst waren die ersten Fremden eingetroffen, von den Einheimischen freudig begrüßt. Die Bäder hatten wieder geöffnet, und gab es auch im April mitunter noch kühle Abende, so war es doch tagsüber heiß wie im Sommer, und man konnte im Meer baden.

In der ersten Zeit nach ihrer Rückkehr auf die Insel war Isabel von einem wahren Malrausch erfaßt worden. Sie hatte keine Zeit zum Grübeln, ihr Kopf war erfüllt von staunendem Entzücken, ihr Herz voller Begeisterung und Lebensfreude. Die Welt war schön, und sie war glücklich. Sie malte die weißen kubusartigen Häuser von Angelo, die Bögen, Tore und Treppen, die Durchblicke zum Meer zwischen Weinterrassen und Olivenhainen, die Fischerboote im Hafen, das Kirchlein von San Giorgio oberhalb der Maronti-Bucht und die schroffen Felswände der Cava Scura. In diesen ersten Frühlingswochen auf der Insel, in dieser Zeit der phantastisch leuchtenden Farben, ging sie ganz in ihrer Arbeit auf und lockerte von sich aus das Band, das sie mit Mario verknüpfte.

Doch dann kam ein Tag, der sie jäh aufschreckte und aus ihrer frühlingsseligen Verträumtheit in die Wirklichkeit zurückstieß.

Sie hatte an diesem Tag einen Ausflug nach Buonopane gemacht, um sich die originelle Tonnenkirche San Giovanni Battista anzusehen, die bereits im Jahre 1537 erbaut worden war. Von diesem hochgelegenen Bauerndorf hatte sie dann eine große Bergtour quer über die Insel bis nach Casamicciola gemacht, um von dort mit dem Bus zurück nach Angelo zu fahren.
Und auf dieser Fahrt war es dann passiert.
Sie hatte, am Fenster sitzend, die entgegenkommenden Autos beobachtet, die scharf bremsen mußten, wenn einer der zahllosen Dorfköter unversehens die Straße überquerte, wie es alle Augenblicke geschah. Da bemerkte sie plötzlich Marios blauen Ford, den er zu seinen Einkaufsfahrten nach Forio oder Porto benutzte. Auch er mußte bremsen und stand unmittelbar neben dem Bus, so daß sie in das Innere des Wagens sehen konnte. Er saß am Steuer, eine Hand lässig am Lenkrad, während die andere auf der Schulter einer Frau lag, die neben ihm saß. Diese Frau war Barbara Lohr.
Für einen Augenblick setzte Isabels Herzschlag aus. Sie lehnte sich zurück, um von den beiden nicht bemerkt zu werden, ohne sie jedoch aus den Augen zu lassen. Nichts entging ihr. Nicht die Vertraulichkeit, mit der sie sich ansahen, nicht das zärtliche Lächeln Marios und die kokette Bewegung Barbaras, mit der sie ihr Haar zurückstrich, als der Wagen wieder anfuhr und sie ihren Kopf an Marios Schulter lehnte.
Noch lange, nachdem der Wagen ihren Blicken entschwunden war, saß Isabel wie erstarrt da. Erloschen waren die Freude und Begeisterung der vergangenen Tage, vorbei war es mit ihrer Ruhe und Selbstsicherheit, und es kehrte die quälende Angst zurück, die sie erst im Umgang mit Mario kennengelernt hatte.
Als sie ausstieg, drückte sie sich betreten an den laut

schwatzenden und lachenden Touristen vorbei und erwiderte mit matter Stimme die Scherzworte der Taxifahrer und Eseltreiber, die am Parkplatz standen. Sie ging nicht nach Hause zu ihrer Wirtin, sondern schlug den Weg über die Kirche zur Maronti-Bucht ein. Sie nahm an, daß Mario nach Lacco Ameno gefahren war, um Barbara in ihr Hotel zu bringen. Da sie keine Ahnung hatte, wann er zurückkommen würde - vorausgesetzt, daß er heute überhaupt noch zurückkam -, beschloß sie, bei ›Mamma Mia‹, einem kleinen Lokal mit einer weinumrankten Terrasse, zu Abend zu essen. Die Luft war mild, und sie saß im Freien, in einer der beiden Nischen, von denen man einen herrlichen Blick hinunter auf die Maronti-Bucht und hinüber nach Testaccio hat. Der Sohn der Wirtin, ein dünner Jüngling mit Kraushaar und blassen Zügen, wollte sie in ein Gespräch ziehen, doch sie schickte ihn fort. Sie bestellte Spaghetti und eine halbe Flasche Rotwein, um sich Mut anzutrinken. Aus den Abgründen des Unbewußten kam ihr die Gewißheit, daß Drohendes bevorstand, dem sie nicht gewachsen war. Sie hatte das untrügliche Gefühl, an einem Wendepunkt ihres Lebens zu stehen.
Alles, was sie eben noch geliebt hatte, die Schönheit der Insel, der Zauber des Südens, Blüten und Düfte, Wärme und nächtliches Grillengezirp, erschien ihr plötzlich fremd und feindlich.
Wo war Mario? Wie lange ging das schon mit dieser Frau? Warum hatte er ihre Anwesenheit mit keinem Wort erwähnt?
Isabel stocherte lustlos in ihrem Essen und trank den Wein, der ihr nicht schmeckte. Da saß sie nun allein an diesem schönen Frühlingsabend, während er, den sie liebte und dem sie sich zugehörig fühlte, bei einer anderen war. Bei diesem Gedanken wurde ihr so ver-

zweiflungsvoll ums Herz, daß ihr die Tränen in die Augen traten. Sie trank rasch einen Schluck Wein und versuchte, sich zusammenzunehmen.

Sie wunderte sich selbst, daß sie so verstört war. Nur weil sie Mario mit einer anderen Frau gesehen hatte? Nein, das war es nicht. Es war das Gefühl, in der Fremde und allein zu sein. Verlor sie Mario, wandte er sich von ihr ab, dann hatte sie versagt. Sich selbst überlassen, herausgerissen aus ihrem vertrauten Lebenskreis, würde sie den Boden unter den Füßen verlieren. Sie hatte sich losgelöst von allem, war flüchtig geworden, hatte sich in eine neue Welt begeben. Zentrum dieser Welt war Mario. Er allein gab allem Sinn und Gehalt. Verlor sie ihn, verlor sie sich selbst.

Als die Nacht hereinbrach, als die Lichter der Fischerboote da und dort in der Bucht aufflammten, als der Mond hinter dem Torre sichtbar wurde und ein kühler Wind vom Meer heraufwehte, machte sich Isabel auf den Weg hinunter zum Strand. Sie wußte nicht, ob Mario schon zurückgekehrt war. Sie wußte auch nicht, ob er allein war. Sie wußte nur, daß sie ihn sehen, mit ihm sprechen mußte.

Als sie das Licht hinter dem Küchenfenster sah, begann sie zu laufen. Sie lief und rief Marios Namen, rief ihn laut durch die Nacht, und dann rannte sie die Stufen zur Veranda hinauf und hämmerte gegen die Tür.

Er öffnete, und sie sah ihn stehen im Lichtschein der Lampe, und noch bevor er den Mund auftat, wußte sie, daß er ärgerlich war.

»Warum, zum Teufel, erschreckst du mich so?«

»Habe ich dich erschreckt?« fragte sie, noch atemlos vom schnellen Laufen. »Das tut mir leid.«

Sie sah sich um, ob hinter ihm jemand im Raum war. Er bemerkte es und runzelte die Stirn.

»Was willst du?« fragte er unfreundlich.
Wie sie diesen Ton an ihm haßte! Es gab ihr jedesmal einen Stich, wenn er so mit ihr sprach.
»Darf ich nicht kommen, wenn ich Lust dazu habe?« fragte sie schärfer als beabsichtigt.
Mario nickte, aber der Unmut in seinem Blick entging ihr nicht. Er ahnte schon, daß eine Szene bevorstand, und wappnete sich mit Gleichgültigkeit. Isabel saß zusammengekauert in einem Sessel und beobachtete ihn. Allein das machte ihn rasend! Diese lauernden Blicke. Dieses Sich-an-ihm-Festsaugen. Dieser unausgesprochene Vorwurf, der sich in ihrer ganzen Haltung ausdrückte. Er drehte sich abrupt um und zündete sich eine Zigarette an. Mit abgewandtem Rücken fragte er: »Willst du was trinken?«
»Nein.« Isabel spürte Zorn in sich hochsteigen. »Du scheinst ja sehr vergnügt zu sein«, sagte sie.
»Hast du etwas dagegen?«
Sie vergaß alle Vorsicht. »Du denkst immer nur an dich, nicht wahr? Die anderen Menschen sind dir egal. Hauptsache, du unterhältst dich gut, du hast dein Vergnügen.« Die Worte sprudelten voll Bitterkeit aus ihr heraus.
»Was heißt das?« fragte Mario, nun schon stark gereizt.
»Hast du dich heute mit dieser blonden Person getroffen, dieser - ich weiß nicht mehr, wie sie heißt . . . diesem Weibsbild, das im letzten Jahr mit ihrem Freund hier war?«
Mario antwortete nicht sogleich, sondern stieß einen kurzen Pfiff aus. Dann ging er ans Fenster, schob den Vorhang beiseite und blickte auf das dunkle Meer, wo immer mehr erleuchtete Boote auftauchten. Er überlegte. Wenn er die Begegnung mit Barbara zugab, bekam er Ärger. Tat er es nicht, würde sie ihm doch

nicht glauben. Und den Ärger hatte er obendrein. Also konnte er auch gleich die Wahrheit sagen.
Isabel beobachtete ihn. War sie zu weit gegangen? Hatte sie ein Tabu verletzt?
Nach einer Weile drehte sich Mario zu ihr um. Sein Gesicht war beherrscht, aber in seinen Augen lag unterdrückte Wut. Langsam sagte er: »Mein liebes Kind, jetzt hör mir mal gut zu. Ich kann es nicht leiden, wenn man mir nachspioniert.«
Sie wollte ihn unterbrechen, doch er nahm keine Notiz davon, redete einfach weiter. »Es geht dich nichts an, mit wem ich mich treffe, hörst du? Immer diese Fragen - diese versteckten Vorwürfe. Was soll das? Ich will das nicht. Kapiert?«
Und weil sie ihn reumütig ansah, brüllte er plötzlich los: »Ich will in Ruhe gelassen werden, verdammt noch mal. Ja, ich habe mich mit ihr getroffen. So, jetzt weißt du es. Und ich werde mich weiter mit ihr treffen. Und wenn es dir nicht paßt, dann verschwinde. Ich habe es satt, mich von dir tyrannisieren zu lassen.«
Einen Augenblick war Isabel sprachlos. Sie starrte ihn mit weitaufgerissenen Augen an.
»Bäh«, machte er, weil es ihm leid tat, sie angeschrien zu haben, er das aber nicht zugeben wollte.
Sie brach in Tränen aus, sprang auf und lief zur Tür.
»Bleib da!« Er versuchte sie zu packen, doch sie riß sich los und rannte hinaus. In der Dunkelheit verfehlte sie eine der Stufen, die von der Veranda hinunter zum Strand führten. Sie wollte sich am Geländer festhalten, doch es war zu spät. Kopfüber flog sie die Treppe hinunter und schlug mit der linken Schläfe gegen die Steinkante der Balustrade.
Als sie wieder zu sich kam - sie war ein paar Minuten bewußtlos gewesen -, lag sie auf Marios Bett. Mario

war über sie gebeugt und flehte sie an, sich nicht zu bewegen.
»Ich habe nach dem Dottore telefoniert. Er wird gleich da sein.« Sein hübsches Gesicht war vor Angst verzerrt. »Wie geht es dir? Hast du Schmerzen? Beweg dich nicht. Lieg ganz still.«
Sie versuchte zu lächeln, doch es mißlang.
Mario streichelte ihren Arm. »Es tut mir leid, cara. Ich bin wütend geworden. Verzeih mir!«
Er griff nach ihren Händen, küßte sie und flehte die Madonna an, ihr zu helfen.
Dann kam Dr. Lorenz. Er besah sich die Wunde, stellte fest, daß sie nicht weiter gefährlich war, und legte einen Verband an, während Mario nervös zusah.
»Wie ist denn das passiert?« wollte Lorenz wissen.
Sie redeten beide gleichzeitig los und verstummten wieder, weil der Arzt sie befremdet ansah.
»Ich bin ausgerutscht und die Treppe hinuntergefallen«, sagte Isabel, und Mario nickte dazu bestätigend und zuckte bedauernd die Achseln. Er sah aus wie das verkörperte schlechte Gewissen.
Isabel mußte plötzlich lachen, verzog aber sofort schmerzhaft das Gesicht.
»Bleiben Sie einen Tag liegen«, riet Dr. Lorenz. »Ich komme morgen noch einmal vorbei.«
»Sie kann selbstverständlich hierbleiben«, sagte Mario überflüssigerweise. »Ich schlafe auf dem Sofa.«
Dazu äußerte sich Lorenz nicht. Er dachte, daß es ziemlich gleichgültig sei, wo Mario schlief, solange er nur nett und freundlich zu ihr war.
Kaum war der Arzt gegangen, setzte sich Mario auf den Bettrand und faßte wieder nach Isabels Hand.
»Es tut mir so leid«, begann er von neuem. »Bitte, sei nicht traurig, cara. Ich kann doch nichts dafür, wenn

die Frauen mir nachlaufen. Es war nicht meine Idee, mich mit Barbara zu treffen. Sie hat mich angerufen und wollte mich unbedingt sehen. Was sollte ich denn machen?«

Das kam so treuherzig heraus, daß sie wieder lachen mußte. Auch diesmal verzog sie das Gesicht.

»Tut es sehr weh?« fragte er besorgt.

»Es geht.«

»Arme cara. Und ich bin schuld daran.« Er beugte sich über sie und küßte sie behutsam auf den Mund.

»Ich wünschte, du wärst immer so«, sagte sie und legte ihm die Arme um den Hals.

»Das kann ich nicht. Ich bin ein Mann. Männer können nicht immer gleich sein. Das würde auch langweilig werden.«

Er ging in die Küche, um Brot, Käse und Wein zu holen. »Möchtest du etwas essen?« fragte er, als er wieder hereinkam.

Sie schüttelte den Kopf. Still lag sie da, mit ihrem Verband um den Kopf, und sah zu, wie er das Brot auseinanderbrach, ein Stück Käse darauf legte und es in den Mund schob. Dazu trank er Wein, und als er sein Glas geleert hatte, schenkte er sich erneut ein.

»Warum kann es nicht immer so sein?« spann sie ihren Lieblingsgedanken weiter. »Du und ich so friedlich beisammen. O Gott, ich wünsche mir nichts anderes als das. Wenn es nach mir ginge –« Sie brach ab, weil sie sah, wie das freundliche Lächeln in seinem Gesicht gefror.

»Ja, ja, ich weiß«, sagte sie rasch. »Du bist anders als ich. Du brauchst Abwechslung. Neue Menschen, neue Frauen . . .«

»Fängst du schon wieder an, cara?« fragte er verdrießlich. »Laß uns doch nicht streiten.«

»Ich streite ja nicht. Ich stelle nur fest.«

Mario schwieg. Er dachte, daß er nun erst recht in der Falle saß. Es ging ihr schlecht, sie hatte Schmerzen. Er konnte sie morgen unmöglich allein lassen. Dabei hatte er Barbara versprochen, mit ihr eine Bootsfahrt zu machen. Der Teufel sollte alle Weiber holen! Man hatte nichts als Scherereien durch sie.

»Jetzt siehst du schon wieder ärgerlich aus«, sagte sie unglücklich. »Immer muß ich etwas Falsches sagen. Dabei will ich das gar nicht. Ich will nur Dinge sagen, die dich glücklich machen.«

Rührend, dachte er und füllte rasch noch einmal sein Glas nach. Wenn sie nicht so rührend wäre, hätte er längst Schluß gemacht. Aber sie fortzuschicken konnte er einfach nicht übers Herz bringen.

Er stand auf, weil er sich unbehaglich fühlte. Sofort streckte sie die Hand aus. »Bitte, bleib! Setz dich noch einen Augenblick zu mir.«

»Später. Ich will das nur schnell rausbringen.« Er nahm das Tablett auf.

In diesem Moment läutete das Telefon.

Sie sahen sich an. Beide hatten den gleichen Gedanken: Barbara.

»Geh nur hin«, sagte sie. »Ich kann mir schon denken, wer das ist.«

Wortlos setzte er das Tablett ab und verließ das Zimmer. Isabel schloß die Augen und griff mit beiden Händen nach dem schmerzenden Kopf. Verdammtes Frauenzimmer, dachte sie. Verdammtes, verdammtes Frauenzimmer!

Das Telefon war im Gang neben der Küche angebracht. Mario nahm den Hörer ab und meldete sich.

»Ich mußte dich noch einmal anrufen«, sagte Barbaras etwas nasale, schleppende Stimme. »Bist du allein?«

»Nein.«

»Ist die Kleine bei dir?«

Mario schwieg, jetzt auch wütend auf Barbara.
»Ich verstehe«, sagte Barbara. »Dann will ich dich nicht weiter stören. Denk bitte daran, morgen pünktlich zu sein. Ich warte nicht gerne.«
»Ich werde nicht kommen können.« Mario sprach leise, in der Hoffnung, Isabel würde nicht verstehen, was er sagte.
»Warum nicht?« fragte Barbara überrascht.
»Weil es nicht geht.«
»Hat sie es dir verboten?« Es sollte scherzhaft klingen, aber Mario hörte den spöttischen Unterton heraus.
»Nein«, sagte er laut. »Ich kann es dir jetzt nicht erklären. Ruf mich morgen bitte an. Wir verabreden dann etwas.«
»Das werde ich ganz bestimmt nicht tun«, erwiderte Barbara. »Wenn du zu feige bist, dich morgen mit mir zu treffen, obwohl du es mir versprochen hast, dann sehen wir uns besser überhaupt nicht mehr. Buona notte, amico! Und grüß dein Püppchen von mir.«
Bevor Mario noch etwas erwidern konnte, hatte Barbara aufgelegt. Er stand da, den Hörer in der Hand, und fluchte leise in sich hinein. Maledetto! Was für eine Geschichte. Was für eine blöde Geschichte!
Von drinnen kam die Stimme Isabels: »Warum ärgerst du dich? Von mir aus kannst du dich mit ihr treffen. Ich habe nichts dagegen.«
Mario wurde rot vor Zorn, knallte den Hörer auf die Gabel und lief ins Zimmer.
»Was mischst du dich da ein? Laß mich in Ruhe.«
»Ich habe lediglich gesagt –«
»Du sollst mich in Ruhe lassen!«
»Schrei nicht schon wieder. Ich kann es nicht ertragen, wenn du mich anschreist.«
»Scusi!« Er war immer noch wütend, beherrschte sich aber.

Sie sah ihn an. »Du bist jähzornig, Mario. Dabei wollte ich dich wirklich nicht ärgern. Wenn du diese Frau unbedingt sehen willst - bitte. Los, ruf sie an! Verabrede dich mit ihr.«
Er schwieg.
»Warum tust du es nicht?« fragte sie herausfordernd.
Ich werde es tun, dachte er. Aber dann, wenn ich es für richtig halte.
Leichthin erwiderte er: »Cara - laß uns von etwas anderem reden. Du bist krank. Ich werde selbstverständlich bei dir bleiben.«
Das war alles. Damit mußte sie sich begnügen.
Er verbrachte den Abend an ihrem Bett, war liebevoll, aufmerksam, sehr um sie besorgt. Doch sie wußte, daß das nichts zu bedeuten hatte. Innerlich war er unbeteiligt.
Es blieb dabei, er schlief in dieser Nacht nicht an ihrer Seite. »Wir müssen vorsichtig sein. Du weißt, was der Dottore gesagt hat.« Der Dottore hatte gar nichts gesagt, sie erinnerte sich genau. Mario wollte nicht bei ihr schlafen. Diese Erkenntnis war weitaus schmerzlicher als die Verletzung, die sie sich zugezogen hatte.
Lange lag sie wach. Als sie dann endlich einschlief, hatte sie einen schrecklichen Traum. Sie träumte, Mario habe sie verlassen und Barbara geheiratet. Sie saß inmitten der Familie, stolz, triumphierend. Mario stand daneben, in der Pose des glücklichen Bräutigams, während im Hintergrund die Musikanten von ›Zi Teresa‹ den Hochzeitsmarsch aus ›Lohengrin‹ spielten.

5

Am Nachmittag des nächsten Tages lag Isabel im abgedunkelten Zimmer, während Mario draußen die Gäste bediente. Es ging ihr besser, sie hatte keine Kopfschmerzen mehr.
Als es klopfte und gleich darauf Dr. Lorenz eintrat, begrüßte sie ihn mit einem Lächeln. Und bevor er noch fragen konnte, rief sie ihm entgegen: »Es geht mir gut. Es ist alles wieder in Ordnung.«
»Das freut mich«, erwiderte der Arzt. Er schloß die Tür und stellte seine Tasche ab. »Ich will mir die Wunde aber trotzdem noch einmal ansehen.«
Er nahm den Verband ab, stellte fest, daß die kleine Platzwunde bereits verheilte, und klebte ein Pflaster darauf.
»Na, da haben Sie ja noch einmal Glück gehabt«, meinte er. »So ein Ausrutscher kann manchmal schlimme Folgen haben.«
Er wollte sich wieder verabschieden, doch sie forderte ihn auf, noch zu bleiben. »Ich freue mich, wenn Sie mir ein bißchen Gesellschaft leisten.«
Sie rief nach Pina und ließ Wein kommen. Der Arzt machte es sich bequem. Er zog einen Stuhl in die Nähe des Bettes und fragte, ob er rauchen dürfe. Sie nickte, und er entnahm einer abgewetzten Ledertasche Pfeife und Tabak.
Nachdem der Wein gebracht worden war und eine Schüssel mit Oliven, sagte Lorenz in einem plötzli-

chen Entschluß: »Ich wollte ohnehin einmal mit Ihnen reden, Isabel.«
Sie sah ihn fragend an. Seit sie in Angelo lebte, war sie mehrere Male mit ihm zusammengekommen, doch nie allein. Sie hatte sich unter Lorenz' forschenden Blicken manchmal unbehaglich gefühlt. Sie spürte, daß er ihre Beziehung zu Mario zwar nicht direkt mißbilligte, doch auch nicht guthieß.
»Worüber wollten Sie mit mir reden?« fragte sie, da es ihm offenbar schwerfiel, einen Anfang zu finden.
Er betrachtete gedankenvoll den Wein in seinem Glas. Dann erwiderte er langsam: »Es geht mich natürlich nichts an, aber ich frage mich manchmal, ob Sie sich darüber im klaren sind, worauf Sie sich eingelassen haben.«
Sie lächelte. »Ich denke schon. Erinnern Sie sich, was Sie einmal zu mir gesagt haben, als ich Mario gerade kennengelernt hatte? Sie sagten: Kein Mädchen, das jung und hübsch ist, sollte einem Mann trauen, schon gar nicht einem Südländer. Nun - Sie hatten recht. Er hat mich herumgekriegt, wenn Sie so wollen. Ich bin seine Geliebte geworden. Alle wissen es, darum kann ich ruhig darüber reden. Aber glauben Sie ja nicht, daß ich das bereue. Ich liebe Mario, auch wenn Sie mir das vielleicht nicht abnehmen.«
»Ich habe nie daran gezweifelt«, sagte Bernhard Lorenz ernst. »Gerade darum mache ich mir Sorgen um Sie.«
»Das brauchen Sie nicht. Ich habe genau das gefunden, was ich gesucht habe.«
»Was haben Sie denn gesucht?« fragte er sanft.
Sie war einen Augenblick aus der Fassung gebracht. Dann erwiderte sie rasch: »Oh, eben genau das. Einen Menschen - einen Mann, der mich liebt, mit dem ich mich verstehe, der mich froh macht.«
»Tut er das?«

»Ja, natürlich.«
»Und Sie haben keine Angst, daß sich das eines Tages ändern könnte?«
Sie schwieg.
Er beugte sich vor und nahm ihre Hand. »Ich meine es gut mit Ihnen, Isabel. Es liegt mir fern, schlecht über Mario zu reden. Ich mag ihn gern. Er ist ein netter Junge. Nur -«, er machte eine Pause und verscheuchte eine Fliege, die auf der Bettdecke saß, »- ich bezweifle, ob Sie auf die Dauer glücklich mit ihm werden.«
»Ist das so wichtig?«
Lorenz nickte ernst. »Für einen so jungen Menschen wie Sie - ja.«
Isabel entzog ihm ihre Hand und setzte sich auf. »Ich bin anderer Ansicht, Doktor Lorenz. Ich habe lange darüber nachgedacht, gerade in den letzten Tagen. Glück ist nicht so wichtig. Es ist natürlich wundervoll, glücklich zu sein, aber auf die Dauer funktioniert es sowieso nicht. Es kommt immer etwas dazwischen.«
»Nein.« Er schüttelte den Kopf. »Das klingt mir zu resigniert. In Ihrem Alter sollte man -«
»Ach, hören Sie doch mit meinem Alter auf!« rief sie. »Ich bin dreiundzwanzig, da ist man kein Kind mehr. Glauben Sie denn, ich war früher glücklich, als ich Mario noch nicht kannte? Keine Spur. Ich war verzweifelt. Es hat nur kein Mensch gemerkt. Aber jetzt - sehen Sie«, sie richtete sich noch etwas höher auf, »jetzt bin ich es nicht mehr. Vielleicht bin ich manchmal traurig, weil nicht alles so geht, wie ich mir das wünsche, aber ich bin nicht verzweifelt. Mein Leben hat jetzt einen Sinn.«
Lorenz zog nachdenklich an seiner Pfeife. Er schwieg.
Er mußte wohl ein etwas bedenkliches Gesicht gemacht haben, denn Isabel sagte mit entschiedener

Stimme: »Mario und ich gehören zusammen. Egal, was passiert. Ich werde bei ihm bleiben, selbst wenn er mich betrügt.«
Lorenz schüttelte den Kopf. »Haben Sie sich da nicht ein bißchen viel vorgenommen?«
»Nein.«
»Ich kenne Mario besser als Sie. Wenn Sie ihm einen Freibrief ausstellen, fremdzugehen, wird er rücksichtslos davon Gebrauch machen. Er ist versessen auf Frauen. Wenn ihm eine gefällt, muß er sie haben. Wird das nicht auf die Dauer eine schwere Belastung für Sie sein?«
Sie antwortete nicht.
Sein Ton wurde eindringlich. »Isabel - seien Sie vernünftig. Sie wissen selbst, daß Sie sich damit zuviel zumuten.«
»Aber was soll ich denn tun?« rief sie. »Was raten Sie mir?«
Lorenz zögerte einen Augenblick, doch dann sagte er ohne Umschweife: »Trennen Sie sich von Mario. Kehren Sie nach Hause zurück.«
»Das kann ich nicht«, erwiderte sie aufgebracht. »Ich kann ihn nicht verlassen, das bringe ich nicht fertig. Ich glaube, Sie haben mich nicht richtig verstanden. Ich liebe ihn. Ich kann ohne ihn nicht mehr leben.«
»Aber meine liebe Isabel«, sagte Lorenz mit sanfter Ironie. »Ist das nicht ein bißchen übertrieben?«
Sie starrte ihn finster an. »Sie haben keine Ahnung.«
»Natürlich nicht. Ich bin ein Mann. Aber wenn ich mir eine Bemerkung erlauben darf -«
»Nein - bitte nicht!« fiel sie ihm ins Wort. »Sie würden mich nur kränken.«
»Gut, gut, ich halte den Mund.«
Isabel lächelte matt. »Sie meinen es gut, Doktor Lorenz, ich weiß, aber Sie können mir nicht helfen. Das

ist eine Sache, die muß ich allein durchstehen. Nur eines möchte ich Ihnen noch sagen: Ich habe Mario viel zu verdanken. Er hat mir ein neues Lebensgefühl geschenkt. Sie wissen nicht, wie ich früher war. Ich war gar nichts. Ich lief einfach so rum - nicht glücklich, nicht unglücklich . . . neutral. Meine Mutter sagte: Tu dies - tu das, und ich tat es. Aber das war gar nicht ich selbst, verstehen Sie?«
Sie machte eine Pause und fuhr dann fort: »Jetzt erst - hier auf Ischia . . . seit ich Mario kenne, habe ich zu leben angefangen. Ich empfinde Glück und empfinde Schmerz. Ganz stark empfinde ich beides, während ich früher nur dumpf und stumpf war.«
Lorenz sah sie lange und forschend an. Es fiel ihm schwer, sich der Wirkung dieser so leidenschaftlich vorgebrachten Worte zu entziehen. »Ja, wenn das so ist«, sagte er schließlich, »dann kann ich nur hoffen, daß Ihnen dieses starke Lebensgefühl erhalten bleibt, was auch geschieht.«
Isabel lächelte auf eine unwiderstehliche Weise. »Sie meinen also, es ist besser, ich bleibe hier?«
Lorenz klopfte seine Pfeife aus und trank den letzten Schluck Wein. »Das ist eine Frage, die ich lieber nicht beantworten möchte. Aber in einem Punkt gebe ich Ihnen recht: Ich kenne viele Menschen, deren Gefühle abgestorben sind. Diese Menschen leben nicht, sie vegetieren vor sich hin. Und das ist schlimmer als alles andere.«
Er stand auf. »Trotzdem möchte ich Sie bitten, Mario gegenüber nicht allzu großzügig zu sein. Männer nützen so etwas aus. Jedenfalls Männer seines Schlages.«
Sie machte eine hilflose Geste. »Sie müssen nicht glauben, es fällt mir leicht. Ich bin entsetzlich eifersüchtig.«

Von draußen hörte man die Stimme Marios, der Pina etwas zurief.
Lorenz suchte nach einem aufmunternden Abschiedswort, doch es fiel ihm nichts ein. Statt dessen sagte er: »Ich hoffe, Sie sind mir jetzt nicht böse. Es wäre vielleicht besser gewesen, ich hätte mich nicht eingemischt.«
Sie gab ihm die Hand. »Machen Sie sich keine Gedanken. Ich weiß, daß Sie es nur gut gemeint haben. Es war sehr nett von Ihnen.«
Etwas wie väterliche Zuneigung regte sich im Herzen des einsamen Mannes. Gegen seinen Willen sagte er: »Überlegen Sie sich alles noch einmal in Ruhe.«
»Es gibt nichts zu überlegen«, erwiderte sie fest. »Meine Entscheidung ist getroffen.«
Er ließ ihre Hand los.
»Dann verzeihen Sie einem alten Mann, daß er Sie beunruhigt hat.« Damit ging er hinaus.

6

Zwei Tage später zog Barbara Lohr in das Hotel ›Miramare‹ nach Sant'Angelo. Mario wußte nichts davon. Er hätte auf jeden Fall versucht, ihr das auszureden.
Barbara ging jetzt zielstrebig daran, Isabel auszuschalten und den jungen Neapolitaner für sich zu gewinnen. Sie dachte viel an ihn, das war ein bedenkliches Zeichen. Es reizte sie, diesen ungeschliffenen Burschen, der immer noch an seiner Freundin hing, herauszufordern. Und so ging sie mit der ihr eigenen Rücksichtslosigkeit ans Werk. Sie bezog im ›Miramare‹ ein Doppelzimmer mit Bad und machte sich bereits eine Stunde nach ihrer Ankunft auf den Weg zum Maronti-Strand.
Sie hatte Glück: Mario war allein. Wie immer, wenn er unbeschäftigt war, lehnte er, die Arme gekreuzt, an der Treppe und blickte über das Meer. Er änderte diese Haltung auch nicht, als er Barbara auf sich zukommen sah.
Sie blieb vor ihm stehen. »Hallo, Mario -«
»Buon giorno, signorina!« Er machte eine förmliche Verbeugung.
»Sei nicht albern!« Sie versetzte ihm einen leichten Schlag auf die Schulter. »Komm nach oben. Ich muß mit dir reden.«
Sie ging ohne weiteres die Treppe hinauf. Er kam langsam nach, unangenehm berührt von dem herrischen Ton, den er an Frauen nicht gewohnt war.

»Was ist los?« fragte er daher eher mürrisch.
Sie blickte ihn an. In ihren hellen Augen glänzte etwas wie Triumph. »Ich habe eine Überraschung für dich.«
Er war sofort auf der Hut. »So? Was denn?«
»Ich wohne jetzt im ›Miramare‹.«
Er begann zu lachen. Und dann machte er eine Bemerkung, die für Barbara wie eine kalte Dusche war. »Ich muß einen umwerfenden Charme haben. Von dir hätte ich wirklich nicht erwartet, daß du mir nachläufst.«
Barbara wurde rot vor Zorn.
»Das ist eine äußerst dumme Bemerkung«, fuhr sie ihn an. »Ich laufe dir bestimmt nicht nach, das brauchst du dir nicht einzubilden. Ich bin hierhergezogen, weil es ruhiger ist.«
»Certo - sicher.« Mario lachte noch immer. »Ich bin überzeugt, daß du nur deswegen gekommen bist.«
Es fehlte nicht viel, und sie wäre wieder gegangen; doch dann sagte sie sich, daß es besser war, seine Unverschämtheit einfach zu ignorieren. Sie würde schon Gelegenheit finden, sich dafür zu rächen.
»Sei nicht ironisch, mein Lieber«, sagte sie und setzte sich. »Das steht dir nicht. Wo hast du deinen Charme gelassen?«
Er zuckte die Achseln. Einen Augenblick musterten sie sich wie zwei Kämpfer vor dem Betreten des Rings.
Dann sagte Barbara lächelnd: »Wenn es dir unangenehm ist, daß ich hier bin, ziehe ich sofort wieder aus. Also bitte - äußere dich.«
Er heftete seinen Blick auf den Ausschnitt ihres Badeanzugs. »Es ist mir durchaus nicht unangenehm«, bekannte er. »Ich kann es nur nicht leiden, wenn man einfach über mich verfügt.«

»Das tue ich nicht«, erwiderte Barbara kühl. »Aber ich kenne andere, die das tun.«
Er wollte auffahren, doch sie legte beschwichtigend die Hand auf seinen Arm.
»Nicht wütend werden, Mario, ich habe es nicht böse gemeint.«
»Laß Isabel aus dem Spiel«, sagte er ärgerlich.
»Natürlich. Ich bin doch nicht hierhergekommen, um mich mit dir zu streiten. Komm - hol uns was zu trinken. Und dann setz dich her. Ich habe mit dir zu reden.«
Es war ein merkwürdiges Gespräch, das an diesem Vormittag am Maronti-Strand geführt wurde. Während Mario, ganz gegen seine sonstige Gewohnheit, mehrere Glas Wein trank, machte ihm Barbara klar, daß er seine Liebesbeziehung zu Isabel so schnell wie möglich lösen müsse, wenn er nicht Gefahr laufen wollte, sich an sie zu verlieren.
»Dieses Mädchen paßt einfach nicht zu dir. Sie ist viel zu sentimental und wird dir mit ihrem Getue bald auf die Nerven fallen.«
Das tut sie jetzt schon, dachte Mario, doch er sprach es nicht aus. Eine Weile saß er stumm da und nagte an seiner Unterlippe. »Aber was soll ich tun?« fragte er schließlich. »Ich kann sie nicht einfach wegschikken.«
»Das brauchst du auch nicht. Ich verspreche dir, sie wird ganz von selbst gehen.« Barbara lachte leise und reichte ihm über den Tisch die Hand. »So edelmütig bist du doch gar nicht, amico. Du nimmst doch sonst auf Frauen wenig Rücksicht. So, wie ich dich einschätze, hast du es bisher ganz munter getrieben. Von großer Liebe konnte da wohl kaum die Rede sein. Das paßt auch nicht zu dir«, fügte sie trocken hinzu.
»Du bist zynisch«, stellte er fest.

»Nein. Ich bin bloß realistisch. Hör auf, dir selbst etwas vorzumachen. Du liebst dieses Mädchen gar nicht. Du läßt dich bloß von ihr lieben.«
Er starrte sie an.
»Du gefällst mir«, sagte Barbara unvermittelt. »Und ich brauche dich nur anzusehen, dann weiß ich, daß ich dir auch gefalle, daß du scharf auf mich bist.«
»Halt den Mund!« Er packte plötzlich ihr Handgelenk und drückte es so fest, daß sie aufschrie: »Laß das! Du tust mir weh.«
»Ich mag es nicht, wenn Frauen so reden«, sagte er.
Darauf sie, langsam, gedehnt: »Nein? Was magst du denn?«
»Das werde ich dir sagen, wenn es soweit ist.«
Wieder maßen sie sich wie zwei Gegner. Barbara dehnte sich in den Schultern. »Du bist ganz schön unverschämt«, stellte sie fest.
»Nur, wenn man mich herausfordert.«
Das Geplänkel ging noch eine Weile weiter. Von Isabel war nicht mehr die Rede, doch Mario fühlte, daß er mit jedem Wort, das er sagte, einen Verrat an ihr beging.
Später kamen Gäste, und er mußte Barbara allein lassen. Sie saß da, nippte an ihrem Wein und beobachtete ihn, wie er zwischen den Tischen hin und her ging. Er war nur mit einer Badehose bekleidet.
Dann kam Isabel. Sie hatte Barbara bereits von weitem gesehen. Die Begrüßung zwischen den beiden Frauen fiel frostig aus. Barbara forderte Isabel auf, sich zu ihr zu setzen, doch diese lehnte ab mit der Bemerkung, sie habe zu tun. Von Anfang an wollte sie klarstellen, daß sie hier zu Hause war und zu Marios Leben gehörte.

In den nächsten Tagen fühlte sich Isabel bedrängt von tausend Ängsten. Sie hatte keinen festen Beweis, aber sie war sicher, daß Mario in den Stunden, in denen er sie allein ließ, mit Barbara zusammen war. Sie wagte keine Fragen zu stellen, doch sie steigerte sich mit jedem Tag, der verging, in eine unheilvolle Stimmung hinein.

Mario tat, als bemerkte er nichts. Barbara war seine Geliebte geworden. Sie stellte beachtliche Anforderungen an ihn. Nicht nur weil sie darauf bestand, daß er jede Nacht zu ihr kam, sie brachte es auch fertig, zu jeder beliebigen Stunde des Tages anzurufen und ihn zu sich zu zitieren. Er begriff selbst nicht, warum er ihr stets bereitwillig folgte. Es mußte wohl daran liegen, daß diese Liaison mit Barbara eine Bestätigung für ihn war. Noch war er frei, unabhängig in seinen Entschlüssen. Es schmeichelte seiner Eitelkeit, daß sich eine so kluge und erfahrene Frau in ihn verliebt hatte. Sie, die anfangs so kühl und überlegen war, wurde mit jedem Tag leidenschaftlicher.

Es war Juni geworden. Die Tage waren unerträglich heiß, und die Lage spitzte sich zu. Nicht nur bei Isabel, auch bei Mario machte sich die ständige Anspannung bemerkbar. Hin- und hergezogen zwischen den beiden Frauen - von Barbara ständig verfolgt, von Isabel stumm angeklagt -, hätte er sich diesem Dilemma am liebsten durch die Flucht entzogen. Er erwog ernsthaft, abzureisen, doch er konnte das Lokal jetzt, während der Saison, nicht einfach im Stich lassen.

Isabel litt schweigend. Nicht ein einziges Wort des Vorwurfs kam über ihre Lippen. Und gerade diese schweigende Duldsamkeit war es, die Mario rasend machte.

Es war ein drückend schwüler Tag. Gewitter lag in der Luft. Hinter dem Epomeo ballten sich dunkle Wolken zusammen.

Isabel wollte malen. Sie hatte ihrer Wirtin versprochen, deren vierjähriges Töchterchen zu porträtieren. Ein paar Skizzen hatte sie bereits angefertigt, doch sie war damit nicht zufrieden. An diesem Morgen unternahm sie einen neuen Versuch. Sie arbeitete in dem kleinen Garten hinter dem Haus, während das Kind in ihrer Nähe spielte.

Isabel versuchte sich auf ihre Tätigkeit zu konzentrieren, doch immer wieder schweiften ihre Gedanken ab.

Wie sollte es weitergehen, mit ihr und Mario? Dachte er überhaupt noch an sie? Hatte sie seine Liebe nicht längst verloren?

Nein, es hatte keinen Sinn, sie konnte jetzt nicht malen! Sie würde sich hinlegen. Sie war müde und zerschlagen. Die Hitze lähmte sie.

Isabel ging ins Haus. Sie schloß die Läden, stand noch eine Weile unschlüssig herum und zog sich dann aus, um zu duschen. Sie mußte dazu über den Flur in das gemeinsame Badezimmer gehen. Als sie zurückkam, mit nassem Haar, ein Frottiertuch umgeschlungen, wäre sie fast mit Barbara zusammengestoßen.

»Was machen *Sie* denn hier?« fragte Isabel überrascht.

»Ich muß mit Ihnen reden«, erwiderte Barbara in ihrer bestimmten Art. »Haben Sie einen Augenblick Zeit?«

»Bitte.« Isabel war wie vor den Kopf geschlagen. Mit allem hatte sie gerechnet, doch nicht damit, daß Barbara sie aufsuchen würde. Das konnte nichts Gutes bedeuten.

Sie führte Barbara in ihr Zimmer und bot ihr den einzigen Stuhl an. Sie selbst setzte sich auf das Bett.

»Können Sie nicht die Läden aufmachen?« fragte Barbara. »Man sieht ja gar nichts.«

»Es ist zu heiß.«

Die beiden Frauen schwiegen, während das Kind draußen im Garten vor sich hin sang.
Barbara saß da, überlegen lächelnd, die Hände lässig im Schoß. Ihre Blicke musterten das bescheidene Zimmer und blieben dann an Isabel hängen, die mit übergeschlagenen Beinen auf dem Bett hockte.
»Ich habe es für richtig gehalten«, sagte Barbara Lohr, »einfach zu Ihnen zu kommen. Es gibt gewisse Dinge, die machen Frauen am besten unter sich aus.«
»Ich weiß nicht, wovon Sie reden«, erwiderte Isabel abweisend.
»Doch, doch, das wissen Sie genau. Ich rede von Mario. Er ist Ihr Freund, und Sie lieben ihn.«
»Ja - und?« fragte Isabel gedehnt. »Haben Sie etwas dagegen?«
Barbara lächelte wohlwollend. »Mein liebes Kind, warum sollte ich etwas dagegen haben? Das ist Ihre Sache. Sie können ihn lieben, solange Sie wollen. Ich möchte nur klarstellen, daß er im Augenblick anderweitig engagiert ist.«
Isabel machte eine Bewegung, als wollte sie aufspringen.
»Regen Sie sich nicht auf«, sagte Barbara schnell. »Ich will ihn Ihnen nicht wegnehmen. In drei Wochen reise ich ab. Dann ist die Sache erledigt.«
»Was sind Sie bloß für eine Frau«, stieß Isabel hervor. »Schämen Sie sich eigentlich nicht?«
Barbara begann zu lachen. »Aber Kindchen - was sind das für große Worte! Warum soll ich mich schämen? Weil ich mit einem Mann schlafe, der mir gefällt? Da hätte mich mich schon oft schämen müssen. Ich sage Ihnen ja, ich nehme ihn Ihnen nicht weg. Ich denke gar nicht daran. Wäre ich es nicht, dann wäre es eine andere. Sie glauben doch wohl nicht, daß Mario Ihnen treu ist? Das wäre wirklich zuviel verlangt. Mario ist

nicht der Mann, der auf Abenteuer verzichtet, nur weil er eine Geliebte hat.«
»Sie haben ihn verführt«, sagte Isabel feindselig.
Wieder lachte Barbara, doch es klang fast herzlich. »Sie sind naiv. Einen Mario braucht man nicht zu verführen, der kommt ganz von selbst.« Heiter und herablassend fuhr sie fort: »Wenn Sie auch nur eine Spur von Menschenkenntnis besitzen, dann mußten Sie wissen, worauf Sie sich einlassen.«
Isabel nickte unmerklich, aber sie schwieg.
»Sehen Sie«, sagte Barbara. »Dann dürfen Sie es ihm aber auch nicht übelnehmen, wenn er seiner Natur gemäß lebt.«
»Ich nehme ihm gar nichts übel«, erwiderte Isabel still. »Er ist der Mann, den ich liebe.«
Ein Schweigen entstand. Die Worte blieben zwischen den beiden Frauen in der Luft hängen. Barbara Lohr war plötzlich gereizt. Gern hätte sie eine frivole Bemerkung gemacht, aber eine unerklärliche Scheu hielt sie davor zurück. Im allgemeinen verachtete sie gefühlvolle Frauen, doch diese Isabel hatte etwas an sich, was sie anrührte. Sollte es nicht möglich sein, ihr klarzumachen, daß sie mit ihrer Liebe an den Verkehrten geraten war? »Haben Sie schon einmal an Ihre Zukunft gedacht?« fragte sie in sachlichem Ton.
»Nein.«
»Das ist aber sehr töricht. Es ist ja schön und gut, daß Sie Mario lieben, aber Sie können doch hier nicht ein Leben lang als seine Geliebte herumlaufen.«
»Warum nicht? Ist das eine Schande?«
Barbara war einen Augenblick aus der Fassung gebracht. Dann sagte sie: »Nein, eine Schande ist es nicht. Aber auf die Dauer gesehen eine Blamage. Ich jedenfalls würde mich für so eine Rolle nicht hergeben.«

»O ja, da bin ich sicher«, sagte Isabel mit Nachdruck. »Ich kann mir nicht vorstellen, daß Sie jemals dazu bereit wären, einem Mann zuliebe ein Opfer zu bringen.«
»Nein, das ist kein Mann wert. Ich begreife nicht, daß es immer noch so viele Frauen gibt, die das nicht einsehen wollen.«
Isabel lächelte. Sie sah plötzlich ganz heiter aus. »Sie haben eben nie geliebt«, stellte sie gelassen fest.
Barbara Lohr starrte sie an. »Auf diese Art Liebe verzichte ich! Ich will nicht leiden, ich will mein Vergnügen haben. Und wenn ein Mann das nicht einsehen will, dann ist eben Schluß. Dann suche ich mir einen anderen.«
Darauf wußte Isabel nichts zu erwidern. Sie stand da, immer noch das heitere, etwas abwesende Lächeln auf den Lippen. Sie wartete, daß die andere gehen würde.
Barbara zögerte noch. Sie hatte sich diese Unterredung anders vorgestellt und war unzufrieden mit sich. Es kränkte sie, daß es ihr nicht gelungen war, Isabel zu überzeugen. Sie war mit dem festen Vorsatz hierhergekommen, ihr diese blödsinnige Liebe auszureden. Nun mußte sie unverrichteter Dinge wieder abziehen.
Isabel ging zum Fenster, öffnete die Läden und begann mit dem Kind zu sprechen, das immer noch draußen spielte. Als sie sich nach einer Weile umdrehte, war Barbara Lohr verschwunden.

Das Gewitter hatte sich nicht entladen.
Isabel lag nackt auf dem Bett. Sie warf sich hin und her, geplagt von der Hitze und dem Verlangen nach dem Geliebten. Es war drei Uhr morgens, und sie konnte keinen Schlaf finden. Immer wieder gingen ihre Gedanken zu Mario.

Dann hörte sie das leise Klopfen am Fensterladen und erschrak.
»Wer ist da?« rief sie. Sie wußte, es war Mario. Sie wußte auch, woher er kam. Ihre Gedanken hatten ihn herbeigezogen.
»Mach auf, cara! Ich bin es. Laß mich herein.«
Sie stand auf, zog ihren Schlafrock an und ging zum Fenster. Als sie den Riegel zurückschob und die Läden öffnete, fiel helles Mondlicht ins Zimmer.
Mario stieg durch das Fenster und nahm sie ohne Umstände in den Arm. Sie wollte etwas sagen, doch er drückte seine Lippen auf ihren Mund. Dann hob er sie auf und trug sie zum Bett. Er ging noch einmal zurück zum Fenster und schloß die Läden.
Er legte sich neben sie und begann sie zu streicheln. Sie wehrte sich nicht. Zu groß war das Verlangen nach ihm. Sie erwiderte seine Küsse, seine Liebkosungen. Alles vollzog sich stumm, wortlos, selbstverständlich. Sie liebten sich, als stände keine andere Frau zwischen ihnen.
Doch es kam der Augenblick, da sie sich voneinander lösten, jeder wieder allein dalag. Mario müde und gesättigt. Isabel traurig und ratlos. Sie wollte ihn an sich ziehen, mit ihm reden, endlich mit ihm reden - doch er war bereits eingeschlafen.

Mario erwachte am anderen Morgen frisch und ausgeruht, während sich Isabel müde und zerschlagen fühlte.
Er küßte sie flüchtig und stand auf, um sich anzukleiden. Sie spürte, daß er mit seinen Gedanken schon wieder weit fort von ihr war. Es drängte ihn, wegzukommen. Hinunter an den Strand, neuen Menschen, neuen Abenteuern entgegen.
Als er zu ihr kam, um sich zu verabschieden, sagte sie

ganz ruhig: »Ich weiß jetzt, was los ist. Ich bedeute dir nichts. Du kommst hierher und schläfst mit mir, aber im Grunde bedeute ich dir gar nichts.«
»Was redest du für einen Unsinn! Wie kannst du sagen, daß du mir nichts bedeutest? Wäre ich sonst zu dir gekommen?«
Sie schwieg.
»Ich liebe dich«, sagte Mario und setzte sich auf den Bettrand. Es klang nicht überzeugend, er wußte es selbst. Schuldbewußt streichelte er ihre Hand.
Plötzlich war ihr alles egal. Ihr Herz war voll Bitterkeit. Sie konnte sich nicht länger verstellen.
»Weißt du eigentlich, was für mich auf dem Spiel steht?« fragte sie.
Er sah sie verständnislos an. »Was soll das heißen?«
»Dieser Zustand ist unerträglich«, stieß sie hervor. »Ich halte das nicht länger aus. Warum können wir nicht heiraten? Ein normales Leben führen - Kinder kriegen . . . sieh mich nicht so an - es ist die natürlichste Sache der Welt. Du sagst, du liebst mich. Gut - dann heirate mich. Ich weiß, daß man in deinem Land diese Dinge noch ernst nimmt. Heiraten - eine Familie gründen - das nimmt man bei euch noch ernst. O Mario - bitte, versteh mich doch! Es ist wundervoll, daß wir uns lieben, aber es genügt nicht. Mir genügt es nicht mehr.«
Mario war wie vom Donner gerührt.
Es dauerte eine ganze Weile, ehe er sich gefaßt hatte. Dann aber reagierte er genauso, wie ein Mann seiner Art auf eine derartige Herausforderung reagiert. Kalt erwiderte er: »Das hättest du dir eher überlegen müssen. Ich werde dich ganz bestimmt nicht heiraten, das kannst du dir aus dem Kopf schlagen. Von Heirat war zwischen uns nie die Rede.«
Sie starrte ihn an.

»Dann sag mir, wie es weitergehen soll«, murmelte sie.
Und auch diesmal blieb Mario sich treu.
»Sehr einfach«, erwiderte er. »Es bleibt alles, wie es war. Wir leben weiter wie bisher. Du weißt, daß ich dich liebe, cara. Auf meine Art liebe ich dich. Aber ich lasse mich nicht erpressen.«
Ein Schweigen entstand.
»Hast du mich verstanden?« fragte er eindringlich.
Sie nickte mechanisch.
Mario seufzte. Sie tat ihm leid, aber er dachte nicht daran, sich von ihr zur Ehe zwingen zu lassen.
»Cara!« Er zog sie an sich und versuchte, sie streichelnd, ihren Kummer zu mildern.
»Sei nicht traurig, Liebste! Kannst du mich nicht nehmen, wie ich bin? Nimm mich nicht so ernst, das vertrage ich nicht. Du mußt kein Drama aus unserer Liebe machen - bitte!«
»Nein«, sagte sie folgsam. Sie fühlte Tränen in ihre Augen steigen und wünschte, er wäre schon fort.
»Wirst du vernünftig sein?« fragte er schmeichelnd.
Sie nickte wie unter einem Zwang.
»Meine cara!« Er küßte sie. »Dann ist alles gut. Ruh dich jetzt aus, ich muß fort. Und versprich mir, nicht traurig zu sein.« Er zog sie an sich. »Versprichst du es mir?«
»Ja, ja«, sagte sie und schob ihn von sich. Sein Egoismus war grenzenlos. Er wollte leichten Herzens davongehen. Alles andere interessierte ihn nicht.

7

Edith Hausmann saß in der Oper. Sie war mit ihrer Freundin Hilde verabredet gewesen, doch diese hatte im letzten Augenblick abgesagt. Es war das erste Mal seit Monaten, daß Edith allein ausging, und sie fühlte sich unbehaglich. In letzter Zeit hatte sie öfter Anfälle gehabt.
Fersen, ihr Arzt und Freund, riet ihr, ins Krankenhaus zu gehen, doch sie konnte sich nicht dazu entschließen.
Der Vorhang ging auf. Edith blickte auf die Bühne. Sie begriff nicht, was dort vor sich ging. Sie sah nur Menschen, die durcheinanderrannten und wild gestikulierten. Eine Frau sang, aber Edith konnte die Worte nicht verstehen. In ihren Ohren sauste es, und sekundenlang wurde ihr schwarz vor Augen. Angst erfaßte sie. Sie preßte die Lippen aufeinander, um ein Stöhnen zu unterdrücken. Ihre Hände umklammerten den Sitz. Sie durchlebte den ganzen ersten Akt wie in einem bösen Traum, gepeinigt von Magenschmerzen, die krampfartig wiederkehrten.
Irgendwie gelang es ihr, nach draußen zu kommen. Taumelnd ließ sie sich von einer Garderobenfrau zur Toilette führen.
Der Theaterarzt wurde geholt. Doch als er kam, war der Krampf wieder vorbei, und Edith lehnte es ab, sich untersuchen zu lassen. Der Arzt brachte sie zu einem Taxi und bot ihr an, sie zu begleiten. Auch davon

wollte Edith nichts wissen. Sie hatte nur den einen Wunsch, allein gelassen zu werden.
Zu Hause setzte sie Wasser auf und bereitete sich Tee. Der erste Schluck würgte sie im Hals. Die Schmerzen setzten wieder ein, schlimmer als zuvor, und sie schleppte sich mühsam zum Telefon, um Manfred Fersen anzurufen. Er versprach, sofort zu kommen. Edith empfing ihn mit verzerrtem Gesicht.
Es wurden keine überflüssigen Worte gewechselt. Der Tatbestand lag fest. Dr. Fersen tastete den eingeschrumpften Leib ab.
»Warum hast du mich nicht eher gerufen, Edith?«
Sie zuckte die Achseln.
»Hast du diese Anfälle öfter?«
»In der letzten Zeit, ja.«
»Du gehörst in ein Krankenhaus. Ich kann es nicht länger verantworten, dich zu Hause zu lassen.«
»Wieviel Zeit gibst du mir noch?« fragte Edith rundheraus.
Er zögerte.
»Sag es mir«, drängte sie. »Ich muß es wissen. Ich habe noch etwas zu erledigen.«
Fersen nickte. »Ich weiß. Isabel. Ich hatte gehofft -«
Edith machte eine rasche Handbewegung, die ihn am Weitersprechen hinderte.
»Also, wie lange?«
»Sechs Monate, vielleicht weniger.«
Sie starrte ihn an.
»Du kannst diese Reise nicht antreten, Edith. Du wirst nicht durchhalten.«
»Ich muß«, sagte sie leise. »Du hast versprochen, mir zu helfen. Laß mich jetzt nicht im Stich. Ich brauche die Diagnose für einen dortigen Arzt. Und ich brauche schmerzstillende Mittel.« Sie packte seinen Arm. »Du hast versprochen, mir zu helfen.«

Er machte sich behutsam von ihr los. »Ich werde mein Versprechen halten.«
Plötzlich und ganz deutlich kam ihr zum Bewußtsein, daß sie verloren war. Sie hatte das Bedürfnis zu sprechen, sich einem Menschen anzuvertrauen.
»Morgen, Manfred, fahre ich nach Ischia. Ich muß das Kind zurückholen.«
Der Arzt schwieg. Edith hatte ihm einiges von dem anvertraut, was sie in ihrer kurzen, unfrohen Ehe erlebt und erduldet hatte. Er konnte verstehen, daß die Sorge um Isabel sie jetzt dazu trieb, so etwas wie einen Rettungsversuch zu unternehmen. Doch er bezweifelte, daß sie damit Erfolg haben würde. Vorausgesetzt, sie würde überhaupt noch die Kraft haben, entscheidend einzugreifen.
In dem leicht sarkastischen Ton, den Edith seit ihrer Scheidung angenommen hatte, sagte sie: »Ich will dich nicht mit meinen Problemen langweilen, aber wenn du noch einen Augenblick Zeit hättest - ich würde dich gerne etwas fragen.«
Fersen nickte. »Ich nehme an, deine Frage hat etwas mit Isabel zu tun.«
»Ja.«
Edith legte die Hand auf den schmerzenden Leib. Fersen, der sie noch als junges, hübsches Mädchen gekannt hatte, empfand Mitleid mit ihr.
»Du weißt, wie sehr ich dieses Kind geliebt habe«, sagte Edith leise. »Ich habe versucht, ihr das Leben so schön wie möglich zu machen und ihr den Vater zu ersetzen. Jeden Wunsch habe ich ihr von den Augen abgelesen. Trotzdem ist es schiefgegangen. Sie hat mich verlassen und sich diesem Kerl an den Hals geworfen. Und nun frage ich mich, was habe ich falsch gemacht? Ich zermartere mit den Kopf mit dieser Frage, aber ich finde keine Antwort.«

»Das kann ich verstehen.« Der Arzt trat ans Fenster und sah einen Augenblick hinaus in die Dunkelheit. Er überlegte sich eine Erwiderung. »An dieser Frage scheitern viele Eltern. Sie lieben ihre Kinder, aber sie machen Fehler und treiben die Kinder damit aus dem Haus. In den meisten Fällen kommt es auch später nie zu einer echten Aussprache. Also bleibt die Frage, was eigentlich falsch gemacht wurde, unbeantwortet.«
Edith sah ihn an. »Was soll ich tun?« Sie machte eine ungeduldige Gebärde.
»Auf keinen Fall tue etwas gegen den Willen Isabels. Sonst machst du alles nur noch schlimmer.«
»Aber ich muß ihr doch helfen«, rief Edith verzweifelt.
Der Arzt sah sie lange an. Seine Antwort war für Edith wie ein Schlag ins Gesicht.
»Woher weißt du denn, ob sie deine Hilfe überhaupt will?«
Sie sprang auf, sank aber gleich darauf mit einem Stöhnen wieder zurück.
»Reg dich nicht auf«, sagte Fersen erschrocken. »Das schadet dir.«
Sie stieß einen verächtlichen Laut aus. »Als ob es darauf noch ankäme!«
»Verzeih.« Fersen legte seine Hand auf ihren Arm. »Ich wollte dich nicht kränken. Ich fürchte nur, du machst einen neuen Fehler, wenn du Isabel zwingst, diesen Mann aufzugeben.«
Edith Hausmann richtete sich plötzlich auf. In ihr blasses Gesicht trat ein harter Zug. »Sie muß Ordnung in ihr Leben bringen, das werde ich ihr klarmachen. Sie muß zurückkommen und ihr Studium wiederaufnehmen. Alles andere ist Unsinn.«
»Das sagst du!« rief Fersen in plötzlichem Zorn. »Aber wenn sie diesen Mann nun liebt?«

»Liebe!« Edith warf den Kopf zurück. »Wenn ich das Wort höre, wird mir übel. Vernarrt ist sie in den Kerl, das ist alles. Ich kenne das doch ... o Gott, ich kenn das doch ganz genau. Ich war auch vernarrt. Und dann hab ich geheiratet, und als das große Erwachen kam, war es zu spät.«
»Was hat das alles mit Isabel zu tun?« fragte Fersen. »Wer sagt dir denn, daß dieser Mann genauso ein Versager ist? Vielleicht redest du dir das nur ein. Vielleicht macht er deine Tochter glücklich.«
»Das glaube ich nicht«, erwiderte Edith. »Sie gibt es natürlich nicht zu. In ihren Briefen tut sie, als wäre alles in Ordnung, aber ich fühle, daß sie lügt. Nichts ist in Ordnung. Der Kerl betrügt sie und wird sie eines Tages sitzenlassen. Und dann hat sie sich ihr Leben verpfuscht. - Und das werde ich nicht zulassen«, sagte sie so laut, daß Fersen zusammenzuckte.
Edith schloß erschöpft die Augen.
Fersen machte kurzen Prozeß. Er hob sie auf und führte sie ins Schlafzimmer. Er half ihr beim Auskleiden und brachte sie ins Bett. Dann gab er ihr eine Spritze und wartete, bis sie eingeschlafen war.

8

Am nächsten Tag flog Edith Hausmann nach Neapel. Dr. Fersen hatte sie vor ihrem Abflug noch einmal aufgesucht, mit den nötigen Mitteln versorgt und ihr Verhaltensvorschriften erteilt.
In Neapel nahm sich Edith ein Taxi und ließ sich zum Hafen fahren. Es gelang ihr, dem Fahrer mit Hilfe eines Wörterbuches klarzumachen, daß sie auf dem schnellsten Weg zur Insel Ischia gelangen wolle. Der Chauffeur, ein junger Neapolitaner, der während der Fahrt durch das dickste Verkehrsgewühl vor sich hin sang, was Edith so reizte, daß sie es ihm untersagt hätte, wäre sie seiner Sprache mächtig gewesen, setzte sie an der Abfahrtstelle der Aliscafi ab, die zwischen Neapel und Ischia verkehren.
Auf dem Schiff saß sie eingeklemmt zwischen einer schwarzgekleideten fetten Matrone, die ein etwa dreijähriges Kind auf dem Arm hielt, das Edith mit offenem Mund anstarrte, und einem schwarzgelockten Burschen mit aufgeknöpftem Hemd, der in einer Zeitschrift blätterte und sie einige Male mit dem Ellbogen behelligte, wofür er sich jedesmal mit einem freundlichen Lächeln entschuldigte. Auf der gegenüberliegenden Bank hatte es sich ein junges Ehepaar mit drei Kindern bequem gemacht, zwei Jungen und einem Mädchen. Die Jungen rutschten unentwegt hin und her und traten Edith gegen das Schienbein. Sämtliche Fenster waren aus Sicherheitsgründen geschlossen. Es

war heiß und stickig. Edith fürchtete, ohnmächtig zu werden.
Dann glitt das Schnellboot langsam aus dem Hafen und erhob sich bald darauf mit Getöse über den Wellen. Edith wollte aus dem Fenster sehen, doch die Scheiben waren so beschlagen, daß sie von dem berühmten Blick auf die Bucht nur schattenhafte Umrisse wahrnehmen konnte. Sie schloß die Augen und versuchte sich zu entspannen, aber die beiden Jungen stießen immer wieder an ihre Beine, und diese Belästigung machte sie fast verrückt. Verbittert und gereizt wie sie war, bildete sie sich ein, daß jeder Italiener, ob Mann, Weib oder Kind, ihr eingeschworener Feind sei. Sie konnte immer weniger verstehen, daß Isabel in diesem Land und bei diesen Menschen hatte heimisch werden können.
Eine halbe Stunde später hatten sie den Hafen von Porto erreicht. Das Kastell Aragonese glitt linker Hand an ihnen vorüber, und die ersten Häuser von Porto D'Ischia tauchten auf. Wenige Minuten später legte das Boot am Kai an, und die Passagiere, beladen mit Koffern, Beuteln und Plastiktüten, gingen an Land.
Im ersten Augenblick war Edith geblendet von dem grellen Sonnenlicht und dem chaotischen Gedränge der Ankommenden und Abfahrenden. Neben das Boot, das sie soeben verlassen hatte, schob sich das messingfunkelnde Deck einer Hochseejacht. Sie sah halbnackte, braungebrannte Menschen, die Scherzworte zu dem Fahrer eines Muligespannes hinunterriefen. Geschrei und Gelächter war um sie herum, und die Luft flirrte vor Hitze. Sie sah sich umgeben von Autobussen, Kinderwagen, Motorrollern und Mikrotaxis, von Hafenarbeitern, Touristen, spielenden Kindern und Hunden sowie von Schleppern, die lauthals den Namen ihres Hotels ausriefen.

Einer der Fahrer näherte sich ihr und wies auf sein luftiges Gefährt, eine Mischung von Jeep und Lastwagen. Sie nannte den Ort Sant'Angelo, und er nickte eifrig und bemächtigte sich ihres Koffers. Edith stieg ein, er befestigte eine Plastikplane, damit sie nicht hinausfallen konnte, und die Fahrt ging los.
Edith war entschlossen, sich durch nichts beeindrukken zu lassen. Nur mit halbem Ohr hörte sie auf die in drolligem Kauderwelsch vorgetragenen Erklärungen ihres Begleiters. Sie hatte kaum einen Blick für die schwarzgrünen Pinienhaine, die hellen Kastanien- und Eichenwälder, die vor ihr auftauchten. Selbst die in voller Blüte stehenden Oleanderbäume, die rechts und links die Straße säumten und auf die ihr Führer sie hinwies, beachtete sie nicht. Mit starrem Blick saß sie da und ließ die Häuser und Gärten, die Weinterrassen und die grün bewaldeten Berghänge an sich vorbeigleiten. Ihr Rücken war verspannt, und der leise nagende Schmerz in der Magengrube, der sich seit ihrer Ankunft auf der Insel wieder verstärkt hatte, gemahnte sie an das Verrinnen der Zeit und die Aufgabe, die vor ihr lag.
Nein, sie war nicht hierhergekommen, um, wie ihre Tochter, einen romantischen Traum zu erleben. Sie war gekommen, um dieses Kind in die Wirklichkeit zurückzuholen, sie dem Verführer, der sie hier festhalten wollte, zu entreißen. In den langen, qualvollen Monaten, die hinter ihr lagen, hatte sie einiges über die Insel, deren Zauber man angeblich so leicht verfiel, in Erfahrung gebracht. Da hieß es in einem der buntbebilderten Bücher, man wäre »ohne den Beistand einer der hier bewährten Heiligen als Nordischer verloren«. Nun, daran glaubte sie nicht. Edith Hausmann betrachtete diese Insel und ihre Bewohner mit kühlen, strengen Augen, mißtrauisch und nicht

gewillt, sich von ihren Reizen gefangennehmen zu lassen.
Sie hatten jetzt Forio erreicht, und der Fahrer wies mit beredten Gesten auf die weit ins Meer hinausragende weiße Fischerkirche. Edith folgte mit dem Blick seinem ausgestreckten Arm, sah das im Sonnenschein glitzernde Meer und wurde einen Augenblick von einer vagen Sehnsucht gepackt, die sie sofort wieder verdrängte. Sehnsucht war gefährlich, sie wußte es. Die Enttäuschung folgte ihr auf dem Fuß. Und nach der Enttäuschung kamen die Angst und die Verzweiflung.
Nein, besser die Sehnsucht gar nicht erst in sich hineinlassen, sich abkapseln, sich allen Einflüsterungen verschließen. Auch das hier, dieses Meer, diese Sonne, diese grünen Berge unter einem blauen Himmel, diese Blüten und Düfte, dieses Leuchten und Zittern der Luft - diesem ganzen mittelmeerischen Zauber mußte man sich verschließen, um sich nicht an ihn zu verlieren.
Edith war so in Gedanken versunken, daß sie erschrak, als der Fahrer sich plötzlich umdrehte und abermals mit der ausgestreckten Hand hinunter zum Meer zeigte. Das Bild, das sich ihr bot: der kugelige Berg mit den Ruinenresten darauf, der aus dem Meer herausragte, kannte sie bereits von den zwei oder drei bunten Ansichtskarten, die Isabel ihr geschickt hatte. Dies also, was da unten lag, dieser kleine Hafen mit den übereinandergeschachtelten Häusern dahinter und dem vorgelagerten Berg, dies also war Sant'Angelo, der Schauplatz der unseligen Romanze ihrer Tochter. Sie war am Ziel ihrer Reise angelangt.
Der Fahrer hielt auf dem Parkplatz und winkte gleich einen der herumlungernden Mulitreiber herbei, die das Gepäck der Fremden zu den Hotels brachten.

Edith hatte sich durch die Vermittlung einer Patientin, die in einem Reisebüro arbeitete, ein Zimmer im Hotel ›La Palma‹ besorgen lassen. An der Rezeption sprach man Deutsch. Sie erkundigte sich, wo das Quartier Isabels lag. Die junge, hübsche Frau des Hoteliers, eine Schweizerin, erklärte ihr genau, wie sie zu gehen hatte, und führte sie dann auf ihr Zimmer, das im ersten Stock gelegen war und einen Blick über Hafen und Meer bot.

Edith brauchte nicht mehr als zehn Minuten, um auszupacken und ihre Sachen unterzubringen. Jetzt, da das Wiedersehen mit Isabel unmittelbar bevorstand, stieg ihre Nervosität. Sie fragte sich, ob es nicht besser gewesen wäre, ihren Besuch anzukündigen, doch dazu war es nun zu spät. Sie beschloß, sich unverzüglich auf den Weg zu machen, obwohl es besser für sie gewesen wäre, sich erst einmal auszuruhen. Der Funke Hoffnung, der sie auf der Fahrt hierher plötzlich belebt hatte, war schon wieder erloschen. Sie fühlte sich schlaff und müde. Aber darauf konnte sie jetzt keine Rücksicht nehmen.

Mit langsamen, schleppenden Schritten ging sie die Treppe hinunter, überquerte die Terrasse, auf der zu dieser abendlichen Stunde die Gäste beim Aperitif saßen, und schlug die angegebene Richtung ein. Langsam kletterte sie die steilen Treppen empor, blieb immer wieder, an eine Mauer gelehnt, stehen, um sich auszuruhen, und erreichte endlich die Kirche.

Sie versuchte, ihre Gedanken zu ordnen, sich zurechtzulegen, was sie sagen wollte, doch in ihrem Kopf war alles wüst und leer. Panik erfaßte sie, es hätte nicht viel gefehlt, und sie wäre wieder umgekehrt. Doch sie riß sich zusammen. Es gab keine Alternative, Isabel mußte von hier fort, sonst war ihre Zukunft vertan.

Sie legte die letzten Schritte fast im Eiltempo zurück,

stand dann vor dem angegebenen Haus und klopfte, da sie nirgends einen Klingelknopf entdecken konnte, an die Tür.

Eine schwarzgekleidete Frau mit faltigem Gesicht und grau gescheiteltem Haar öffnete. Edith fragte nach Isabel. Die Alte nickte und zeigte auf eine Tür. Sie murmelte etwas von ›bagno‹. Nach einigem Hin und Her und unter Zuhilfenahme des Wörterbuches begriff Edith, daß ihre Tochter noch am Strand sei, aber bald zurückerwartet werde. Nachdem sie der Alten klargemacht hatte, daß sie Isabels Mutter war, wurde sie in das nicht abgeschlossene Zimmer geführt. Die Frau öffnete die angelehnten Fensterläden, und nachdem sie noch ein paar unverständliche Sätze gebrummt hatte, ließ sie Edith allein.

Edith sah sich um. Sie sah ein breites Messingbett, auf dem eine rote Wolldecke lag, einen Kleiderschrank, einen Tisch, zwei Stühle und eine Staffelei mit einem angefangenen Bild. Sie trat näher heran und betrachtete die schlichte Komposition: ein kahler Felsen, daneben eine kleine Kapelle mit Glockenturm und im Hintergrund ein karges Bergmassiv.

Sie konnte nicht beurteilen, ob diese Arbeit Begabung verriet, dazu verstand sie zuwenig von Malerei, doch etwas an dem Bild rührte sie an. Es drückte Verlassenheit aus und bestärkte in ihr die Überzeugung, daß ihre Tochter unglücklich war.

Trotz der Wärme fröstelte Edith. Sie zog sich einen Stuhl in die Nähe des Fensters, blickte hinaus in den blühenden Garten und faltete die Hände, als wollte sie beten. Doch sie betete nicht. Sie redete sich nur selbst Mut zu für die bevorstehende Begegnung, denn sie ahnte bereits, daß es einen harten Kampf zu bestehen galt, und sie war nicht sicher, ob ihre Kräfte ausreichen würden, diesen Kampf zu bestehen.

9

Auf der Veranda von Marios Ristorante hatte sich eine bunte Gesellschaft zusammengefunden, bestehend aus zwei jungen, hübschen Frauen aus Köln, Besitzerinnen einer Schmuckboutique, einem Werbekaufmann aus Frankfurt am Main, einem Schriftsteller aus München, der den seltsamen Namen Müßigbroth hatte und allein damit viel Beifall erntete, sowie Barbara Lohr und Isabel.

Mario stand an der Bar und mixte Getränke. Er war gut gelaunt, denn er fühlte sich wieder einmal als Hahn im Korb. Nicht nur Barbara, auch die beiden Kölnerinnen warfen ihm verliebte Blicke zu und kokettierten mit ihm. Er ignorierte die finstere Miene Isabels, die in gezwungener Haltung am Ende des Tisches saß und sich an der allgemeinen Ausgelassenheit nicht beteiligte. Wenn sie unbedingt die Beleidigte spielen mußte - nun gut, ihn störte es nicht. Er dachte nicht daran, sich durch sie seine gute Stimmung verderben zu lassen.

Helga, eine der beiden Kölnerinnen, schlug vor, den Plattenspieler anzustellen. »Wir wollen tanzen.«

Der Schriftsteller Müßigbroth meinte, dazu wäre es viel zu heiß, doch er wurde überstimmt. Mario legte eine Platte auf, und Helga klatschte in die Hände und rief: »Los, Kinder, seid nicht so faul. Wer tanzt mit mir?« Dabei ging sie auf Mario zu und streckte beide Hände nach ihm aus.

Mario tanzte mit ihr, während die anderen zusahen. Danach forderte er Isabel auf, doch sie winkte ab. »Ich habe keine Lust.«
»Dann eben nicht«, sagte Mario auf italienisch. Und leise, nur für sie hörbar, setzte er hinzu: »Du fällst mir auf die Nerven.« Er wandte sich ab und ging hinüber zu Barbara. Sie sah ihm lachend entgegen und forderte ihn auf, sich zu ihr zu setzen.
Isabel litt. Was tat sie hier, inmitten dieser ausgelassenen Gesellschaft? Seit Tagen ging das nun so. Sie kam morgens hierher und fand bereits Barbara vor, meist auch noch andere hübsche Frauen, wie die beiden aus Köln. Sie saßen auf der Veranda herum oder lagen unten am Strand und ließen sich von Mario den Hof machen. Er sagte, er könne sie nicht wegschicken, denn schließlich seien es zahlende Gäste. Tatsächlich erschienen sie auch regelmäßig zum Essen, brachten Freunde mit und leerten im Lauf des Tages eine Flasche Wein nach der anderen. Mit jedem Tag wurde die Stimmung ausgelassener, die Vertraulichkeit größer. Die Mädchen saßen halbnackt herum, ließen sich von Mario den Rücken einölen oder forderten ihn auf, sie in seinem Motorboot spazierenzufahren.
Barbara schien das nicht zu stören. Sie sah dem Treiben gelassen zu, trank und lachte mit den anderen und animierte die Mädchen noch, mit Mario zu flirten. Isabel sagte sich: Ich bin eben anders. Ich kann da nicht mit. Das alles ist mir widerlich und unverständlich. Die Art, wie sie reden und sich bewegen, so frivol, so herausfordernd - widerlich ist das alles.
Sie wäre gerne gegangen, aber sie blieb. Sie saß da und betrachtete mit frostiger Mißbilligung das Treiben um sich herum. Es wurde getanzt und getrunken. Die Stimmen wurden immer lauter, die Gesichter waren gerötet vom Wein. Der Schriftsteller Müßigbroth

hatte ein völlig durchgeschwitztes Hemd, und die hübsche Helga entledigte sich mit dem Ausruf: »Puh – ist mir heiß!« ihrer Bluse und tanzte weiter in der Andeutung eines Bikinis. Sie waren alle vergnügt und mit sich beschäftigt, redeten laut durcheinander und hoben immer wieder ihr Glas und riefen: »Salute!«
Später wurden Fleisch und Fisch gegrillt. Der Geruch von Knoblauch drang aus der Küche, und Mario, der mit den gefüllten Schüsseln auftauchte, wurde mit lautem Beifall umringt.
Isabel hatte keinen Appetit. Sie stocherte in den Speisen herum und schob ihren Teller, nachdem sie ein paar Bissen gegessen hatte, beiseite.
»Warum essen Sie denn nicht?« fragte Barbara, die neben ihr saß. »Schmeckt es Ihnen nicht?«
»Nein.«
Barbara nahm einen großen Schluck Wein und musterte Isabel mit harten Augen. Sie schüttelte den Kopf und sagte in aggressivem Ton: »Warum lassen Sie sich so gehen? Können Sie nicht einmal versuchen, sich zusammenzunehmen? Immerzu müssen Sie beleidigt sein. Ich kann verstehen, daß das einen Mann wie Mario langweilt.«
Isabel erstarrte. Gegen einen so plumpen Angriff war sie wehrlos.
Mario hatte gemerkt, was vorgegangen war, und warf Barbara einen warnenden Blick zu. Sie verzog spöttisch den Mund. Diese Antwort sagte ihm deutlich: Hast du immer noch nicht genug von ihr? Schick sie endlich fort.
Er war ja bereit, Barbaras Rat zu folgen und sich wirklich von Isabel zu trennen, allein die Furcht, sie könnte durchdrehen und sich womöglich etwas antun, hielt ihn davor zurück.
Während die beiden Kölnerinnen sich mit dem Wer-

bemann unterhielten und der Schriftsteller Müßigbroth mit der kleinen Pina schäkerte, stand Mario auf, stellte sich hinter Isabel und sagte bittend, aber mit einem Unterton von Gereiztheit in der Stimme: »Mach nicht so ein Gesicht, cara! Was ist los? Du siehst aus, als wolltest du uns alle auffressen.«
Hatte er zu laut gesprochen? Alle sahen auf einmal her. Die Gespräche verstummten. Isabel wand sich vor Verlegenheit.
»Laß mich in Ruhe«, murmelte sie.
»Ja, laßt sie in Ruhe«, rief der Schriftsteller Müßigbroth. Er hatte keine Ahnung, worum es ging, doch Isabel tat ihm leid.
Einige Sekunden später redete schon wieder alles durcheinander, nur Barbara gab sich nicht zufrieden. Sie stichelte weiter.
»Warum kommen Sie her, wenn Sie sich hier langweilen?« sagte sie. »Das verstehe ich nicht. Warum suchen Sie sich nicht eine Gesellschaft, die Ihnen besser zusagt?«
»Sie sollen mich in Ruhe lassen.« Isabel schob ihren Teller beiseite. Sie machte Anstalten aufzustehen, doch Mario legte beide Hände auf ihre Schultern und sagte: »Du bleibst sitzen.«
Während Barbara ihren Wein trank, beobachtete sie Isabel, die nach Marios Hand griff und ihm etwas zuflüsterte. Sie sah, wie erregt das Mädchen war, wie verkrampft in ihrer Haltung. Sie sah den gequälten Ausdruck in ihrem Gesicht, das unbeherrschte Zucken der Mundwinkel. Frauen reagieren verschieden auf Kränkungen. Diese schien der Situation nicht mehr gewachsen zu sein. Barbara hatte nicht übel Lust, ihr den Rest zu geben. Sie empfand nicht das geringste Mitleid.
Mit einem Ruck schob sie den Stuhl zurück und stand

auf. Sie nahm Mario beim Arm und sagte: »Komm tanzen, amico. Dein Mädchen spinnt mal wieder. Am besten, du kümmerst dich nicht darum.«
Isabel fuhr herum. Sie starrte Barbara haßerfüllt an. »Halten Sie den Mund!« sagte sie wütend.
Barbara brach in Gelächter aus. »Sehen Sie«, rief sie, immer noch lachend. »Ich habe recht. Sie spinnen wirklich!«
Im nächsten Augenblick griff Isabel nach ihrem Glas und schüttete Barbara den Inhalt ins Gesicht.
Barbara war fassungslos. »Sie unverschämte Person - sind Sie verrückt geworden?«
Isabel brach in Tränen aus. Mario versuchte sie zu beruhigen, während Barbara laut schimpfte und die anderen teils verstört, teils belustigt dreinsahen.
»Stellt das Gedudel ab«, rief eine der beiden Kölnerinnen, da der Plattenspieler noch immer lief. Doch der Werbekaufmann überstimmte sie und meinte, Musik wäre jetzt genau das Richtige.
»Jawohl, wir wollen tanzen«, trompetete der Schriftsteller Müßigbroth und sprang auf. In dem allgemeinen Durcheinander - jeder war jetzt bemüht, so viel Lärm wie möglich zu machen - gelang es Mario, Isabel zu bewegen, mit ihm ins Haus zu gehen. Barbara wollte ihnen folgen, doch Mario bedeutete ihr mit einer Handbewegung, sie möge draußen bleiben.
Drinnen flößte er Isabel gegen ihren Willen einen Schnaps ein. »Du mußt das trinken, cara. Du bist ja völlig durcheinander. Komm, beruhige dich! Niemand tut dir etwas. Du bist ganz einfach hysterisch.«
Isabel trank, würgte, trank wieder und starrte vor sich hin. Mario beobachtete sie.
Das muß ein Ende haben, dachte er. Ich mache das nicht länger mit. Sie muß fort von hier. Ich schicke sie nach Hause. Aber er wußte schon, daß das nicht so

einfach sein würde. Sie war ja gar nicht hysterisch. Sie liebte ihn, und er benahm sich schlecht gegen sie.
»Ich gehe jetzt«, verkündete Isabel, nachdem sie ihr Haar vor dem Spiegel in Ordnung gebracht hatte.
»Warte einen Augenblick«, sagte er. »Ich begleite dich. Ich muß nur noch abrechnen.«
Er ging nach draußen und kam nach einer Weile zurück. »Sie sind alle fort - bis auf Barbara.«
»Das hätte ich mir denken können.«
»Ich begleite dich trotzdem.«
»Nicht nötig.«
Sie wandte sich ab und ging zur Tür.
»Cara!« Er lief ihr nach und hielt sie fest. »Sei jetzt nicht bockig, das kann ich nicht ausstehen. Wir trinken noch ein Glas Wein mit Barbara und -«
»Hör auf mit deiner verdammten Barbara«, rief sie zornbebend. »Ich will sie nicht mehr sehen. Ich will auch dich nicht mehr sehen. Ich habe das alles satt!«
»Dann scher dich zum Teufel!« Das war ihm so herausgefahren. Kaum hatte er es gesagt, tat es ihm leid.
»Cara -« Er wollte sie an sich ziehen, doch sie riß sich los. Sie rannte nach draußen. Er rief ihr nach, sie solle vorsichtig sein. »Denk an die Treppe!«
Doch das hörte sie nicht mehr.
Der Mond stand hoch am Himmel. Die Bucht war voller Lichter.
Una bella notte, dachte sie, während sie den Strand entlanglief.
Sie hatte bald den steilen Weg erreicht, der hinauf zur Kirche führte. Oben blieb sie einen Augenblick stehen.
Sie hatte Herzklopfen vom schnellen Laufen. Ihr war schlecht. Warum war sie bloß so kopflos davongerannt? Sie hätte dableiben sollen. Es war ein Fehler gewesen, Mario mit Barbara allein zu lassen. Wahr-

scheinlich schlief er jetzt in den Armen dieser primitiven Person. Ihre eigene Dummheit! Sie hatte sich geradezu idiotisch benommen.
Isabel ging langsam weiter. Durch die Stille der Nacht hörte sie Schritte. Jemand kam ihr entgegen.
Als sie aufblickte, sah sie ihre Mutter.

10

Mario hatte Barbara zu ihrem Hotel gebracht. Es war gegen drei Uhr morgens.
Beim Abschied sagte sie spöttisch: »Gib zu, du hast die ganze Zeit an sie gedacht.«
»Das ist nicht wahr.«
»Lüg nicht. Ich habe es gemerkt. Du warst überhaupt nicht bei der Sache.«
»Erlaube mal -« Er war gekränkt. »Du hattest ja wohl keinen Grund, dich zu beklagen.«
Sie lachte und zuckte die Achseln. »Es geht. Du warst schon besser.«
Er blickte sie scharf an. Machte sie sich lustig über ihn?
»Tut mir leid, wenn ich dich enttäuscht habe«, sagte er mürrisch.
Sie gab ihm die Hand. »Mach dir nichts draus, amico. Du bist eben immer noch verliebt in sie, auch wenn du es nicht wahrhaben willst.«
Er unterdrückte eine unfreundliche Antwort. War er wirklich so ein Versager gewesen?
»Sehen wir uns morgen?« fragte er, bemüht, seinen Ärger zu verbergen.
»Vielleicht.«
»Ich bitte dich darum«, sagte er schmeichelnd.
»Du bittest mich?« In ihren Augen funkelte es boshaft. »Und Isabel? Was wird mit ihr?«
Mario verzog das Gesicht, wie er es immer tat, wenn

eine Frau neugierige Fragen stellte. »Das ist meine Sache. Kümmere dich nicht darum.«
Barbara lachte in sich hinein. »Nun gut. Ich bin gegen Mittag bei dir. Vielleicht kann Pina die Gäste einmal allein bedienen. Ich hätte Lust, mit dem Boot hinauszufahren.«
»Das wird sich machen lassen.«
Er küßte sie zum Abschied. Als er unter der dünnen Bluse ihre Brüste spürte, fragte er sich, warum er vorhin so gleichgültig geblieben war.
Auf dem Nachhauseweg überlegte er, was er falsch gemacht hatte. Es war einfach so, daß ihn der Gedanke an Isabel selbst dann nicht losließ, wenn er eine andere im Arm hielt. Das muß aufhören, dachte er wieder. Wenn es so weiterging, kam er überhaupt nicht mehr von ihr los.
Er war jetzt in der Nähe der Apollon-Bäder. Aus den Gärten drang der Gesang der Zikaden. Die Nacht war feucht und warm. Eine Katze sprang von der Mauer und verschwand im Dickicht der Büsche. Mario, der erschrocken war, schickte ihr einen Fluch nach. Er schritt frei aus, den Kopf erhoben, mit vorgewölbter Brust, entschlossen, sich aller Fesseln, die ihn bedrängten, zu entledigen. Unten am Meer blieb er stehen und blickte auf das mondbeschienene Wasser. Hier an diesem Ufer waren vor über zweieinhalb Jahrtausenden die ersten Griechen gelandet. Isabel hatte es ihm gesagt. Sie hatte ihm auch die Legende von Apolls weißer Taube erzählt, die die Schiffsbesatzungen aus Chalkis und Kyme direkt an die campanischen Küsten nach Ischia geführt hatte.
Zum Teufel mit Isabel! Würde er denn nie aufhören können, an sie zu denken? Sie war zu gescheit für ihn, zu gebildet, zu kompliziert. Alles in allem zu anstrengend für einen Mann.

Er ging den Strand entlang und erblickte plötzlich eine Gestalt, die in einiger Entfernung vor ihm herging und hin und wieder stehenblieb, um mit zurückgelegtem Kopf den Sternenhimmel zu betrachten. Beim Näherkommen erkannte er Bernhard Lorenz. Die beiden Männer begrüßten sich.
»Wo kommst du her?« fragte Lorenz. »Von einer Frau?«
Mario nickte.
»Das dachte ich mir. Wenn du nicht zu müde bist, kannst du noch etwas bei mir trinken.«
»Va bene.«
Schweigend legten sie die wenigen Schritte bis zu Lorenz' Albergo zurück.
Bernhard Lorenz hatte den Abend bei Don Ferdinando verbracht. Sie hatten über die Neuwahl des Bürgermeisters gesprochen, der ein Freund von Lorenz war, über die Notwendigkeit, endlich die neue Schule fertigzubauen, die seit Jahren als Rohbau dastand, und noch über manches andere. Über alldem war es spät geworden. Doch Bernhard Lorenz war nicht müde.
»Setz dich nach draußen«, sagte Lorenz zu Mario. »Ich hole eine Flasche Grappa.«
Er schloß leise die Tür seines Zimmers hinter sich, um die Gäste nicht zu wecken, insbesondere Fräulein Bertram, die auch in diesem Frühjahr wieder nach Angelo gekommen war. Er hatte sie im Verdacht, daß sie nachts hinter der Tür lauschte, um zu hören, wann er nach Hause kam. Trotz wiederholter Annäherungsversuche von ihrer Seite hatte er sich immer noch nicht entschließen können, die enttäuschte alte Jungfer zu trösten. Doch er befürchtete, sie würde die Hoffnung nicht aufgeben.
Die beiden Männer saßen nebeneinander auf der Veranda. Die Grappaflasche stand zwischen ihnen.

»Wie ist es dir inzwischen ergangen?« fragte Lorenz und schenkte die Gläser voll.
Mario sagte verlegen: »Ich habe Schwierigkeiten mit Isabel.«
»Wieso?«
»Ich fürchte, ich werde sie nicht mehr los.«
»Das hätte ich dir vorher sagen können. Sie ist nicht der Typ für ein Abenteuer.«
Mario erwiderte nichts. Sein hübsches Gesicht umwölkte sich.
Er griff nervös nach seinem Glas.
»Du hast dich also festgefahren«, stellte Lorenz lächelnd fest.
Mario nickte trübselig.
»Sprich dich aus«, ermunterte ihn Lorenz. »Vielleicht kann ich dir einen Rat geben.«
Mario sah ihn dankbar an. Er kannte Lorenz als einen klugen, lebenserfahrenen Mann. Er war kein Schwätzer, sondern ein Mensch mit klaren, vernünftigen Ansichten. Ihm konnte man sich anvertrauen, ohne befürchten zu müssen, ausgelacht zu werden.
Mario legte dem Arzt seine Schwierigkeiten dar. Er glaube zwar, Isabel zu lieben, und würde sich nur ungern von ihr trennen, andererseits mißfiele ihm der Ausschließlichkeitsanspruch, den sie an ihn stellte. Er könne sich auf die Dauer nicht damit abfinden, in dieser Weise tyrannisiert zu werden.
Bernhard Lorenz schwieg eine Weile. Dann erwiderte er ernst: »Ich kann dich gut verstehen, mein Junge. Andererseits - du mußt auch an das Mädchen denken. Du kannst sie jetzt nicht einfach fortschicken.«
»Genau das wollte ich tun.«
»Das geht nicht«, sagte Lorenz entschieden.
Mario öffnete und schloß die Hände. Es war eine Geste der Hilflosigkeit. »Aber was soll ich denn machen,

Dottore? Ich kann mich doch nicht für alle Zeit an sie binden.«

»Natürlich nicht.«

Sie saßen eine Zeitlang schweigend da. Lorenz füllte die Gläser von neuem.

»Ich muß Schluß machen«, sagte Mario und beobachtete einen Falter, der um die Lampe taumelte.

»Warte noch eine Weile.«

Über die Flasche hinweg blickten sie einander an, der alternde Mann, der sein Leben gelebt und gelernt hatte, Geduld zu haben, und der Junge, Ungeduldige, der erst am Anfang stand.

Mario lächelte verlegen. »Ich will ihr ja nicht weh tun«, sagte er.

»Das wollen wir alle nicht«, erwiderte Lorenz. »Kein Mann will einer Frau weh tun, aber die meisten tun es doch.«

»Was soll ich jetzt machen?« fragte Mario verwirrt.

»Gar nichts. Warte ab. Vielleicht kommt sie ganz von selbst zur Vernunft. Vielleicht sieht sie eines Tages ein, daß sie hier nichts mehr zu suchen hat, und reist ab.«

Mario schüttelte den Kopf. »Das kann ich mir nicht vorstellen. Sie kennen sie nicht, Dottore. Sie ist - tenace - zäh. Man sieht es ihr nicht an, aber sie ist es wirklich. Wenn sie sich etwas in den Kopf gesetzt hat . . .«

Lorenz nickte. »Ich verstehe. Trotzdem bitte ich dich: Hab noch eine Weile Geduld. Brich nichts übers Knie. Frauen sind in diesen Dingen empfindlich.«

Mario dachte nach. »Also gut«, sagte er schließlich. »Vielleicht haben Sie recht.«

Lorenz hob sein Glas. »Salute, mein Junge! Keine Sorge, die Sache wird irgendwann ein Ende haben. Das Leben hält manchmal die komischsten Überraschun-

gen bereit«, setzte er hinzu, weil Mario ihn zweifelnd ansah.
Manchmal sind es auch tragische Überraschungen, dachte er bei sich, aber das sprach er nicht aus.
Mario verabschiedete sich nach einer Weile. Während er den Strand entlangging, dachte er noch einmal über die Unterhaltung mit dem Dottore nach. Schon tat es ihm leid, nicht fest geblieben zu sein. Andererseits war er nicht der Mann, dem es leichtfiel, sich einer Frau gegenüber rücksichtslos zu zeigen. Er steckte in der Klemme. Seltsamerweise empfand er zum erstenmal in seinem Leben so etwas wie Furcht.

11

Isabel sagte so gelassen wie möglich: »Jetzt weißt du alles, Mama. Es ist sinnlos, mich zu überreden, mit dir nach Hause zu kommen. Ich bleibe hier.«

Edith Hausmann sah ihre Tochter an. Ihr schmal gewordenes Gesicht furchte sich. Lange Zeit antwortete sie nicht. Schließlich sagte sie leise: »Mein armes Kind.«

»So darfst du nicht mit mir reden«, fuhr Isabel auf. »Wenn du so etwas sagst, dann beweist das, daß du mich überhaupt nicht verstanden hast.«

Edith zuckte die Schultern.

»Ich glaube, du merkst gar nicht, wie abhängig du bist«, sagte sie.

Isabel lächelte matt. »In der Liebe ist man immer abhängig«, erklärte sie. »Aber dafür hast du natürlich kein Verständnis; du hast nie geliebt. Du hast - laß mich ausreden, bitte -, du hast dich von meinem Vater getrennt, und ich habe das immer akzeptiert. Ich weiß, du hattest es schwer, aber ich frage mich heute manchmal, ob es nicht besser gewesen wäre, du wärst bei ihm geblieben.«

»Wie kannst du so etwas sagen!«

»Ich will dich nicht kränken, Mama. Du konntest wohl nicht anders. Aber wenn du ihn geliebt hättest -«

»Ich habe ihn geliebt«, fiel ihr Edith ins Wort.

»Aber du hast ihn verlassen«, entgegnete Isabel unge-

rührt. »Ich mache dir keinen Vorwurf daraus. Jeder muß selbst wissen, was er tut. Aber dann mische dich auch bitte nicht in meine Angelegenheiten. Ich werde Mario bestimmt nicht verlassen, und wenn er sich hundertmal schlecht gegen mich benimmt.«
»Das ist entsetzlich!« Panik klang aus Ediths Stimme. Sie wollte die Tochter an sich ziehen, doch Isabel wich vor ihr zurück.
»Wärst du bloß nie hierhergekommen«, sagte sie böse.
Edith wurde kalt. Was tat sie noch hier? Ihr Kind liebte sie nicht mehr. Sie hätte diese grausamen Worte sonst nie über die Lippen gebracht.
Isabel spürte, daß sie zu weit gegangen war.
»Ich weiß, du meinst es gut«, sagte sie. »Aber ich brauche deine Hilfe nicht.«
Edith schwieg. Eine Welle von Bitterkeit überschwemmte sie. Zorn und Enttäuschung verschlossen ihr den Mund.
In die Stille hinein tönte das Ticken der Uhr, die auf Isabels Nachttisch stand. Sie mahnte Edith daran, daß die Zeit, die ihr noch blieb, unaufhörlich verrann. Sie mußte etwas tun. Aber was? Was?
Isabel sah sie an. Sie sah das blasse Gesicht mit den erloschenen Zügen. Etwas wie Mitleid regte sich in ihr.
»Warum quälst du dich so?« fragte sie leise.
»Verstehst du das wirklich nicht? Du bist mein einziges Kind.«
»Du hättest trotzdem nicht hierherkommen dürfen. Du hast kein Recht, dich in mein Leben einzumischen.«
Reglos saß Edith da. Die gebieterische Stimme der Tochter hatte jede Willensregung in ihr erstickt.
Sie stand auf. Der Schmerz in der Magengrube machte sich wieder bemerkbar. »Wir reden morgen weiter.«

»Es ist sinnlos.«
»O Gott«, stieß Edith leise hervor, »woher hast du bloß diesen Starrsinn?«
»Wahrscheinlich von meinem Vater«, erwiderte Isabel.
Das war zuviel für Edith. Sie wandte sich abrupt ab und verließ das Zimmer.

Am nächsten Vormittag, als die Sonne bereits glühte und die Inselbewohner längst alle Läden geschlossen hatten und sich in ihren kühlen Zimmern aufhielten, machte sich Edith auf den Weg zum Strand. Sie war in der Nacht zu der Überzeugung gelangt, es wäre das beste, mit Mario selbst zu reden. Vielleicht war der junge Mann doch vernünftiger, als sie dachte. Leicht fiel ihr dieser Entschluß nicht. Sie war so mit Zorn gegen Mario erfüllt, daß sie befürchtete, ausfallend zu werden. Doch sie wollte wenigstens den Versuch machen, in ihm einen Verbündeten zu gewinnen.
Der schmale Strand unterhalb der Felswände war voll von Menschen. Aus den Bergspalten drang schwefliger Dampf. Ein braungebrannter, ölglänzender Jüngling in Badehose war dabei, eine ältere Frau einzuschaufeln. Edith nahm das alles nur mit halbem Auge wahr. Erschöpft ging sie langsam am Wasser entlang, die Sandalen in der Hand haltend. Ein kleiner Junge kam plötzlich auf sie zugelaufen. Sie wollte ihm ausweichen, doch in diesem Moment erfaßte sie ein Schwindel. Das Kind lief in sie hinein. Bei dem Anprall glitt sie im feuchten Sand aus und fiel zu Boden. Ihre Nerven versagten. Sie blieb einfach liegen, unfähig, sich wieder aufzurichten.
Der Vater des Jungen half ihr beim Aufstehen. Edith taumelte vor Schwäche. Sie wurde zu einem der am Strand aufgestellten Liegestühle geführt.

Die Mutter des Knaben, die inzwischen aus dem Wasser gekommen war, rollte einen Sonnenschirm heran. »Geht es Ihnen besser?« fragte sie.
Edith gab keine Antwort.
Das Paar sah sich an. Der Mann, der Edith gestützt hatte, sagte: »Die kippt uns gleich wieder um. Wir sollten einen Arzt holen.«
Inzwischen hatten sich andere Neugierige um den Liegestuhl versammelt. Ratschläge wurden laut. Eine der Einheimischen, die am Strand Obst feilboten, hatte den glücklichen Einfall, den Dottore zu rufen.
Es dauerte keine fünf Minuten, da war Bernhard Lorenz zur Stelle. Inzwischen hatte sich Edith so weit erholt, daß sie wieder sprechen konnte. Es war ihr peinlich, ein solches Aufsehen verursacht zu haben. Sie bat, sich nicht weiter um sie zu kümmern, es ginge ihr schon besser.
Dr. Lorenz war nicht der Mann, sich gleich wieder wegschicken zu lassen. Er forderte zunächst die Umstehenden auf, sich zu entfernen. Die meisten folgten dieser Aufforderung, nur ein paar ganz Hartnäckige blieben in der Nähe stehen, um zu sehen, wie sich die Sache weiter entwickeln würde. Lorenz kümmerte sich nicht um sie. Er zog einen Stuhl an Ediths Seite und setzte sich neben sie.
»Es geht mir wirklich wieder gut«, versicherte sie. »Sie brauchen sich nicht um mich zu bemühen.«
Der Arzt sah sie zweifelnd an.
»Ich will mich nicht aufdrängen, aber ich halte es nicht für gut, daß Sie in der Mittagshitze hier am Strand bleiben. Was ist denn überhaupt passiert? Ist Ihnen schlecht geworden?«
Edith schilderte den kleinen Zwischenfall und setzte hinzu: »Es war völlig überflüssig, Sie zu holen.«
Während sie das sagte, wurde sie erneut von einem

Schwindel erfaßt. Ihr Kopf sank zurück, und sie schloß die Augen.

Lorenz nahm ihre Hand, um den Puls zu fühlen. »Den Eindruck habe ich nicht«, sagte er mit Nachdruck.

Edith war den Tränen nahe. Wie aus weiter Ferne hörte sie die Stimme von Lorenz sagen: »Kommen Sie mit zu mir. Ich wohne nur ein paar Schritt von hier entfernt. Sie können sich bei mir ausruhen.«

Sie nickte. Es hatte keinen Sinn, sich zu widersetzen. In diesem Zustand konnte sie Mario ohnehin nicht gegenübertreten.

Lorenz wartete ein paar Minuten, bis sie sich so weit erholt hatte, daß sie aufstehen konnte. In seinen Arm eingehängt, verfolgt von den Blicken der Leute, ging sie hinüber zu dem kleinen Strandhotel.

Lorenz vermied den Weg über die Terrasse und führte Edith direkt in sein Zimmer. Er bat sie, sich auf das Sofa zu legen. Er würde ihr etwas zu trinken bringen, sie könne sich in aller Ruhe erholen.

In dem durch die geschlossenen Läden nur matt erhellten Raum, mit dem gelben Kachelfußboden und den von Maria hübsch angeordneten Blumenvasen, empfand Edith eine wohltuende Entspannung. Sie war dem Fremden, den sie erst seit so kurzer Zeit kannte, dankbar.

Während Lorenz umherging, Gläser hinstellte, Saft aus dem Kühlschrank holte und dabei über belanglose Dinge plauderte, kam ihr die Idee, ihn nach Mario zu fragen. Seinen Bemerkungen entnahm sie, daß er Angelo gut kannte.

In eine Gesprächspause hinein sagte sie: »Es gibt hier in der Maronti-Bucht einen jungen Neapolitaner, der ein Restaurant hat. Mario heißt er. Kennen Sie ihn zufällig?«

Bernhard Lorenz stutzte einen Augenblick. Nach kur-

zem Zögern erwiderte er: »Ja, ich kenne ihn. Warum fragen Sie?«
Schweigen. Edith geriet in Verlegenheit. Sie setzte sich auf und trank einen Schluck von ihrem Johannisbeersaft.
»Das ist eine lange Geschichte«, sagte sie. »Ich weiß nicht, ob ich sie Ihnen erzählen soll. Es wird eine Weile dauern.«
Lorenz kam näher. Er nahm Edith das Glas ab und setzte es auf den Tisch. Dann sah er sie forschend an und fragte lächelnd: »Haben Sie eine Tochter?«
»Ja.«
Er nickte. »Als Sie nach Mario fragten, wurde mir klar, wer Sie sind. Viel Ähnlichkeit mit Ihnen hat Isabel allerdings nicht.«
»Sie kennen sie?« fragte Edith rasch.
»Ja. Ich kenne beide.«
»Dann werden Sie auch wissen, warum ich hier bin.«
»Ich kann es mir denken«, sagte Lorenz gelassen.
Er kam mit dem Krug an den Tisch und füllte ihr leeres Glas. Dann setzte er sich ihr gegenüber. »Sie wollen sie zurückholen, nicht wahr?«
Sie nickte.
»Wie ich sie kenne, wird sie sich glattweg weigern.«
Edith geriet in Erregung. »Sie muß den Verstand verloren haben.«
»Nicht doch.« Lorenz hob begütigend beide Hände. »Sie liebt Mario.«
Edith fuhr auf: »Wie kann man sich in so einen Menschen verlieben?«
»Kennen Sie ihn denn?« fragte Lorenz leicht ironisch.
»Nein. Aber es genügt mir zu wissen, wo er herkommt. Seine Familie hat einen Trödelladen in der Altstadt von Neapel.«
»Eine Pizzeria«, berichtigte Lorenz.

»Pizzeria oder Trödelladen - das kommt auf dasselbe heraus. Jedenfalls ist dieser - dieser Mario ein ganz gewissenloser Mensch.«

»Was hat er denn getan?«

Wieder war die Ironie in der Stimme des Arztes nicht zu überhören.

»Er hat meine Tochter verführt.«

»Nein, das hat er nicht. Verzeihen Sie, wenn ich Ihnen da widerspreche. Ihre Tochter hat sich in ihn verliebt, genau wie er in sie. Was dann dabei herauskam, ist der normale Lauf der Dinge.«

Es entstand ein längeres Stillschweigen. Edith starrte vor sich hin. »Aber so geht das doch nicht . . .«, sagte sie nach einer Weile und schüttelte den Kopf, als wollte sie einen bösen Spuk verscheuchen. »Ich kann doch nicht zulassen, daß sie hierbleibt, daß sie sich ihr Leben verpfuscht.«

»Das sollen Sie auch nicht«, sagte Bernhard Lorenz fest. »Verzeihen Sie, daß ich eben so unhöflich war, aber ich hielt es für richtig, die Dinge erst einmal klarzustellen. Ich kenne Mario seit vielen Jahren. Er ist ein leichtsinniger Bursche, das ist wahr, aber gewissenlos ist er nicht.«

»Sie meinen also - man könnte mit ihm reden?«

»Ich weiß nicht, was Sie darunter verstehen. Wenn Sie ihm vorschreiben wollen, was er zu tun hat - darauf läßt er sich nicht ein.«

»Er soll sie in Ruhe lassen«, rief Edith. »Er soll sie nicht zwingen, bei ihm zu bleiben.«

»Aber das tut er ja gar nicht«, sagte Lorenz ruhig.

Edith starrte ihn an. »Was heißt das? Wollen Sie damit sagen, er wäre froh, meine Tochter loszuwerden?«

Lorenz wiegte zweifelnd den Kopf. »So hart würde ich es nicht ausdrücken.«

Sie wurde rot vor Zorn. »Ich habe es geahnt. Sie drängt

sich ihm auf. Sie war es, die sich ihm an den Hals geworfen hat.«

»Nein, nein, das stimmt nicht.«

»Sie brauchen mir nichts vorzumachen«, erwiderte Edith erregt. »Ich glaube, ich sehe jetzt klar. Dieser Mann hat eine Liebschaft angefangen und ist ihrer längst überdrüssig. Sie aber will das nicht einsehen, weil sie immer noch in ihn verliebt ist.« Das vereinfacht die Angelegenheit, dachte sie.

Lorenz verspürte plötzlich ein leichtes Unbehagen. Er schwieg eine Weile und sagte dann besonnen: »Täuschen Sie sich nicht. Es war mehr als eine Liebschaft, auch für Mario.«

»Das werden wir ja sehen.«

»Was haben Sie vor?«

»Ich werde ihm Geld bieten. Nimmt er es - und ich zweifle nicht daran -, dann ist damit der Beweis erbracht, daß ihm Isabel gleichgültig ist.«

Lorenz war entsetzt. »Das können Sie nicht tun, Sie können Mario kein Geld bieten! Er wäre tief gekränkt.«

»Lächerlich! Sie werden mir doch nicht erzählen, daß so ein Mann nicht bestechlich ist? Ich habe mir sagen lassen, daß so mancher Fischer auf dieser Insel sich von reichen Touristinnen aushalten läßt.«

»Mario nicht. Mario würde so etwas nie tun. Er verliebt sich in ein Mädchen, aber er würde sich nie aushalten lassen.«

»Er würde auch keine Abfindung annehmen?« fragte Edith lauernd.

»Unter keinen Umständen!«

»Dann muß ich mir etwas anderes ausdenken«, sagte sie, keineswegs überzeugt.

Bernhard Lorenz wurde ärgerlich. Das anfängliche Mitgefühl, das er Isabels Mutter entgegengebracht hatte, wich einem starken Mißfallen. Er kannte diese Art Frauen. Sie waren fanatisch in ihrer Kindesliebe. Obwohl er selbst noch vor wenigen Tagen Mario zugestimmt hatte, es sei besser, die Beziehung zu Isabel so bald wie möglich zu beenden, sträubte sich jetzt alles in ihm, Edith bei ihrem Vorhaben zu unterstützen.

»Sie sind also fest entschlossen, diese beiden jungen Menschen auseinanderzubringen?« fragte er.

»Ja, das bin ich.«

»Und es kommt Ihnen keinen Augenblick der Gedanke, daß Sie damit vielleicht ein Unrecht begehen?«

Edith sah ihn erstaunt an. »Ein Unrecht? Wie meinen Sie das?«

Lorenz nahm jetzt keine Rücksicht mehr. Grob erwiderte er: »Eine Liebe zu zerstören ist immer ein Unrecht, jedenfalls ist das meine persönliche Ansicht.«

Edith nahm ihre Beine vom Sofa und stand auf. Sie war wütend auf Lorenz. In ihrem Zorn vergaß sie ganz, daß er ihr geholfen hatte. »Ich glaube, es ist besser, ich gehe jetzt«, sagte sie eisig. »Es tut mir leid, daß ich Sie mit meinen Angelegenheiten behelligt habe.«

»Nein, gehen Sie noch nicht«, bat Lorenz, der sich schämte, so ausfallend geworden zu sein. »Bleiben Sie noch ein Weilchen. Es ist viel zu heiß draußen.«

»Das macht nichts. Es geht mir wieder gut.«

Er machte eine bedauernde Geste. »Verzeihen Sie, wenn ich Sie gekränkt habe.«

»Oh, bitte. Nicht der Rede wert.« Sie wollte an ihm vorbei zur Tür gehen, doch er hielt sie mit einer Bewegung zurück.

»Bitte, überlegen Sie sich die Sache noch einmal«, sagte er eindringlich. »Es geht um das Glück Ihres Kindes. Tun Sie nichts, was Sie nicht vielleicht hinterher bereuen müssen.«

»Lassen Sie das meine Sorge sein«, erwiderte sie hochmütig. »Ich weiß, was ich zu tun habe.«
Sie eilte hinaus. Er sah keine Möglichkeit, sie zurückzuhalten. Edith kehrte auf dem schnellsten Weg in ihr Hotel zurück. Den Gedanken, Mario heute noch aufzusuchen, hatte sie aufgegeben. Es war zu früh. Sie mußte erst noch mehr über ihn erfahren. Sie glaubte nicht an das, was sie eben gehört hatte.

12

Isabel war bereits um neun Uhr morgens zu Mario gegangen, um ihn vor einem möglichen Besuch ihrer Mutter zu warnen. Als sie eintraf, fand sie nur Pina vor, die dabei war, die Terrasse zu fegen.

»Wo ist Mario?« fragte Isabel.

Pina machte eine bedauernde Geste. »Er ist nicht da. Er ist mit dem Boot hinausgefahren.«

»Allein?«

Die kleine Ischitanerin sah sie mitleidig an und schüttelte den Kopf. »Mit der blonden Signora - Sie wissen schon.«

»Hat er gesagt, wann er zurückkommt?« fragte Isabel, bemüht, ihre Enttäuschung zu verbergen.

»No. Aber es kann spät werden. Sie sind nach Capri gefahren.«

Nach Capri! Isabel biß sich auf die Lippen. Seit Wochen hatte er ihr versprochen, ihr diese Insel, von der sie so viel gehört hatte, zu zeigen. Sie hatten sich vorgenommen, die Ruinen der Villa des Tiberius zu besichtigen und gemeinsam in die Blaue Grotte zu fahren. Nun hatte er Barbara auf diese Fahrt mitgenommen.

Isabel verbrachte den Tag teils am Strand, teils in Marios Zimmer. Sie zermarterte sich das Hirn, was sie tun konnte, um ihre Mutter dazu zu bewegen, wieder abzureisen. Sie kannte sie gut genug, um zu wissen, daß sie sich nicht damit begnügen würde, ihr ins Gewissen zu reden. Ihre Mutter war mit einem bestimmten Plan hierhergekommen. Isabel befürchtete, sie würde alles daransetzen, ihre Liebe zu zerstören, ja, sie würde auch nicht davor zurückschrecken, sich dabei unfairer Mittel zu bedienen.

In diesen heißen Stunden zwischen Nachmittag und Abend, während Isabel auf Marios Bett lag, dachte sie über ihre Mutter nach. Sie kannte sie als intelligente, aber auch egoistische Frau, die sich in nichts dreinreden ließ. Ihr gegenüber hatte sie sich zwar immer als nachgiebig gezeigt, doch im Umgang mit Fremden bewies sie oft eine Härte, die sie schon als Kind erschreckt hatte.

Sie konnte hilfsbereit, sie konnte sogar ausgesprochen gutmütig sein, doch wenn es darum ging, ihren Willen durchzusetzen, kannte sie keinen Pardon. Isabel entsann sich eines Vorfalls während ihrer Schulzeit, den sie längst vergessen hatte. Sie war damals vielleicht elf oder zwölf Jahre alt gewesen und mit einem Mädchen befreundet, das zwei Jahre älter war als sie. Vom ersten Tag an hatte ihre Mutter eine starke Abneigung gegen dieses Mädchen - es hieß Ursula - gefaßt. Sie verbot ihr nicht direkt den Umgang mit ihr, doch sie behandelte sie dermaßen herablassend und unfreundlich, daß Ursula sich weigerte, weiter ins Haus zu kommen. Isabel spielte fortan bei ihrer Freundin, doch eines Tages erklärte Ursulas Mutter, die Freundschaft müsse ein Ende haben. Ursula, von Isabel nach dem Grund gefragt, antwortete ausweichend. Sie gab vor, sie müsse sich am Nachmittag um ihre jüngeren Geschwister kümmern und hätte keine Zeit mehr, mit Isabel zu spielen. Tatsächlich zog sich Ursula völlig von der einstigen Freundin zurück und vermied es auch in der Schule während der Pausen, mit Isabel zu sprechen.

Isabel hatte nie herausbekommen, was eigentlich vorgefallen war, doch sie hatte damals schon die Vermutung gehabt, ihre Mutter müsse die Hand dabei im Spiel haben. Inzwischen war sie sicher, daß es so war, denn Edith hatte ihr bei anderer Gelegenheit einmal lachend erzählt, man dürfe sich bei Kindern nicht auf Auseinandersetzungen einlassen, man müsse kurzentschlossen handeln, um eine unerquickliche Situation zu beenden.
Gewiß, der Vorfall lag lange zurück. Isabel hatte ihn fast vergessen gehabt. Jetzt aber fiel er ihr wieder ein.
Es fielen ihr auch noch andere Begebenheiten ein, die auf ihre Mutter ein unschönes Licht warfen. Sie zweifelte nicht an ihrer Liebe zu ihr, doch diese Liebe war nicht frei von Selbstsucht. Von ihrem Mann erst betrogen und dann verlassen, hatte sich die Mutter in ihren Empfindungen voll und ganz auf sie, das einzige Kind, konzentriert. Über Mangel an Zuwendung hatte sie sich in all den Jahren weiß Gott nicht beklagen können. Es war eher ein Zuviel an Aufmerksamkeit gewesen, das Edith ihr gewidmet hatte. Sie, Isabel, wäre manchmal froh gewesen, wenn ein Liebhaber aufgetaucht wäre, der einen Teil dieser Aufmerksamkeit auf sich gezogen hätte. Sie hatte sich manchmal dabei ertappt, Freundinnen zu beneiden, deren ebenfalls geschiedene Mütter leichtfertiger waren. Edith war das genaue Gegenteil. Sie war gewissenhaft. Sie dachte nicht daran, eines Vergnügens wegen ihr Kind zu vernachlässigen, selbst dann nicht, als dieses Kind längst erwachsen geworden war. Isabel wußte nicht, ob ihre Mutter jemals wieder Verlangen nach einem Mann empfunden hatte. Sie sprach mit ihr nicht über derartige Dinge. Aber eines wußte sie mit Sicherheit: Die Liebe zu ihr, der Tochter, ging ihr über alles.

Sie hat Angst um mich, dachte Isabel. Wenn sie Angst hat, ist sie zu allem fähig.
Es wurde Abend. Isabel wartete voller Ungeduld. Wo blieb Mario? Warum kam er nicht zurück? Vielleicht hatte er Barbara längst ins Hotel gebracht und war, da er ein schlechtes Gewissen hatte, anschließend zu ihr gegangen? War es nicht denkbar, daß er dort ihre Mutter getroffen hatte? Die Vorstellung war alles andere als angenehm. Sie kannte Ediths schroffe Art, wußte aber auch, wie empfindlich Mario reagierte, wenn sich jemand in seine Angelegenheiten mischte. Wenn er das nun zum Anlaß nahm, den Bruch mit ihr herbeizuführen?
Isabel sprang auf. Sie mußte hier raus. Sie wurde verrückt, wenn sie noch länger untätig herumsaß.
Sie zog sich an und ging nach draußen, um Pina Bescheid zu sagen.
Im gleichen Augenblick betrat Mario das Haus. Isabel war so erleichtert, ihn zu sehen, daß sie ihn am liebsten umarmt hätte. Doch sie unterließ es. Sie sagte nur: »Da bist du ja endlich. Ich habe den ganzen Tag auf dich gewartet.«
Sie blickten einander an. Jeder von ihnen bemühte sich, ein freundliches Gesicht zu machen.
»Das tut mir leid«, sagte Mario.
Isabel begann zu lachen. Sie hatte sich fest vorgenommen, ihm auf keinen Fall eine Szene zu machen. Bloß jetzt keinen Streit mit ihm anfangen, solange Edith hier war!
»Aber das macht doch nichts«, sagte sie leichthin. »Du konntest ja nicht wissen, daß ich hier bin.«
Sie gingen in Marios Zimmer, und Isabel, ganz die verständnisvolle Geliebte, wollte wissen, ob es schön gewesen wäre in Capri und ob er sich mit Barbara amüsiert hätte.

»Woher weißt du?« fragte er überrascht.
»Von Pina. Also - wie war es?«
»Es geht«, erwiderte er zurückhaltend. Er war auf seine Kosten gekommen, o ja, aber der Gedanke, Isabel nach seiner Rückkehr womöglich in Tränen aufgelöst vorzufinden, hatte das Vergnügen für ihn beeinträchtigt. Nun war er erleichtert, von ihr so freundlich empfangen zu werden.
Er setzte sich auf das Bett und zog sie neben sich. »Ich bin froh, daß du mir keine Vorwürfe machst.«
»Ich bitte dich!«
Eine Begegnung zwischen ihm und Edith hatte also noch nicht stattgefunden! Sie war so erleichtert darüber, daß ihr alles andere dagegen unwichtig erschien. Wirklich empfand sie im Augenblick keinen Schmerz darüber, daß er mit Barbara zusammengewesen war.
Sie küßte ihn und streichelte sein Gesicht. »Warum sollte ich dir Vorwürfe machen? Ich habe dir gesagt, daß du frei bist. Wenn du mit Barbara nach Capri fahren willst - bene. Ich hindere dich nicht daran.«
»Du bist großartig, cara!« Er sah sie dankbar an. Unkompliziert, wie er war, kam er gar nicht auf die Idee, sie könne ihm etwas vormachen.
Isabel mußte innerlich lächeln. Solange ihre Mutter hier war, blieb ihr gar nichts anderes übrig, als großartig zu sein. Zwischen ihr und Mario mußte ungetrübtes Einvernehmen herrschen. Nur auf diese Weise konnte es ihr gelingen, die Pläne ihrer Mutter, von denen sie bisher nur eine unklare Vorstellung hatte, zu durchkreuzen.

Am nächsten Morgen ging Isabel in aller Frühe zu Edith ins Hotel. Sie hatte Mario noch nichts von der Ankunft ihrer Mutter erzählt. Wenn irgend möglich, wollte sie versuchen, Edith zur Abreise zu bewegen.

Sie hatte sich vorgenommen, ihre Mutter nicht unnötig zu kränken, aber sie war entschlossen, der unvermeidlichen Auseinandersetzung nicht auszuweichen. Nach der Nacht, die sie in Marios Armen verbracht hatte, war ihr Selbstvertrauen zurückgekehrt. Sie traute sich zu, Edith mit der nötigen Überzeugungskraft gegenüberzutreten.
Edith hatte ein Schlafmittel genommen und war noch nicht ganz wach, als Isabel eintraf, aber sie zeigte sich über den Besuch erfreut und stand augenblicklich auf.
Als sie einander am Frühstückstisch auf dem kleinen Balkon gegenübersaßen, merkte Edith sogleich, in welch guter Stimmung sich ihre Tochter befand. Ihre Freude wich einem Gefühl der Eifersucht. Isabel kam von Mario, das sah sie ihrem strahlenden Gesicht, ihrem lächelnden Mund an.
Schärfer als beabsichtigt, fragte Edith: »Wo hast du gestern den ganzen Tag gesteckt?«
»Wir waren in Capri«, log Isabel. »Es war wunderschön. Du mußt unbedingt einmal hinüberfahren.«
»Du hättest mich wenigstens anrufen können«, sagte Edith verdrossen. »Es war nicht nett, überhaupt nichts von dir hören zu lassen.«
»Ich habe nicht daran gedacht.«
»So - du hast nicht daran gedacht. Woran denkst du eigentlich? Nur noch an diesen - an diesen -«
»Bitte - Mammi! Wir wollen nicht streiten. Ich bin hergekommen, um in Ruhe mit dir zu reden.«
»Dann fang an«, sagte Edith und richtete sich auf. Sie wappnete sich innerlich mit Widerstand.
»Mammi, es hat keinen Sinn, daß du hierbleibst. Ich bitte dich abzureisen.«
»Ich denke nicht daran«, erwiderte Edith. »Ich bin hierhergekommen, um wieder Ordnung in dein Leben

zu bringen. Und ich werde es tun, verlaß dich darauf!«
»Darf ich fragen, was du vorhast?«
»Ich werde mit diesem - mit diesem Menschen reden. Er muß einsehen, daß es so nicht weitergehen kann.«
»Aber - das kannst du nicht tun!« Isabel geriet in Panik. »Mario ist erwachsen. Du kannst ihm nicht verbieten, mit mir zusammenzuleben.«
»Ihr lebt ja gar nicht zusammen«, konterte Edith prompt. »Nicht einmal das tut ihr. Du darfst kommen, wenn er es erlaubt.«
»Das ist nicht wahr!« rief Isabel wütend.
»Natürlich ist es wahr. Wenn es nicht wahr wäre, würdest du dich nicht so aufregen.«
Isabel sprang auf. »Das ist unerträglich«, stieß sie hervor. Sie rannte ins Zimmer. Edith folgte ihr nach. Ehe sie noch etwas sagen konnte, trat Isabel vor sie hin und sah ihr gerade ins Gesicht. »Warum quälst du mich eigentlich so?« fragte sie leise.
Edith trat einen Schritt zurück. »Wie kannst du so etwas sagen? Ich bin deine Mutter!«
»Du quälst mich trotzdem. Du willst mit aller Gewalt verhindern, daß ich glücklich bin - laß mich ausreden! Noch vor wenigen Minuten, als ich hierherkam, war ich froh und ausgeglichen. Jetzt hast du alles wieder kaputtgemacht. Du erträgst es nicht, daß ich anders bin als du«, rief sie. »Daß ich einen Mann liebe, der dir nicht paßt. Daß ich hierbleibe und male und mein eigenes Leben lebe, anstatt zu studieren und in deiner Nähe zu sein, damit du mich beaufsichtigen kannst.«
»Ich habe dich nie beaufsichtigt«, murmelte Edith. »Du konntest immer tun und lassen, was du wolltest.«
»Ja, solange es dir in den Kram paßte. Solange ich das

tat, was dir richtig erschien. Aber jetzt - wo ich hier bin, wo ich etwas tue, was du nicht verstehst, da glaubst du, du müßtest mir Vorschriften machen.«
Edith wandte sich wortlos ab und ging zum Fenster. Sie war tief verletzt. Noch nie hatte Isabel in diesem Ton mit ihr gesprochen. »Du bist sehr hart mit deiner Mutter«, sagte sie mit abgewandtem Gesicht.
Isabel fühlte, daß sie zu weit gegangen war, aber sie ertrug es nicht, daß Edith an Marios Liebe zu ihr zweifelte.
»Ich setze mich zur Wehr«, erwiderte sie.
Edith drehte sich um. »Du liebst mich nicht mehr, nicht wahr?«
»O Gott, Mammi -«
»Doch, doch, ich spüre es.«
»Darum handelt es sich gar nicht«, sagte Isabel gequält. »Es handelt sich darum, daß ich dich hier nicht brauchen kann. Du störst mich. Ich habe dich gebeten, daß du abreist. Warum tust du es nicht?«
Edith ging langsam auf das Bett zu. Sie setzte sich und blickte auf die mit Sonnenflecken gesprenkelte Wand. Als sie wieder zu sprechen anfing, klang ihre Stimme überraschend sanft.
»Ich werde abreisen, mein Kind, ich verspreche es dir. Aber ich werde erst dann abreisen, wenn ich mich davon überzeugt habe, daß du wirklich glücklich mit diesem Mann bist.«
»Das kannst du doch gar nicht beurteilen.«
Edith lächelte müde. »Ich denke schon.«
Sie winkte ihrer Tochter näher zu kommen. Isabel tat es nur zögernd.
Edith sah sie an. »Ich glaube dir ja, daß du ihn liebst, Kind. Aber gibt er dir all das, was du brauchst? Bringt er dir wirklich Liebe und Zuneigung entgegen? Kannst du dich auf ihn verlassen? Ist er dir treu?«

»Darauf kommt es nicht an«, erwiderte Isabel ausweichend.
»Doch, darauf kommt es sehr an. Glaube mir, ich kenne dich gut genug, um zu wissen, daß gerade du auf diese Dinge angewiesen bist.«
Isabel schwieg.
Edith machte eine Bewegung, als wollte sie ihre Tochter an sich ziehen, tat es aber nicht.
»Du mußt mir schon erlauben, daß ich mir diesen Mann wenigstens einmal ansehe«, sagte sie. »Vielleicht gefällt er mir ja.«
Isabel zögerte. Sie hätte es lieber gesehen, ihre Mutter hätte auf diese Begegnung verzichtet.
»Unter einer Bedingung«, sagte sie schließlich. »Du mußt mir versprechen, daß du ihm keine Vorwürfe machst.«
Edith wurde unvermittelt ärgerlich. »Es ist lächerlich, wie ängstlich du bist, wenn es um deinen Geliebten geht«, sagte sie. »Hast du so wenig Zutrauen zu ihm?«
Isabel fühlte sich in die Enge getrieben. »Also gut - mach, was du willst. Aber eines sage ich dir: wenn du ihn unnötig kränkst - wenn du ihn beleidigst, dann spreche ich kein Wort mehr mit dir.«
Edith gab keine Antwort. Sie blickte ihre Tochter nur schweigend an.
»Es tut mir leid, Mama -«, begann Isabel, doch Edith brachte sie mit einer Handbewegung zum Schweigen.
»Geh jetzt«, sagte sie. »Es ist besser, wenn du mich jetzt allein läßt. Ich kann nur hoffen, daß du irgendwann einmal wieder zur Vernunft kommst.«

Isabel kehrte auf dem schnellsten Weg zu Mario zurück. Sie war wütend auf ihre Mutter. Am Morgen noch hatte sie gehofft, sie könnte Edith wieder loswer-

den, doch nachdem ihr das nicht gelungen war, blieb ihr nichts anderes übrig, als Mario auf ihren Besuch vorzubereiten.
Sie traf ihn in der Küche. Er hatte nicht so schnell mit ihrer Rückkehr gerechnet und empfing sie eher abweisend. »Ich habe zu tun.«
Als sie ihm sagte, sie müsse sofort mit ihm reden, erklärte er, er habe jetzt keine Zeit, er müsse sich um seine Gäste kümmern.
Sie entriß ihm das Glas, das er gerade polierte. »Das kann Pina machen. Komm jetzt! Ich muß mit dir reden, es ist dringend.«
Er folgte ihr kopfschüttelnd in sein Zimmer. »Was ist los, cara? Was machst du für ein Gesicht? Ist etwas passiert?«
»Es tut mir leid, Mario, aber ich habe eine unangenehme Nachricht für dich.«
Er sah sie an. »Bekommst du ein Kind?«
»Bitte - laß das! Es ist jetzt keine Zeit für Witze. Meine Mutter ist hier. Sie will dich unbedingt sehen.«
»Wer? Deine Mutter -?« Er machte ein verdutztes Gesicht.
»Ja, sie ist ganz unerwartet hier erschienen. Ich wollte sie wieder wegschicken, aber sie geht nicht. Sie ist entschlossen, dich zu sehen - mit dir zu sprechen.« Sie trat auf ihn zu und sagte fast flehend: »Ich kann nichts dafür, Mario, wirklich nicht. Ich wollte es verhindern, ich wollte dir diese Begegnung ersparen.«
Sie blickte ihn an und erwartete einen Zornesausbruch. Doch zu ihrer Überraschung blieb er völlig gelassen.
»Ich weiß gar nicht, warum du dich so aufregst, cara«, erwiderte er. »Laß deine Mutter nur kommen. Ich werde schon mit ihr fertig werden.«
»Aber du kennst sie nicht«, rief Isabel. »Du weißt

nicht, wie penetrant sie sein kann, wenn sie etwas erreichen will!«

»Was will sie denn erreichen?« fragte Mario.

Das war eine bedenkliche Frage, auf die sie nur ungern antwortete. Genaugenommen wußte sie es auch nicht. Zwar nahm sie an, Edith sei gekommen, ihren Einfluß geltend zu machen, die Beziehung zwischen ihr und Mario zu lösen, doch es bestand immerhin die Möglichkeit, daß sie versuchen wollte, Mario zu einer Heirat zu bewegen. Eines war so schlimm wie das andere.

»Warum antwortest du nicht, cara?«

»Ich weiß nicht, was sie vorhat«, erwiderte Isabel ausweichend. »Das weiß man bei ihr nie. Aber sie wird auf jeden Fall versuchen, dir ihren Willen aufzuzwingen.«

»Das kann sie nicht. Ich tue, was mir paßt. Und wenn sie anfängt, unangenehm zu werden, dann werfe ich sie raus.«

»Sei nicht grob zu ihr«, bat Isabel leise.

»Das kommt darauf an. Aufdringliche Weiber kann ich nicht ausstehen.«

»Vergiß nicht - es ist immerhin meine Mutter.« Sie hatte das gar nicht sagen wollen. Es war ihr so herausgerutscht.

Er sah sie scharf an. »Steckst du etwa mit ihr unter einer Decke? Hast du sie hergeholt, damit sie mich bearbeiten soll, dich zu heiraten?«

»Nein - o nein!« rief Isabel entsetzt. »Wie kannst du so etwas sagen? Hätte ich dich sonst gewarnt? Du bist ja verrückt.«

»Na, ich weiß nicht -«, brummte er. »Der Teufel kenne sich aus mit den Frauen. Sag bloß, du würdest mich nicht heiraten, wenn ich dich darum bitte.«

»Laß den Unsinn, darum geht es jetzt nicht.«

»Also doch!« Er lachte. »Ich habe es ja gewußt. Aber sei beruhigt - ich bitte dich nicht darum. Ich würde dir keinen Gefallen damit tun. Du bist viel zu schade für mich. Das werde ich auch deiner Mutter sagen, falls sie mich danach fragt.«
»Sag's ihr lieber nicht. Sie würde dich sofort auffordern, dich von mir zu trennen.«
»Warum sollte ich?« Er lachte wieder. »Solange du nett zu mir bist.«
Das Gespräch hatte eine Wendung genommen, die ihr nicht gefiel. Wie immer zog Mario alles ins Spielerische, nahm das Ganze nicht ernst. Edith würde auf diesen leichtfertigen Ton nicht eingehen. Sie würde ihn bedrängen, ihn angreifen, ihm Vorhaltungen machen. Darauf würde er - das lag in seiner Natur - gereizt reagieren. Sein Ärger darüber, attackiert zu werden, würde sich aber nicht gegen Edith, sondern mit Sicherheit gegen sie, Isabel, richten.
»Ich habe Angst«, sagte sie leise.
»Dazu besteht kein Grund. Laß deine Mutter nur kommen. Ich werde ihr klarmachen, daß sie hier nichts zu suchen hat.«
»Stell dir das nicht zu leicht vor.«
»Laß das meine Sorge sein, cara. Ich weiß, wie man mit Frauen umgeht.« Schon war ein Ton von Ungeduld in seiner Stimme. Er sah auf die Uhr. »Sei nicht böse, aber ich muß jetzt nach draußen. Ich habe zu tun.«
»Ja, geh nur. Verzeih, daß ich dich aufgehalten habe, aber ich mußte es dir sagen. Du solltest wenigstens vorbereitet sein.«
Er hörte nicht mehr hin, war bereits an der Tür. Im Hinausgehen winkte er ihr noch einmal zu.
Isabel machte sich auf den Nachhauseweg. Sie wollte arbeiten, um sich abzulenken. Es erschien ihr ratsam, bei dem Gespräch zwischen Mario und ihrer Mutter

nicht dabeizusein. Was hatte sie nun erreicht? Im Grunde genommen nichts. Mario bagatellisierte die ganze Angelegenheit: ›Laß sie nur kommen –‹ Vielleicht sah sie ja auch zu schwarz. Was konnte denn schon passieren, abgesehen davon, daß Mario wütend werden würde, wenn sich Edith zu albern aufführte?
Sie schlug den längeren Weg über die Berge ein, wo es einsam war und man einen weiten Blick über das Meer hatte. Doch obwohl sie sich einzureden versuchte, daß alles vielleicht gar nicht so schlimm werden würde und ihre Angst unbegründet war, konnte sie das beklemmende Gefühl einer drohenden Gefahr nicht loswerden. Es nützte auch nichts, daß sie sich sagte, sie sei hysterisch und sähe Gespenster. Die Angst war da und ließ sich nicht abschütteln.

13

Am Nachmittag desselben Tages bekam Mario einen Anruf von Barbara. Sie teilte ihm mit, sie müsse unerwartet am nächsten Morgen abreisen, und lud ihn zu sich ins Hotel zum Abendessen ein. Er sagte zu, obwohl ihm der Gedanke, Isabel schon wieder zu versetzen, unangenehm war. Er hatte versprochen, am Abend zu ihr zu kommen.
Nun, er würde eine Ausrede ersinnen. Sie brauchte nicht zu wissen, daß er noch einmal mit Barbara zusammenkam.
Während er noch überlegte, ob er sie anrufen oder ihr lieber schriftlich Bescheid geben solle, klopfte es an die Tür. Pina meldete, eine fremde Signora wünsche ihn zu sprechen.
Also doch, dachte er. Er hatte gehofft, sie würde ihn nicht gleich heute überfallen, damit er Gelegenheit hatte, sich auf den Besuch vorzubereiten, vielleicht auch noch einmal mit seinem Freund, dem Dottore, darüber zu reden. Er hatte keine Angst vor dieser Begegnung. Sie war ihm nur lästig, und er hatte den Dottore fragen wollen, wie man sich am klügsten verhielt, um die Frau so rasch wie möglich wieder loszuwerden. Nun, dazu war es jetzt zu spät.
»Bitte sie herein«, rief er Pina zu. »Und sorge dafür, daß wir nicht gestört werden.«
Pina verschwand. Mario ging zum Fenster, öffnete einen Spaltbreit den Laden und sah hinaus. Die Terrasse

war um diese Zeit so gut wie leer. An der Brüstung lehnte eine Frau mit blondem Haar. Sie war groß und schlank und stützte sich mit beiden Händen auf die Steinplatte. Jetzt trat Pina auf sie zu und sagte etwas zu ihr. Die Frau drehte sich um.
Sie sieht nicht schlecht aus, dachte Mario gewohnheitsmäßig. Und dann dachte er noch, daß sie offenbar nicht zu diesen alternden Frauen gehörte, die sich bewußt jünger machten, um einem Mann zu gefallen. Diese kleidete sich eher altmodisch.
Er kam nicht mehr dazu, weitere Überlegungen anzustellen. Es klopfte, und Pina ließ Edith eintreten.
Mario ging ihr entgegen. Edith übersah die ausgestreckte Hand und ließ ihre Augen prüfend und eingehend auf Marios Gesicht ruhen. Der erste Eindruck war besser, als sie erwartet hatte, und sie war daher ein wenig aus dem Konzept gebracht.
Trotzdem klangen ihre ersten Worte alles andere als freundlich. »Ich bin gekommen, um endlich den Liebhaber meiner Tochter kennenzulernen. Ich bin Isabels Mutter.«
Mario neigte ein wenig den Kopf und entschloß sich zu einem Lächeln. »Erfreut, Sie kennenzulernen, signora.« Einen Augenblick lang war er tatsächlich verlegen. »Isabel sagte mir schon, daß Sie kommen würden.«
»Ach, sagte sie das?« Edith ärgerte sich. Isabel mißtraute ihr also. Sie hatte nichts Eiligeres zu tun gehabt, als hierherzurennen und sich mit ihrem Liebhaber abzusprechen.
»Wollen Sie sich nicht setzen?« Mario fegte eine Zeitschrift vom Stuhl und schob ihn näher. »Darf ich Ihnen ein Glas Wein anbieten? Oder vielleicht lieber einen Espresso?«
»Danke, ich möchte nichts.«

Sie setzte sich und nahm eine steife Haltung ein, während Mario abwartend dastand.
»Sie können sich wahrscheinlich denken, warum ich gekommen bin«, sagte sie energisch. »Ich hätte es längst tun sollen, aber ich dachte immer, die Sache würde von selbst ein Ende nehmen.«
»Die Sache -?« Mario legte den Kopf auf die Seite und musterte Edith mit einem leicht spöttischen Ausdruck. »Sprechen Sie von meiner Beziehung zu Isabel?«
»Wovon sollte ich sonst sprechen? Ich bin gekommen, um -«
»Ja?«
»Diese Geschichte muß aufhören«, erklärte Edith. »Sie werden selbst einsehen, daß es so nicht weitergehen kann. Meine Tochter kann sich nicht länger hier auf der Insel vergraben und sich ihre Zukunft verbauen.«
Mario ging zu einem Regal und schenkte sich aus einem buntbemalten Tonkrug ein Glas Wein ein. Bevor er trank, drehte er sich um und sagte mit einem freundlichen Lächeln: »Sie wissen natürlich, Signora, daß Isabel anderer Ansicht ist? Ich nehme an, sie hat es Ihnen gesagt.«
Ediths Gesicht lief rot an. Ungeduldig sagte sie: »Aber das spielt doch keine Rolle. Sie ist ein Kind, sie hat keine Ahnung -«
»Ein Kind?« Mario begann zu lachen. »Sie ist eine erwachsene Frau, das wissen Sie so gut wie ich. Und sie denkt gar nicht daran, sich von Ihnen Vorschriften machen zu lassen.«
Edith Hausmann schwieg.
Mario trank einen Schluck Wein und kam, das Glas in der Hand haltend, näher. »Signora, nehmen Sie Vernunft an«, sagte er. »Ich kann verstehen, daß Sie sich

Sorgen um Ihre Tochter machen, aber Sie können doch nicht einfach herkommen und sagen: Du kommst jetzt mit, und damit basta!«

Ediths mageres Gesicht furchte sich, und sie sackte ein wenig in sich zusammen. Doch gleich darauf richtete sie sich wieder auf und blickte Mario feindselig an. »Das ist Ihre Schuld, junger Mann, Sie haben sie beeinflußt. Ja, ja, - ich weiß, sie ist in Sie verliebt.« In ihrer brüchigen Stimme lag Verachtung. »Aber das ist noch lange kein Grund, sich das Leben kaputtzumachen. Es liegt an Ihnen, ihr das klarzumachen.«

»An mir?« Mario blickte sie überrascht an.

»Jawohl, an Ihnen.« Ihre geröteten Augen sahen ihn streng an. »Wenn Sie schon so gewissenlos und leichtfertig waren, sich an meine Tochter heranzumachen -«

»Einen Moment, signora -« Marios Stimme klang schneidend. »Ich habe mich nicht an Ihre Tochter herangemacht, das ist nicht wahr. Sie kam eines Tages hierher, und wir haben uns ineinander verliebt. Das ist die natürlichste Sache der Welt.«

»Und wie soll es weitergehen?« fragte Edith scharf.

»Weitergehen? Ich verstehe Ihre Frage nicht, signora. Wir lieben uns. Sonst wäre Isabel ja wohl nicht mehr hier.«

Edith rutschte unbehaglich auf ihrem Stuhl hin und her. Dieser Mensch schlug einen unverschämten Ton an. Sie durfte sich nicht von ihm einschüchtern lassen. »Ich kann mir nicht vorstellen, daß Sie meine Tochter wirklich lieben«, sagte sie energisch. »Sonst hätten Sie sich ja wohl schon Gedanken um ihre Zukunft gemacht.«

Mario, Sohn einer südländischen Mutter, war einen Augenblick beschämt. Seine Handflächen begannen zu schwitzen. Doch gleich darauf fühlte er einen un-

vernünftigen Zorn gegen Isabel, die ihn in diese unwürdige Situation gebracht hatte.
Heftig entgegnete er: »Signora, so dürfen Sie nicht mit mir reden. Isabel hat von Anfang an gewußt, daß ich sie nicht heiraten werde. Wenn ich überhaupt jemals heirate, dann nur ein Mädchen aus meinem Volk.«
»Das wagen Sie mir zu sagen?« Die dünnen Hände flogen in die Luft. »Sie haben also immer gewußt, daß die Sache aussichtslos ist - und trotzdem haben Sie sie hierbehalten?«
»Was hätte ich denn tun sollen?« rief Mario wütend. »Hätte ich sie fortschicken sollen? Damit hätte ich sie doch unglücklich gemacht. Sie wollte ja hierbleiben, wollte meine Geliebte sein, wollte sich unter keinen Umständen von mir trennen -«
»Ja, weil Sie sie mit allen Mitteln dazu gebracht haben.«
Er starrte sie mit offenem Mund an und war versucht zu lachen, doch ihr haßerfüllter Blick warnte ihn. Sie meinte es bitter ernst.
»Es tut mir leid, signora«, sagte er aus diesen Überlegungen heraus. »Ich weiß nicht, wie ich Ihnen helfen soll. Ich habe Isabel nicht gezwungen, bei mir zu bleiben. Sie hat es freiwillig getan. Und wenn Sie sie heute fragen würden - sie würde es wieder tun.«
»Ich weiß.« Ediths Stimme war fast ein Flüstern. Sie war plötzlich entsetzlich müde und niedergeschlagen.
Mario fühlte Mitleid mit ihr. »Wollen Sie nicht doch ein Glas Wein trinken, signora?« fragte er. »Es wird Ihnen guttun.« Er hatte schon den Krug in der Hand, doch sie winkte ab.
»Sie könnten mir vielleicht doch helfen«, begann sie nach einer Weile. »Ich würde Ihre Hilfe selbstverständlich bezahlen.« Ehe er Zeit hatte, sich von seiner

Überraschung zu erholen, redete sie schnell weiter: »Isabel hört nicht mehr auf mich, sie hört nur noch auf Sie. Wenn Sie ihr sagen, daß Sie sie nicht mehr lieben, daß Sie sie hier nicht mehr haben wollen -«

»Das tue ich nicht!« rief Mario in plötzlichem Zorn. »So etwas würde ich nie tun. Das wäre eine Gemeinheit.«

Edith warf ihm einen verschlagenen Blick zu. »Aber heiraten wollen Sie sie auch nicht«, sagte sie.

»Das ist etwas anderes.« Mario überlegte einen Augenblick. Schließlich schüttelte er den Kopf und sagte: »Ich begreife nicht, wie Sie mir einen solchen Vorschlag machen können, signora. Sie müssen eine sehr schlechte Meinung von mir haben.«

Ediths Schultern fielen zusammen. Als sie zu sprechen begann, war ihre Stimme greinend, mitleidheischend. »Ich wußte mir keinen anderen Rat. Ich hatte gehofft - mein Gott, so verstehen Sie doch! Isabel darf nicht länger hierbleiben. Sie muß wieder zurück und Ordnung in ihr Leben bringen. Können Sie denn das nicht einsehen?«

»Nein«, erwiderte Mario. Er ging ein paar Schritte auf und ab, während ihn Edith mit durchbohrenden Blikken verfolgte. Schließlich blieb er vor ihr stehen und sagte:

»Sehen Sie, signora, die Sache ist doch ganz einfach: Solange sich Isabel hier wohl fühlt, solange sie glücklich ist - warum sollte sie zurückkehren?«

»Sie wird nicht mehr lange glücklich sein«, entgegnete Edith erbittert. »Eines Tages werden Sie sie verlassen, und dann -«

»Das ist gut möglich, signora, aber ich würde sie niemals gegen Bezahlung verraten.«

Er beugte sich zu ihr hinunter und sagte eindringlich: »Auch wenn Sie daran zweifeln, signora, ich habe Isa-

bel sehr gern. Vielleicht liebe ich sie sogar. Wenn ich sie trotzdem nicht heiraten werde, so hat das andere Gründe.«
Es entstand eine längere Pause. Mario begann ungeduldig zu werden. Barbara erwartete ihn, und er hatte vorher noch einiges zu erledigen. Er mußte auch noch Isabel verständigen. Er sah auf die Uhr. »Entschuldigen Sie, signora -«
Sie stand auf. »Ja, ja, ich gehe schon.«
»Sie können gerne bleiben, aber ich muß Sie einen Augenblick allein lassen.«
»Nur noch eine Minute . . .« Sie umklammerte seinen Arm. »Wenn Sie schon nicht bereit sind, mir zu helfen . . . können Sie mir versprechen, mein Kind nicht unglücklich zu machen?«
»Wie soll ich das verstehen?«
Sie ließ seinen Arm los. »Stellen Sie sich nicht dümmer, als Sie sind«, sagte sie erbittert. »Sie wissen genau, was ich meine. Aber ich sehe schon, es hat keinen Sinn, mit Ihnen zu reden, Sie wollen mich nicht verstehen. Für Sie geht es einzig und allein um Ihr Vergnügen. Solange Ihnen meine Tochter nicht lästig wird, kann sie hierbleiben. Anderenfalls -« Sie machte eine Geste, als wollte sie eine Fliege verscheuchen.
»Das ist alles Unsinn«, sagte Mario rauh. »Hören Sie auf, sich den Kopf über mich und Ihre Tochter zu zerbrechen, das führt zu nichts.«
»Ich dulde nicht, daß Sie sie zugrunde richten«, rief Edith schrill.
Er sah sie ehrlich bestürzt an. »Aber das tue ich ja gar nicht.«
Sie brach in höhnisches Gelächter aus. »Sie würden das schon fertigbringen, da bin ich sicher. Sie wären nicht der erste Mann, dem so etwas gelingt. Aber ich werde es verhindern.«

Ihre Stimme war so laut geworden, daß Mario beschwörend beide Hände hob. »Bitte - signora, beruhigen Sie sich. Ich verspreche Ihnen -«
»Ich glaube Ihnen kein Wort. Ja, ja, ich weiß, Sie sind keiner Gemeinheit fähig, Sie lassen sich nicht erpressen. Aber Sie sind auch nicht bereit, eine klare Entscheidung zu treffen. Sie wollen Isabel weder fortschicken noch sich endgültig an sie binden. Antworten Sie!« herrschte sie ihn an, da er nichts erwiderte.
Mario hatte lange genug Geduld bewiesen. Jetzt wurde er wütend. »Ich lasse mich von ihnen nicht anschreien!« fuhr er sie an. »Sie können mich zu nichts zwingen. Wenn Sie unbedingt wollen, daß Ihre Tochter mit Ihnen nach Hause fährt, dann müssen Sie ihr das schon selbst sagen. Ich werde es ganz gewiß nicht tun. Ich werde ihr aber auch nicht das Versprechen geben, für immer bei ihr zu bleiben. Das erwartet sie gar nicht von mir.«
»Ist das Ihr letztes Wort?« fragte Edith, durch seine unerwartete Heftigkeit etwas gedämpft.
»Es gibt nichts weiter zu sagen.«
Sie drehte sich um und ging zur Tür. Er war schneller als sie. Fast hätten sich ihre Hände berührt, als sie beide nach dem Türgriff langten.
»Signora . . .« Sein Zorn war verraucht. Es lag ihm daran, zum Abschluß ein versöhnliches Wort zu sagen. »Es tut mir leid. Ich wollte Sie nicht kränken.«
Der Blick, mit dem sie ihn ansah, war kalt und feindselig. »Es braucht Ihnen nicht leid zu tun. Ich weiß jetzt wenigstens, woran ich bin.«
Sie fügte noch ein letztes Wort hinzu: »Möglich, daß Sie sich bei alledem nichts Schlechtes denken. Für Sie ist die Liebe nur ein Spiel. Aber täuschen Sie sich nicht! Es gibt Spiele, die bringen Verderben.« Damit ging sie hinaus.

Er sah ihr betroffen nach. Er war versucht, diese Bemerkung mit einem Achselzucken abzutun, aber es gelang ihm nicht. Ein Rest von Unbehagen blieb. Diese Frau, er begriff es langsam, haßte ihn. Sie machte ihn dafür verantwortlich, das Leben ihrer Tochter zerstört zu haben. Sie hatte nicht ganz unrecht. Was sollte er tun? Isabel wirklich fortschicken? Merkwürdig ... er hatte gewünscht, von einer Bindung befreit zu werden, die für ihn schal zu werden drohte. Jetzt, durch das Auftauchen der Mutter, erhielt diese Bindung plötzlich wieder einen neuen Reiz. Wie hatte sie gesagt? ›Es gibt Spiele, die bringen Verderben.‹

Er begann zu lachen. Das war eine Herausforderung! Er würde sie annehmen. Jetzt, da er Isabel hergeben sollte, wünschte er sich, sie zu behalten.

Gegen Abend, als die Sonne wie ein Feuerball hinter dem Torre stand, verließ Mario das Haus. Er hatte Isabel durch Pina bestellen lassen, er käme später. Sie sollte nicht vergeblich auf ihn warten. Er nahm sich vor, den Abschied von Barbara zu verkürzen. Er würde mit ihr zu Abend essen und sich gleich danach von ihr trennen.

Als er sich an der Rezeption mit Barbara verbinden ließ, forderte sie ihn auf, in ihr Zimmer zu kommen. »Wir essen bei mir. Das ist viel gemütlicher als zwischen all den Leuten.«

Es war ihm nicht angenehm, aber was sollte er tun? Er ging nach oben. Ihre Tür stand bereits offen, und sie winkte ihm zu, hereinzukommen.

Sie sah verführerisch aus, gestand er sich. Sie trug ein luftiges, durchsichtiges Gewand, das nur am Hals von einer Kordel zusammengehalten wurde. Die braunen Schultern waren nackt.

Er küßte sie auf die Wange, vermied es aber, sie an sich zu ziehen. Während sie ihm das Glas mit dem vorbereiteten Drink in die Hand drückte, erklärte sie betrübt: »Ich muß morgen abend in Zürich sein. Es bleibt uns nur noch diese eine Nacht. Und ich hatte mich schon so auf den Tag in Neapel gefreut.«
Er schwieg. Während ihres Ausflugs nach Capri hatte er ihr versprochen, sie bei ihrer Abreise bis nach Neapel zu begleiten und ihr die Stadt zu zeigen. Jetzt war er froh, dieses Versprechen nicht halten zu müssen.
Barbara hob ihr Glas und trank ihm zu. »Soll ich dir etwas sagen, amico? Es geht mir komisch mit dir. Der Abschied fällt mir schwer. So etwas kenne ich sonst nicht.«
Er zuckte die Achseln und erwiderte leichthin: »Du kommst ja wieder.«
Sie warf ihm einen prüfenden Blick zu. »Das klingt nicht gerade traurig. Aber du hast recht - kein sentimentaler Schmus! Machen wir uns lieber noch einen vergnügten Abend. Du hast es hoffentlich nicht eilig?«
Er schüttelte den Kopf. Es war besser, ihr nicht gleich zu sagen, er könne nicht bleiben. Das hatte Zeit bis nach dem Essen.
Sie plauderten eine Weile von belanglosen Dingen, doch Mario war nicht bei der Sache. Das Gespräch vom Nachmittag ging ihm immer noch im Kopf herum. Ohne es vor sich selbst wahrhaben zu wollen, war er beunruhigt.
In eine Gesprächspause hinein sagte er plötzlich übergangslos: »Stell dir vor, wer vorhin bei mir war: Isabels Mutter.«
»Du meine Güte! Was wollte sie von dir?«
»Sie bot mir Geld.«
»Was?« Sie starrte ihn an.

»Ja, sie bot mir Geld, wenn ich mich bereit erkläre, Isabel zu verlassen.«
Barbara begann zu lachen, hörte aber sofort wieder auf, als sie Marios Gesicht sah.
»Und? Bist du auf ihren Vorschlag eingegangen?«
»Wofür hältst du mich?«
Barbara nahm eine Zigarette und zündete sie an. Sie tat das sehr langsam und umständlich. Dann blickte sie Mario an und sagte: »Scusi - ich dachte, du wolltest sie ohnehin loswerden.«
Er antwortete nicht.
In die Stille hinein fragte sie spöttisch: »Oder hast du es dir anders überlegt?«
»Ich weiß es nicht«, murmelte Mario.
»Du weißt es nicht?« Barbara lachte. »Hör zu, mein Lieber, du benimmst dich wie ein kleiner Junge. Wenn du nicht so gutmütig wärst, hättest du längst Schluß gemacht. Das Ganze ist eine sentimentale Romanze. Für so was bist du nicht geschaffen. Mario -«, sie beugte sich vor, »- hörst du mir überhaupt zu?«
»Ja.«
»Und?«
»Nichts. Laß uns von etwas anderem reden.«
Sie war zu klug, um weiter in ihn zu dringen. Vielleicht hing er wirklich an dem Mädchen. Sollte sie deswegen gekränkt sein? Morgen würde sie abreisen. Sie erwartete keine Liebe von ihm. Nur ein paar Stunden Vergnügen, bevor der Alltag wieder begann.

14

Edith saß vor der ›Tavernetta‹ unten am Hafen. Sie hatte sich nicht entschließen können, wieder in ihr Hotel zurückzugehen. Ziellos war sie umhergelaufen, immer in der Hoffnung, Isabel auftauchen zu sehen.
Sie war tief deprimiert. Ihr Vorhaben drohte zu scheitern. Sie sah nach dem mißglückten Gespräch mit Mario keine Möglichkeit mehr, ihre Tochter zur Heimkehr zu bewegen.
Sie fragte sich, ob es sich überhaupt noch lohnte, auch nur eine Stunde länger auf dieser Insel zu bleiben. Isabel hatte ihr eine klare Absage erteilt. Sie wollte sie loswerden. Wofür kämpfte sie also noch? War es nicht besser, lautlos abzutreten, jetzt, da sie nicht mehr gebraucht wurde?
Sie zuckte zusammen, als sich plötzlich eine Hand auf ihre Schulter legte.
»Mama -«
Isabel stand neben ihr. Sie lächelte unbefangen, als sei nichts zwischen ihnen gewesen. »Ich habe dich schon überall gesucht.«
Sie zog sich einen Stuhl heran und setzte sich. Leise fragte sie: »Warst du bei Mario?«
Edith nickte.
»Und?«
»Ach - Kind«, sagte Edith.
Isabels Lächeln gefror. »Ich hätte es mir denken können. Du hast ihn natürlich gräßlich gefunden.«

Edith schüttelte den Kopf. »Er sieht gut aus. Ich kann verstehen, daß er auf Frauen anziehend wirkt.«
Sie winkte dem Kellner. »Laß uns gehen. Hier kann man nicht reden.«
Als sie die Piazza überquerten, trafen sie auf Bernhard Lorenz.
Isabel machte die beiden miteinander bekannt. Der Arzt tat, als sähe er Edith zum erstenmal. Sie standen einen Augenblick beisammen.
»Werden Sie längere Zeit in Angelo bleiben?« fragte Lorenz.
Edith erwiderte ruhig seinen Blick. »Das kommt darauf an. Ich habe keine festen Pläne.«
Lorenz zögerte einen Moment, ehe er weitersprach. Er war in einem kleinen Dilemma. Am Morgen hatte er die Zusage einer neapolitanischen Sängerin bekommen, am kommenden Sonnabend bei seinem Sommerfest aufzutreten. Selbstverständlich würde auch Mario dabeisein und seine Freundin mitbringen. Sollte er die Mutter ebenfalls einladen? Wenn das Unannehmlichkeiten zur Folge hatte, würde ihm Mario mit Recht böse sein. Andererseits war es vielleicht eine gute Gelegenheit, eine harmlose Begegnung herbeizuführen. Er konnte sich nicht recht vorstellen, daß Isabels Mutter ihre Drohung wahrmachen würde. Vielleicht konnte er gerade mit dieser Einladung doch noch vermittelnd eingreifen.
»Ich gebe übermorgen ein kleines Fest für meine Gäste«, sagte er aus diesen Überlegungen heraus zu Edith. »Isabel ist dazu eingeladen. Würden Sie mir die Freude machen, gleichfalls zu kommen?«
»Ein Fest -?« Edith war verwirrt. Auf Feste war sie nun wirklich nicht eingestellt. Hatte sie nicht überhaupt abreisen wollen? Ach nein, das kam natürlich nicht in Frage.

»Ich denke mir, es wird Ihnen Spaß machen«, redete Lorenz weiter und ließ seine Augen zwischen Mutter und Tochter hin und her gehen. »Es kommen noch ein paar Freunde von mir, die gerne Musik hören und fröhlich sind.«
»Wird Mario auch kommen?« fragte Isabel.
»Selbstverständlich. Ich habe eine Sängerin aus Neapel engagiert. So etwas läßt sich Mario nicht entgehen.«
Die momentane Ratlosigkeit von Mutter und Tochter ignorierend, fragte er betont ungezwungen: »Also, wie ist es, meine Damen? Darf ich Sie bei dieser kleinen folkloristischen Veranstaltung erwarten?«
Edith hatte sich inzwischen gefaßt. Sie sah in dieser Einladung so etwas wie einen Fingerzeig des Schicksals. In zwei Tagen konnte allerhand passieren. War es nicht denkbar, daß der junge Mann sich doch noch anders besann und auf ihren Vorschlag einging?
»Wir kommen gerne«, erwiderte sie und tat, als bemerke sie die beschwörenden Blicke nicht, die ihr Isabel zuwarf.
Lorenz verabschiedete sich mit ein paar freundlichen Worten.
»Aber das kannst du doch nicht machen«, erklärte Isabel, sowie Lorenz außer Hörweite war. »Du kannst doch nicht zu diesem Fest gehen, das ist einfach unmöglich.«
»Warum?«
»Weil - mein Gott, versteh das doch! Du bringst mich damit in eine peinliche Situation.«
»Das sehe ich nicht ein.« Edith hängte sich bei ihrer Tochter ein und zog die Widerstrebende mit sich fort.
»Komm, sei vernünftig«, sagte sie. »Ich bleibe ja nicht lange. Du brauchst dir keine Sorgen zu machen, ich könnte dir den Abend verderben.«
Isabel preßte die Lippen zusammen und schwieg. Sie

war außer sich über diese neue Eigenmächtigkeit ihrer Mutter. Sie wollte ihren Arm wegziehen, doch Edith hängte sich nur noch fester in sie ein und bat die Tochter, etwas langsamer zu gehen. Nach ein paar Schritten blieb sie stehen und lehnte sich gegen eine Mauer.
»Was ist?« fragte Isabel.
»Nur einen Augenblick ausruhen.«
Isabel sah sie an und erschrak. Das Gesicht ihrer Mutter war kreidebleich. Schweißperlen standen ihr auf Stirn und Oberlippe.
»Geht es dir nicht gut? Bist du krank?«
Edith schüttelte den Kopf. »Der Klimawechsel – ich ... es wird gleich vorbei sein.«
Sie hätte längst den Arzt aufsuchen müssen. Es war leichtsinnig von ihr gewesen. Aber seit ihrer Ankunft hatte sie den Gedanken an ihre Krankheit verdrängt.
»Geht es besser?« fragte Isabel besorgt.
»Ja, ja. Laß uns weitergehen.« Gestützt auf die Tochter, stieg sie langsam die Treppe hinauf, die zum Hotel führte. Sie ging gebeugt.
Zum erstenmal bemerkte Isabel, wie alt ihre Mutter geworden war. Ihr Zorn war verraucht. Sie empfand Gewissensbisse. Hatte sie Edith in diesen Tagen nicht doch zu unfreundlich behandelt?
Oben im Zimmer überredete sie die Mutter, sich ins Bett zu legen. »Ich lasse das Essen heraufkommen.«
»Danke, nicht nötig. Ich habe keinen Hunger.«
»Doch, doch, du mußt essen. Du siehst ganz elend aus. Ich werde dir Gesellschaft leisten.«
Isabel überlegte, daß Mario frühestens um neun Uhr bei ihr sein konnte. Er pflegte, wenn die letzten Gäste gegangen waren, immer noch ein paar Besuche zu machen und bei dem einen oder anderen ein Glas Wein zu trinken. Sie hatte also Zeit.

Sie ließ Tee und ein Schinkenomelette kommen und überredete Edith, wenigstens ein paar Bissen zu sich zu nehmen. Nach und nach kehrte etwas Farbe in Ediths Gesicht zurück. Die krampfartigen Schmerzen verebbten.
Behutsam versuchte Isabel ihrer Mutter den Plan auszureden, sie zu dem Fest zu begleiten.
»Laß mich mitkommen. Ich habe meine Gründe.« Die Stimme Ediths war müde, aber drängend.
»Was versprichst du dir davon?«
Edith antwortete nur: »Nichts, nichts« und machte eine ungeduldige Geste.
»Du hast ihn doch jetzt gesehen«, sagte Isabel. »Genügt dir das nicht? Was willst du noch? Willst du ihn provozieren? Willst du ihm in Gegenwart anderer eine Szene machen? Das dulde ich nicht.«
Wieder machte die Mutter eine ungeduldige, ärgerliche Handbewegung. »Hör auf, mir Vorschriften zu machen! Doktor Lorenz hat mich eingeladen, und ich werde hingehen. Laß uns jetzt nicht mehr davon reden.« Auf einmal wurde ihre Stimme wärmer: »Hast du denn überhaupt kein Vertrauen mehr zu mir? Du betrachtest mich als deine Feindin, dabei meine ich es nur gut mit dir und will dir helfen. Hast du vergessen, daß ich jahrelang deine beste Freundin war? Daß du mit all deinen Sorgen und Nöten zu mir gekommen bist? Hast du das wirklich vergessen?«
Isabel schwieg. Sie wollte die Mutter nicht kränken. Sonst hätte sie erwidern können: Das alles bildest du dir nur ein. Du warst nie meine beste Freundin, und ich dachte gar nicht daran, mit meinen Sorgen und Nöten zu dir zu kommen. Das, was wirklich in mir vorging, was mich im Innersten bewegte, davon hattest du keine Ahnung.
»Isabel -«, die Stimme Ediths sank zu einem Flüstern

ab, »- diese Insel ist ein schlechter Aufenthaltsort für dich. Hier ist alles so - so primitiv. Du kannst hier auf die Dauer nicht leben.«
»Warum nicht?« Das klang schon wieder aggressiv.
»Weil - mein Gott . . . begreifst du es denn nicht? Du hast hier keine Zukunft. Mario will dich loswerden. Er hat es mir selbst gesagt.«
Isabel sprang auf. »Das glaube ich dir nicht. Das ist einfach nicht wahr.«
»Frag ihn selbst«, sagte Edith. Ihr Kopf fiel in die Kissen zurück. Sie schloß die Augen.
»Jawohl, das werde ich tun. Es stimmt einfach nicht, was du sagst. Du wünschst, es wäre so, aber -« Isabel wollte weiterreden, doch Edith begann plötzlich zu stöhnen. Sie krümmte sich vor Schmerz zusammen.
»Geh - geh jetzt«, sagte sie hastig. »Laß mich allein.«
»Aber was hast du denn?« fragte Isabel erschrocken. »Soll ich einen Arzt holen?«
»Nein - keinen Arzt. Es geht gleich wieder vorbei.«
Mutter und Tochter sahen sich an. Edith brachte ein schwaches Lächeln zustande.
»Mama -!« In Isabels Gesicht spiegelten sich die unterschiedlichsten Empfindungen. Mitleid war darin zu lesen, aber auch Mißtrauen und Abwehr.
»Es tut mir leid, daß du diese weite Reise hierher umsonst gemacht hast«, sagte sie.
Ediths Züge verhärteten sich. »Du irrst dich, Kind«, erwiderte sie. »Es war nicht umsonst.« Und gleich darauf: »Ich bitte dich jetzt zu gehen. Ich bin müde. Ich muß schlafen.«
Isabel zögerte. dann sagte sie: »Wie du willst, Mama. Ich hoffe, es geht dir morgen besser. Ich werde am Vormittag vorbeikommen und nach dir sehen.«
»Danke. Gute Nacht!«
Isabel wandte sich zum Gehen. Sie sah noch einmal

zum Bett hinüber. Edith lag mit geschlossenen Augen da. Sollte sie der Mutter zum Abschied einen Kuß geben? Ach nein, besser nicht. Es hätte sie zuviel Überwindung gekostet.
Isabel ging hinaus und machte leise die Tür hinter sich zu.
Als Edith allein war, begann sie zu weinen.

Barbara hatte den Tisch vor die geöffnete Balkontür rücken lassen. Sie speisten bei Kerzenlicht, in einer von Barbara erzwungenen Intimität. Die sonst so selbstsichere und gelassene Frau war gereizt. Sie begann zu verstehen, daß dieser Neapolitaner ihr überlegen war. Er durchschaute sie, spürte, daß sie voller Ungeduld nur auf den Augenblick wartete, wo dieses Abendessen beendet war. Sie ärgerte sich, daß sie nicht gelassener bleiben konnte, daß sie immer wieder auf seine Hände, seinen Mund sah und sich ausmalte, was er nachher alles mit ihr tun würde.
Auch Mario war gereizt. Diese Frau hatte ihn gezwungen hierzubleiben, und es war abzusehen, daß er nicht so schnell wieder von hier fortkam. Ja, er gestand es sich ein, er wollte mit ihr ins Bett gehen. Er liebte Isabel, aber seinen Spaß ließ er sich deswegen nicht nehmen. Das mußte sie lernen, und wenn es ihr noch so schwerfiel.
Er schob den Teller mit den Essensresten beiseite, legte beide Arme auf den Tisch und sah Barbara an. Er lächelte nicht einmal.
»Also - worauf warten wir noch?«
Sie tat, als hätte sie ihn nicht verstanden. »Möchtest du noch ein Glas Wein haben?«
Sie wollte nach dem Krug greifen, doch er packte ihr Handgelenk so fest, daß sie aufschrie. »Komm jetzt! Du denkst doch die ganze Zeit an nichts anderes.«

Er riß sie in seine Arme, fiel über sie her. Am liebsten hätte er sie angeschrien und beschimpft. Er war wütend auf sie, daß sie ihn hierhergelockt hatte, wütend auf sich, daß er blieb.
»Hör auf, Mario - bist du verrückt geworden? Du bringst mich ja um.«
Barbara versuchte sich aus der Umklammerung seiner Arme zu entwinden, doch er hielt sie fest und küßte sie so fordernd, daß sie nachgab.

In den frühen Morgenstunden, als die Sonne noch nicht aufgegangen und das Meer noch grau und stumpf war, verließ Mario das Hotel. Er war müde. Dieses Weib hatte es fertiggebracht, ihn Isabel vergessen zu lassen. Der Strand war leer. Mario setzte sich auf einen der Felsen unterhalb der Apollon-Bäder und rauchte eine Zigarette. Was war geschehen? Er hatte mit einer Frau geschlafen. Warum war er so mißvergnügt? So niedergedrückt? War es allein der Gedanke, daß Isabel eine Nacht lang vergeblich auf ihn gewartet hatte? Oder beunruhigte ihn der Umstand, daß ihm Strafe angedroht worden war? Lächerlich! Er würde sich nicht von einer hysterischen Mutter ins Bockshorn jagen lassen.
Der Teufel hole alle Weiber! Er schleuderte die Zigarette weit von sich und sprang auf. In großen Sprüngen rannte er den Strand entlang, wüste Beschimpfungen ausstoßend, die sich gegen die Frauen, aber auch gegen ihn selbst richteten. Nach einer Weile blieb er stehen, entledigte sich seiner Kleider und lief, nackt, wie er war, ins Meer. Er schwamm weit hinaus, kehrte schließlich um und ließ sich von den Wellen an den Strand spülen. Dann zog er sich an, ging nach Hause, legte sich auf das Bett und versank in einen tiefen, traumlosen Schlaf.

Als er erwachte, stand Isabel vor ihm.
»Sag nichts«, bat sie. »Sei um Gottes willen still!«
»Cara - ich bin ein verdammter Dreckskerl -«
»Du sollst still sein.«
»Ein Hurenbock -«
»Hör auf! Nimm mich in den Arm. Ich bin entsetzlich traurig, aber wenn du mich in den Arm nimmst, ist alles wieder gut.«
Er zog sie neben sich. »Mia carissima -«
Er küßte sie. Er streichelte sie. Er nahm ihr Gesicht in beide Hände. Er sagte ihr, daß er sie liebe, aber sie könne sich nicht auf ihn verlassen, er würde immer wieder fortgehen.
»Ich weiß, Lieber, ich weiß . . .«
»Und? Macht es dir nichts aus? Wirst du das ertragen? Deine Mutter sagt -«
»Meine Mutter hat keine Ahnung.«
»Du wirst immer wiederkommen? So wie jetzt?«
Sie nickte.
»Und nicht wütend auf mich sein?«
Sie begann zu lachen. »Ach, Mario - was hätte es für einen Sinn? Du wirst dich nicht ändern. Ich habe es inzwischen begriffen. Wenn du mich nur liebst -«
»Ich liebe dich, cara!«
Er war gerührt, und er sagte ihr alles, was sie hören wollte. Jetzt, in diesem Augenblick, glaubte er selbst daran.

15

Dr. Bernhard Lorenz stand in der Küche und besprach mit Maria und dem Koch Antonio einige Dinge, die das bevorstehende Fest betrafen. Er war mit sich selbst uneins, ob es richtig gewesen war, Isabels Mutter einzuladen. Er hatte eigentlich die Absicht gehabt, mit ihr zu sprechen und die Einladung wieder rückgängig zu machen, doch je länger er darüber nachdachte, desto mehr leuchtete ihm ein, daß es die einzige Chance war, die beiden miteinander zu versöhnen. Die Romanze zwischen Mario und der kleinen Deutschen würde nicht von Dauer sein, aber warum sollte man den beiden nicht noch eine kurze Zeit des Glücks gönnen? Dazu aber war es nötig, die aufgebrachte Mutter erst einmal milde zu stimmen und sie dann wieder loszuwerden. Er ging nach draußen, sprach ein paar Worte mit einem neu angekommenen Ehepaar, das wissen wollte, auf welchem Weg man zur Cava scura kam, und setzte sich dann in den kleinen Raum hinter der Rezeption, um die eingegangene Post durchzusehen. Er war noch damit beschäftigt, als Maria kam und ihm mitteilte, eine Signora wünsche ihn zu sprechen.

Er ging in die kleine Halle, die den Gästen bei schlechtem Wetter als Aufenthaltsraum diente.

Edith Hausmann erwartete ihn und sagte in verlegenem Ton: »Es tut mir leid, daß ich Sie schon wieder belästigen muß, aber ich habe sonst niemanden, an den ich mich wenden kann.«

Er murmelte ein paar verbindliche Worte und führte sie in sein Zimmer. »Darf ich Ihnen eine kleine Erfrischung anbieten? Ein Glas Wein - oder vielleicht lieber einen Saft?«
»Einen Saft nehme ich gerne.«
Es dauerte eine Weile, bis sie ihre Befangenheit überwand. Dann aber sagte sie nüchtern, was sie zu sagen hatte, und brachte ihr Anliegen vor, er möge ihr ein Mittel geben, die Schmerzen, wenn nötig, zu betäuben.
Lorenz starrte die Frau an, die, wie er jetzt wußte, vom Tod gezeichnet war. »Ich begreife nicht, wie man Sie unter diesen Umständen hat reisen lassen«, sagte er.
Edith zuckte die Schultern. »Der Arzt, der mich behandelt, ist ein Freund von mir. Er weiß, daß diese Reise für mich unerläßlich war.«
Sie sah ihn mit einem Blick an, der erbarmungswürdig war. »Ich kann nicht sterben, bevor ich weiß, was aus meinem Kind wird«, murmelte sie.
Er erschrak. »Aber Sie können doch nicht -«
»Wundert Sie das, Herr Lorenz?« fragte sie mit harter Stimme. »Würden Sie an meiner Stelle nicht genauso handeln? Sie wissen, daß Ihnen nicht mehr viel Zeit bleibt, und Sie sehen, daß Ihr Kind in Gefahr ist. Was würden Sie tun?«
Bernhard Lorenz fühlte sich in die Enge getrieben. Die Frau tat ihm leid, aber er spürte auch den Fanatismus, der aus ihren Worten klang.
»Meine liebe, verehrte Kollegin«, sagte er besänftigend. »Ich darf Sie doch so nennen? Sie kennen meine Einstellung zu der Liebesbeziehung Ihrer Tochter. Ich sehe darin durchaus keine so große Gefahr. Isabel ist erwachsen. Sie ist ein selbständiger Mensch. Wenn sie eine Enttäuschung erlebt - dieses Risiko ist natürlich immer gegeben bei einer so... ungewöhnlichen

Liebe -, glauben Sie nicht, sie würde darüber hinwegkommen?«
»Nein«, erwiderte Edith, ohne zu überlegen.
»Aber ich bitte Sie -«
»Nein, sie würde nicht darüber hinwegkommen«, fiel ihm Edith zornig ins Wort. »Ich weiß es, ich kenne sie. Isabel gehört zu den Menschen, die sich einer Liebe nicht entziehen können. Sie hat nicht die Kraft dazu. Sie wird sich kränken lassen, sie wird sich demütigen lassen, sie wird sich nach jeder Enttäuschung nur noch fester an diesen Menschen klammern, in der Hoffnung, er würde sich eines Tages ändern - und schließlich wird sie daran kaputtgehen.«
Sie schwieg erschöpft und warf Lorenz einen verzweifelten Blick zu.
»Helfen Sie mir«, sagte sie leise. »Bitte! Helfen Sie mir.«
»Aber was soll ich tun?« fragte er verwirrt. »Was kann ich tun?«
»Versuchen Sie, mich so lange wie möglich am Leben zu halten. Geben Sie mir Mittel, die meine Schmerzen stillen. Ich darf jetzt nicht schlappmachen.«
»Sie wissen, daß ich seit langer Zeit nicht mehr praktiziere. Ich muß Sie leider bitten -«
»Nein«, fiel sie ihm ins Wort. »Ich will nicht zu irgendeinem fremden Arzt gehen. Zu Ihnen habe ich Vertrauen.«
»Warum gerade zu mir?« fragte Lorenz überrascht.
»Weil -« Sie zögerte einen Moment und fuhr dann fort: »Weil Sie ein guter Mensch sind. Weil Sie Verständnis für die Nöte anderer haben. Weil -« Er wollte sie unterbrechen, doch sie ließ es nicht zu. »Ich kenne Ihr Geheimnis nicht, Doktor Lorenz. Ich will es auch nicht kennenlernen, es geht mich nichts an. Aber ich spüre, daß Sie gelitten, daß Sie Schweres durchge-

macht haben. Und darum habe ich Vertrauen zu Ihnen. Sie werden mich nicht im Stich lassen.«
Lange Zeit blieb es still zwischen den beiden. Lorenz war beeindruckt. Er konnte diese Frau nicht sympathisch finden, dazu war sie zu hart, zu kompromißlos. Aber sie nötigte ihm Hochachtung ab.
»Gut, ich werde versuchen, Ihnen zu helfen«, sagte er widerwillig. »Aber unter einer Bedingung.«
Sie hob den Kopf.
»Unter welcher?«
»Reden Sie noch einmal mit Mario. Versuchen Sie, ihm gegenüber unvoreingenommen zu sein.«
»Das kann ich nicht«, erwiderte sie feindselig.
»Versuchen Sie es!« Er beugte sich vor und sah ihr gerade in die Augen. »Ich habe Sie zu meinem kleinen Fest eingeladen. Wir wollen fröhlich sein.« Und eindringlicher: »Machen Sie es Ihrer Tochter doch nicht so schwer. Sie liebt diesen Mann. Können Sie nicht ein klein wenig Verständnis dafür aufbringen?«
Sie preßte die Lippen zusammen. Ihre Augen irrten ab. Zögernd sagte sie: »Ich werde es versuchen.«
Lorenz nickte und stand auf. Er machte sich an einem Schrank zu schaffen und holte eine kleine Flasche heraus. »Ich werde Ihnen etwas mitgeben. Viel wird es nicht helfen, aber es wird eine Weile die Schmerzen lindern.«
»Danke«, sagte Edith.
Er trat an den Schreibtisch und zog eine Lade heraus. Während er nach etwas suchte, wurde an die Tür geklopft.
»Was ist?« fragte Lorenz.
»Un momento, Dottore«, kam von draußen die Stimme Antonios.
Lorenz ging zur Tür und öffnete. Das gerötete Gesicht des Kochs wurde sichtbar. Er fuchtelte mit den Armen

und sagte etwas auf italienisch, was Edith nicht verstand.
Lorenz machte eine bedauernde Geste. »Wenn Sie mich einen Augenblick entschuldigen wollen. Ein kleines Problem in der Küche - ich bin gleich wieder da.«
Er ging hinaus und schloß die Tür hinter sich. Edith war allein. Von innerer Unruhe getrieben, stand sie auf und ging in dem kleinen Raum hin und her. Ihr Blick fiel auf die geöffnete Schreibtischlade. Während sie gedankenlos auf das Durcheinander von Papieren, Notizblöcken und sonstigem Krimskrams sah, bemerkte sie im Hintergrund einen metallenen Gegenstand, der ihr Interesse erregte. Es war eine Pistole. Sie starrte einen Augenblick wie gebannt darauf, und in Sekundenschnelle durchzuckte ihr Hirn ein Gedanke: Die Waffe nehmen und ihrem Leben ein Ende machen! Es wäre die einfachste Lösung. Keine Schmerzen mehr, keine peinigenden Sorgen um die Zukunft ihres Kindes, kein qualvoller Tod. Warum tat sie es nicht? Die Gelegenheit war günstig, sie kam vielleicht nie wieder.
Entsetzt schüttelte sie den Kopf. Nein, das wäre feige von ihr, so einfach durfte sie es sich nicht machen.
Ihr wurde so schwach, daß sie nicht mehr stehen konnte. Sie wankte zum Stuhl zurück und setzte sich. Ihr Magen zog sich zusammen. Voller Entsetzen wurde ihr klar, daß die Zeit, die ihr noch blieb, unaufhörlich verrann und sie noch keinen Schritt weitergekommen war.
Einen Augenblick später kam Bernhard Lorenz zurück. Er entschuldigte sich und setzte sich wieder an seinen Schreibtisch. Er zog eine weitere Lade heraus, kramte eine Weile herum und brachte eine Pillenschachtel zum Vorschein. Er gab sie Edith und sagte

ihr, wann und wie oft sie die Tabletten zu nehmen habe. Außerdem versprach er ihr noch schmerzstillende Tropfen. »Nur für den Fall, daß die Anfälle gar zu arg werden.«
»Ich bin Ihnen sehr dankbar«, murmelte sie.
Er sah sie ernst an. »Sie wissen, daß Sie eigentlich in ein Krankenhaus gehören?«
»Ja.«
»Was Sie tun, ist unverantwortlich. Ich fühle mich verpflichtet, Ihnen das noch einmal ausdrücklich zu sagen.«
Edith Hausmann stand auf. Entschlossen erklärte sie: »Ich weiß, daß ich sterben muß. Ob es früher oder später geschieht, ist mir gleichgültig. Ich brauche nur noch soviel Zeit, um die Zukunft meines Kindes zu sichern.«
»Welche Mutter kann das schon?« Lorenz sagte es in leicht spöttischem Ton, da ihn die Unvernunft, die aus Ediths Worten sprach, verstimmte.
»Ich muß es wenigstens versuchen.« Sie nahm die Schachtel mit den Tabletten an sich und tat sie in ihre Handtasche.
Lorenz brachte sie nach draußen. Er gab es auf, weiter in sie zu dringen. Diese Frau war unbelehrbar. Es blieb nur zu hoffen, daß sie in ihrem fanatischen Eifer, die Tochter zu retten, nicht so weit ging, eine Verzweiflungstat zu begehen.

16

Das neapolitanische Fest, zu dem Bernhard Lorenz eingeladen hatte, begann um neun Uhr abends. Es war dunkel geworden, und die Fischer waren bereits ausgefahren. Von der Terrasse, die mit bunten Lampions geschmückt war, sah man die Lichter der Boote weit verstreut über die Bucht.

Als Mario und Isabel erschienen, waren Lorenz und ein Teil seiner Gäste bereits um einen langen Tisch versammelt, der an die Seite gerückt worden war, damit sich die Tänzer später frei bewegen konnten. Es wurde ein Willkommenstrunk gereicht, eine Mischung aus Campari und Rum, von dem Fräulein Bertram behauptete, er verhelfe einem dazu, »wie auf Wolken zu schweben«. Sie war herausgeputzt wie zu einer Karnevalsgesellschaft. Zu einem enganliegenden geschlitzten Rock trug sie eine tief ausgeschnittene Bluse und hatte Blumen ins Haar gesteckt. Sie scharwenzelte mit so viel Eifer und Koketterie um den Gastgeber herum, daß dieser das Schlimmste befürchtete und sich vornahm, in dieser Nacht sein Zimmer abzuschließen. Als er Mario und seine Freundin bemerkte, stand er auf und ging ihnen entgegen.

»Entzückend sehen Sie aus«, begrüßte er Isabel, die in einem hellen Baumwollkleid erschienen war. Um die Schultern lag ein bunter Seidenschal. Der spitze Ausschnitt des Kleides ließ den Ansatz ihrer Brüste sehen.

»Mario, alter Freund, du bist zu beneiden!«
Lorenz klopfte dem Jüngeren freundschaftlich auf die Schulter, nahm Isabel beim Arm und führte die beiden zur Bar. Dabei flüsterte er dem Mädchen zu, die Frau Mama wäre noch nicht erschienen.
»Sie kommt später«, gab Isabel leise zurück. »Sie hat mich extra angerufen, ich soll sie nicht abholen.«
»Weiß Mario -« Lorenz machte eine Kopfbewegung zu dem Neapolitaner, der eben Professor Hurta aus Zürich begrüßte, einen langjährigen Stammgast.
»Ja, er weiß, daß sie kommt.« Isabel lächelte unsicher. »Es wird bestimmt keinen Ärger geben«, setzte sie hinzu.
»Da bin ich nicht so sicher«, erwiderte Lorenz mit trockenem Humor. »Es war eine Schnapsidee von mir, sie einzuladen, aber ich konnte es nicht gut wieder rückgängig machen.«
Isabel setzte sich neben Mario auf einen Barhocker und musterte die Gesellschaft. Da waren zwei Ehepaare aus München, die gelegentlich bei Mario aßen und die sie auch vom Strand her kannte. Es waren ältere, gesetzte Leute, die aus gesundheitlichen Gründen nach Ischia kamen und sich vom Touristenrummel weitgehend fernhielten. Dann war da das bereits animierte Fräulein Bertram, das Mario zur Begrüßung neckisch zugewinkt hatte. Ferner eine Dame aus Frankfurt, Witwe eines Freundes von Lorenz, die von einer jüngeren, gelangweilt aussehenden Nichte begleitet wurde. Im Hintergrund saßen mehrere junge Paare, die wohl als Gäste von auswärts gekommen waren und nun eine geschlossene Gruppe bildeten. Und dann natürlich die Einheimischen, zu denen Luigi, der Inhaber der Casa Sofia, mit seiner deutschen Frau und auch Carlo, der schwarzlockige Boutiquenbesitzer, gehörten. Insgesamt waren es zwanzig bis fünfundzwan-

zig Personen, zu denen noch immer neue dazukamen.
An einem kleinen Tisch an der Brüstung saßen zwei junge Männer in neapolitanischer Tracht, die jeder einen Teller mit Spaghetti vor sich hatten, die sie mit unglaublicher Geschwindigkeit in sich hineinstopften. Mario erklärte Isabel, dies wären die Musikanten, die später zum Tanz aufspielen würden. Er drehte sich zu Lorenz um und fragte, wo denn die Sängerin bliebe, die an diesem Abend auftreten solle.
»Sie macht sich noch hübsch«, erwiderte der Doktor augenzwinkernd. »Sie wird jeden Augenblick kommen.«
Carlo, der die letzten Worte gehört hatte, wollte wissen, ob sie wirklich so attraktiv sei, wie allgemein behauptet wurde.
»Laß dich überraschen!« Lorenz zog vielsagend die Brauen in die Höhe. »Du wirst bestimmt nicht enttäuscht werden.«
Mario rutschte von seinem Hocker herunter. »Ich gehe mal ein paar Freunde begrüßen«, sagte er zu Isabel. »Willst du mitkommen?«
Sie schüttelte den Kopf. »Ich bleibe lieber hier.« Es erschien ihr ratsam, den Eingang im Auge zu behalten, damit sie ihre Mutter, wenn diese auftauchte, gleich in Empfang nehmen konnte.
Carlo nahm den freigewordenen Platz neben ihr ein. »Endlich kann ich mal ein paar Worte mit Ihnen allein reden«, sagte er und legte ihr die Hand auf den Arm. »Darauf warte ich schon lange.«
Sie rückte etwas von ihm ab. Den schwarzgelockten Carlo, der dafür bekannt war, daß er seine Affären mit Touristinnen überall herumerzählte und zynische Bemerkungen darüber machte, konnte sie nicht leiden. Seinen vertraulichen Ton ignorierend, bemerkte sie

kühl: »Sie werden nicht viel Freude an mir haben. Ich bin heute abend nicht sehr gesprächig, ich habe Kopfschmerzen.«

»Oh, das tut mir leid.« Er beugte sich vor und sagte leise, nur für sie vernehmbar: »Wissen Sie eigentlich, daß Sie mir sehr gut gefallen, Isabel? Wenn Sie einmal Schwierigkeiten mit Mario haben sollten - mit mir können Sie immer rechnen.«

Sie errötete vor Ärger über die plumpe Bemerkung, drehte sich um und begann, über die Theke hinweg mit Maria zu plaudern.

Carlo, wütend darüber, abgeblitzt zu sein, trank in einem Zug sein Glas aus und hielt es Maria hin, damit sie es wieder füllte. Er murmelte eine Bemerkung, die Isabel zum Glück nicht verstand, und wandte sich dann seiner Nachbarin zur Linken zu, einer sommersprossigen Zahnärztin aus Dortmund, die ihn aus kurzsichtigen Augen abschätzend taxierte. Es dauerte nicht lange, und die beiden waren in ein Gespräch vertieft, das Carlo so in Anspruch nahm, daß er Isabel darüber vergaß.

Die beiden Musikanten hatten inzwischen ihre Teller geleert und standen auf. Im selben Augenblick klatschte Bernhard Lorenz in die Hände, bat um Aufmerksamkeit und hielt eine kurze Ansprache. Er dankte allen Gästen für ihr Kommen und kündigte an, daß in wenigen Minuten Signorina Margherita aus Napoli auftreten würde, um einige Lieder ihrer Heimat zu singen.

Während der Mandolinenspieler sein Instrument stimmte, schüttelte sein Kollege das Tamburin mit den Schellen, hob es mit beiden Armen hoch und vollführte dazu ein paar Tanzschritte. Dann stimmten beide eine flotte Weise an, und Lorenz sprang auf, zog die Witwe aus Frankfurt auf die Tanzfläche und eröffnete mit ihr den Tanz. Es folgten Mario und Isabel, Carlo mit der kurzsichtigen Zahnärztin und noch einige andere Paare.

Als schließlich die Sängerin Margherita erschien, klatschte Lorenz abermals in die Hände und machte allen ein Zeichen, sich zu setzen. Er nahm Margherita beim Arm, führte sie in die Mitte der Terrasse und bat um Begrüßungsapplaus. Die Gäste, beeindruckt von der außergewöhnlichen Schönheit der Neapolitanerin, kamen dieser Aufforderung gerne nach.

Margherita begann zu singen. Dieser Gesang, teils wehmütig, teils heiter, wirkte auf alle Anwesenden seltsam bewegend. Margherita besaß eine weiche, einschmeichelnde Stimme, die das Gefühl unmittelbar ansprach. Sie verstand es, ihre Zuhörer zu rühren, konnte sie aber auch wieder zum Lachen bringen.

Nachdem sie geendet hatte, brach stürmischer Beifall los, der erst abbrach, nachdem sie in gebrochenem Deutsch eine Zugabe versprach.

»Was Sie gerne wollen hören?« fragte sie lächelnd.

»A tazza è caffé!« rief Mario laut, und die Sängerin nickte und gab dann das kleine Liedchen so drollig und temperamentvoll zum besten, daß Mario, nachdem sie geendet hatte, spontan aufsprang und mit ausgestreckten Händen auf sie zuging. Da alles wieder applaudierte, konnte Isabel nicht verstehen, was er zu ihr sagte, aber es mußte etwas Hübsches gewesen sein, denn Margherita blickte ihn strahlend an.

In dem Gedränge um das kalte Büfett, das nun einsetzte, versuchte Isabel vergeblich, wieder an Mario heranzukommen. Er stand immer noch bei der Sängerin, redete lebhaft auf sie ein und hatte für nichts anderes mehr Augen.

Während Isabel noch unschlüssig dastand und die bei-

den beobachtete, hörte sie Lorenz hinter sich sagen: »Ihre Mama ist eben gekommen.«
Sie fuhr herum. »Wo - wo ist sie?«
»Sie hat sich ganz nach hinten in eine Ecke gesetzt. Kommen Sie - ich bringe Sie zu ihr.«
Isabels Miene umwölkte sich. Sie hatte schon gehofft, Edith hätte es sich anders überlegt. Daß sie ausgerechnet in diesem Moment auftauchen mußte, wo Mario nicht an ihrer Seite war, paßte ihr gar nicht. Jetzt würde es gleich wieder heißen, er vernachlässige sie.
Edith saß allein auf der Bank neben dem Kamin und beobachtete von dort aus aufmerksam das Treiben. Sie war gekommen, als die Sängerin ihr letztes Lied beendet hatte und alles applaudierte. Da sie sich von Anfang an im Hintergrund hielt, blieb sie zunächst von Lorenz unbemerkt und konnte sich in aller Ruhe umsehen. Es entging ihr nicht, daß Mario mit der Sängerin plauderte und ihr ganz offensichtlich Schmeichelhaftes sagte. Sie suchte und fand aber auch unter all den Fremden ihre Tochter, die - allein gelassen - wie gebannt auf den Geliebten starrte und mit ihren Blikken vergeblich versuchte, seine Aufmerksamkeit zu erregen.
Als Isabel in Begleitung von Lorenz auftauchte, zog Edith sie sofort neben sich auf die Bank und begann auf sie einzureden. Sie sagte ihr, wie hübsch ihr Kleid und ihre Frisur wären und daß es ihr leid täte, nicht eher gekommen zu sein. »Es ging mir nicht gut. Ich mußte mich eine Weile hinlegen.«
Ihr Ton war unnatürlich, verkrampft. Auch Lorenz fiel das auf, und er machte sich seine Gedanken. Sie sah an diesem Abend nicht unvorteilhaft aus, fand er, aber das konnte nicht über die Unruhe hinwegtäuschen, die von ihr ausging. Die ganze Frau wirkte wie eine gespannte Feder.

Edith wechselte ein paar höfliche Worte mit Lorenz und beglückwünschte ihn zu der hübschen Dekoration.
»Nicht mein Verdienst«, wehrte er ab. »Das haben meine Leute gemacht. Sie haben sich wirklich Mühe gegeben. Wie wäre es mit einem Glas Wein?« fragte er, und als Edith nickte: »Roten oder weißen?«
»Lieber ein Glas Rotwein. Ich glaube, das bekommt mir besser.« Er entfernte sich, Edith legte einen Arm um ihre Tochter und wollte wissen, ob sie sich gut unterhalte.
»Sehr gut - danke.«
Isabel sah sich unauffällig nach Mario um. Sie saß wie auf glühenden Kohlen. Warum kam er nicht? Redete er immer noch mit diesem Mädchen? Es war begreiflich, daß sie ihm gefiel, aber gerade an diesem Abend durfte er sie nicht im Stich lassen; die Situation war kritisch genug.
Das Gespräch zwischen Mutter und Tochter versikkerte. Es gab nichts mehr zu sagen. Lorenz kam mit dem Wein, doch Edith stellte das Glas beiseite, ohne daraus zu trinken. Mit starrem, ausdruckslosem Gesicht saß sie da und wartete darauf, daß der Mann, um dessentwillen sie hierhergekommen war, endlich auftauchte.
Isabel hielt es nicht länger aus. Sie stand auf, bat ihre Mutter, sie einen Moment zu entschuldigen, und machte sich auf die Suche nach Mario. Sie fand ihn schließlich in der entgegengesetzten Ecke. Er lehnte lässig an der Brüstung, neben ihm, so nah, daß sich ihre Hände berührten, die neapolitanische Sängerin.
Isabel trat auf die beiden zu. »Ich habe dich gesucht«, sagte sie zu Mario. »Meine Mutter ist gekommen.«
Mario sah sie an wie eine Fremde. Er sagte etwas auf italienisch zu der Sängerin, was Isabel nicht verstand,

da es neapolitanischer Dialekt war. Die dunkle Schönheit lachte und zuckte die Achseln.
Wie auf ein Stichwort tauchte in diesem Moment Bernhard Lorenz auf. Er bat die Sängerin mitzukommen. Einer seiner Gäste habe den Wunsch geäußert, ein bestimmtes Lied zu hören. Er wartete ihre Zustimmung gar nicht erst ab, sondern nahm Margherita einfach bei der Hand und ging mit ihr davon.
»Hast du das arrangiert?« fragte Mario und sah Isabel an. »Bist du schon wieder eifersüchtig?«
»Unsinn!« Sie beugte sich zu ihm und sagte eindringlich: »Mario, du weißt, du kannst machen, was du willst. Ich bitte dich nur dieses eine, einzige Mal, laß das Mädchen in Ruhe und kümmere dich heute abend um mich.«
Er erwiderte, was sie nicht so schnell erwartet hätte: »Wer sagt, daß ich mich nicht um dich kümmern werde? Ich wäre schon gekommen, keine Angst. Ich habe mich nur ein paar Minuten mit der Kleinen unterhalten.«
»Ein paar Minuten? Mindestens eine halbe Stunde.«
»Hast du auf die Uhr gesehen?« fragte er spöttisch.
Er schob zwei Finger unter ihr Kinn und zwang sie, ihn anzusehen. »Meine *cara* ist wütend auf mich, nicht wahr? Dabei hat sie gar keinen Grund.«
War das nun Scherz oder Ernst? Sie vermochte es nicht zu sagen. Er war jetzt wieder freundlich zu ihr, aber sie fühlte, daß sich dahinter eine Absicht verbarg. Wollte er sie vielleicht nur in Sicherheit wiegen, um sie so schnell wie möglich loszuwerden - sie und ihre Mutter, damit er die Nacht mit dem Mädchen verbringen konnte?
»Komm jetzt!« sagte sie und nahm seine Hand. »Ich kann meine Mutter nicht so lange warten lassen.«
Sie gingen hinüber zu Edith.

Als Isabel ihre Mutter erblickte, erfaßte sie plötzlich ein Gefühl von Furcht; ihr war, als hätte eine eisige Hand sie berührt. Nimm dich zusammen, sagte sie zu sich selbst. Sie schob alles auf ihre überreizten Nerven und trat lächelnd, Hand in Hand mit Mario, auf Edith zu.

Zunächst sah es so aus, als sollten sich ihre Befürchtungen als grundlos erweisen. Edith war freundlich zu Mario. Sie bat ihn, sich neben sie zu setzen, und plauderte über belanglose Dinge mit ihm. Isabel saß daneben und hörte zu. Sie fragte sich, wie es möglich war, daß sich ihre Mutter dermaßen verstellen konnte. Sie benahm sich, als wäre ihr Mario als Freund ihrer Tochter hochwillkommen.

Mario ging auf den leichten Plauderton ein. Er beantwortete liebenswürdig Fragen, die seine Familie und seine beruflichen Pläne betrafen, doch Isabel, die ihn genau kannte, sah die Spottlichter in seinen Augen und fragte sich, wie lange er die Geduld aufbringen würde, diese idiotische Ausfragerei über sich ergehen zu lassen.

»Meine verehrten Gäste!« Lorenz' Stimme ertönte wieder durch das Mikrofon. »Ich bitte noch einmal um Ihre Aufmerksamkeit für Signorina Margherita. Auf besonderen Wunsch wird sie uns jetzt das Lied ›Ti voglio bene assai‹ singen.«

Applaus erklang und verebbte wieder. Margherita trat in die Mitte der Tanzfläche. Das Licht eines rötlichen Scheinwerfers lag auf ihrem Gesicht. Sie verbeugte sich lächelnd nach allen Seiten. Als sie Mario bemerkte, warf sie ihm eine Kußhand zu.

»Eine hübsche Person«, bemerkte Edith halblaut zu ihm. Es klang honigsüß, doch der Blick, mit dem sie ihn ansah, war hart.

Er begriff, daß sie ihn die ganze Zeit über genarrt

hatte. Sie wartete nur auf eine Gelegenheit, ihn anzugreifen.
Es reizte ihn plötzlich, sie zu brüskieren, doch noch ehe er etwas erwidern konnte, begann Margherita zu singen.
»Ti voglio bene - ti voglio bene . . .«
Sie sang dieses Lied mit einer Hingabe, die jeden der Zuhörer in ihren Bann schlug. Sehnsucht und Verlangen waren in ihrer Stimme, und jeder Blick ihrer dunklen Augen war eine einzige Herausforderung.
Mario hing an ihren Lippen.
Der Applaus war stürmisch. Man forderte Zugaben. Sie war jetzt in Höchstform. Und immer wieder war es Mario, den sie ansah, den sie mit Blicken lockte, mit ihrer Stimme betörte.
Lorenz trat schließlich vor und erklärte, jetzt sei Schluß. Man dürfte Margherita nicht überfordern. Nachdem sie ein letztes Lied gesungen hatte, führte er sie unter dem Beifall der Gäste von der Tanzfläche hinunter zur Bar.
Alles redete und lachte nun wieder laut durcheinander.
Isabel stand auf. Sie war blaß.
»Entschuldigt mich einen Augenblick«, sagte sie. »Ich bin gleich wieder zurück.«
Sie ging davon. Mario wollte ebenfalls aufstehen, doch Edith hielt ihn zurück. »Sie bleiben hier.«
Er sah sie an und erschrak. Ihr Gesicht war verzerrt. Haßerfüllt starrte sie ihn an.
»Wo wollen Sie hin?« Ediths Stimme zitterte vor unterdrückter Wut. »Wollen Sie zu dieser Person? Das verbiete ich Ihnen.« Mario glaubte nicht recht gehört zu haben. Schon hatte er eine spöttische Erwiderung auf den Lippen, da redete Edith bereits weiter: »Sie haben sich unmöglich benommen. Meine Tochter ist au-

ßer sich. Wenn Sie auch nur eine Spur von Verständnis für sie haben, dann entschuldigen Sie sich bei ihr.«
»Entschuldigen?« Mario begann zu lachen. »Wofür soll ich mich entschuldigen? Ich habe doch nichts getan.«
»Sie haben sich den ganzen Abend nicht um sie gekümmert. So etwas tut man nicht, wenn man eine Frau liebt. Aber was rede ich da – Sie lieben sie ja nicht, sie ist Ihnen gleichgültig. Sie profitieren von ihr, aber –«
»Jetzt habe ich aber genug«, fiel ihr Mario ins Wort. »Ich verbitte mir diesen Ton. Isabel ist zum Glück eine vernünftige Person. Sie würde gar nicht auf die Idee kommen, mir Vorhaltungen zu machen. Wir sind schließlich nicht verheiratet. Ich kann machen, was ich will.«
»Nein, das können Sie nicht«, rief Edith aufgebracht. Und dann, leiser jetzt, aber sich nur mühsam beherrschend: »Begreifen Sie denn nicht, wie weh Sie ihr tun?«
Mario schwieg.
Sie beugte sich vor und redete eindringlich weiter: »Gehen Sie ihr nach. Sagen Sie ein paar nette Worte zu ihr.«
»Ich denke nicht daran«, erwiderte Mario. Er war jetzt bockig. Wie kam diese Frau dazu, in diesem Ton mit ihm zu reden? Er stand auf. »Lassen Sie mich in Ruhe. Sie tun Ihrer Tochter keinen Gefallen, wenn Sie sich in Dinge einmischen, die Sie nichts angehen. Am besten, Sie packen Ihre Koffer und verschwinden.«
Er ging davon.
Edith sah fassungslos hinter ihm her.
Mario machte sich auf die Suche nach Isabel. Er fand sie im hintersten Winkel der Halle. Sie blickte ihm

verstört entgegen. Ihre Augen waren gerötet. Sie hatte geweint.

Ein freundliches Wort von ihm hätte die Situation retten können. Doch dieses Wort kam nicht über seine Lippen.

Kalt sagte er: »Es war töricht von dir, davonzulaufen. Deine Mutter bildet sich ein, ich würde mich bei dir entschuldigen, aber ich denke nicht daran. Ich habe ihr gesagt, sie soll ihre Koffer packen und verschwinden. Und wenn du dich weiter so kindisch benimmst, dann kannst du gleich mitfahren.« Die letzten Worte hatte er in herausforderndem Ton gesagt.

»Ist das dein Ernst?« Ihre Lippen begannen zu zittern.

Und er, immer noch die scharfe Stimme der Mutter im Ohr, erwiderte ungerührt: »Certo. Ich habe keine Lust, mich deinetwegen überall lächerlich zu machen.«

Einen Augenblick zögerte sie, doch dann riß die Erregung sie fort.

»Gut, wenn du es willst, dann gehe ich«, sagte sie. »Vielleicht ist es besser so.«

Kaum hatte sie es ausgesprochen, hätte sie die Worte am liebsten zurückgenommen, doch nun war es zu spät.

Er nickte gleichmütig.

Isabel begann zu weinen. Die Tränen, die sie nicht länger zurückhalten konnte, liefen über ihr Gesicht.

Draußen begann wieder die Musik zu spielen.

Mario ballte die Fäuste. Diese Tränen gaben ihm den Rest.

Dort draußen wurde gelacht und gesungen. Die Paare drehten sich im Tanz. Er aber stand hier und durfte nicht mitmachen.

Etwas in ihm bäumte sich auf. Laß sie weinen, dachte er. Was geht es mich an?

»Wie du meinst«, sagte er. »Aber komm nicht nach drei Tagen wieder an und sage, es täte dir leid.«
Damit drehte er sich um und ging.
Isabel erstarrte.
Was hatte sie getan? War sie wahnsinnig geworden? Monatelang hatte sie alles ertragen, hatte um ihrer Liebe willen jede Kränkung, jede Demütigung auf sich genommen. Und nun dies! Sie gab ihn auf. Sie erklärte sich bereit, ihn zu verlassen.
Nein, nein und nochmals nein! Sie dachte gar nicht daran. Sie mußte einen Augenblick den Verstand verloren haben.
Mario - sie lief durch die Halle, besann sich dann und ging wieder zurück. Ein Spiegel! Sie mußte erst ihr Gesicht wieder in Ordnung bringen. So verheult, wie sie aussah, konnte sie Mario nicht unter die Augen treten.
Dann war sie in dem kleinen Vorraum neben der Toilette und drückte ein feuchtes Taschentuch gegen ihre Augen.
Wie ein Geist stand plötzlich Edith hinter ihr. Im Spiegel begegneten sich ihre Blicke.
»Meine arme Kleine -«
Edith wollte den Arm um sie legen, doch Isabel stieß sie zurück.
»Laß das! Du bist an allem schuld. Wärst du nicht hierhergekommen, dann wäre das alles nicht passiert.«
»Du verteidigst ihn noch?« fragte Edith erbittert.
»Natürlich verteidige ich ihn! Er spielt doch nur verrückt, weil du da bist. Weil er sich beweisen muß, daß er ein freier Mann ist, daß er nicht kuscht vor dir.«
»Du bist ja verrückt geworden«, sagte Edith schroff. »Hör endlich auf, dir selbst etwas vorzumachen. Komm nach draußen! Sieh ihn dir an, deinen Liebha-

ber. Er tanzt mit dem Mädchen. Und wie er tanzt! Die anderen stehen drumherum und klatschen. Wenn er auch nur einen Funken Anstand besäße, dann würde er dir so etwas nicht antun.«

Isabel drehte sich um. »Du hast keine Ahnung«, murmelte sie. »Keine Ahnung -!« Sie machte ein paar Schritte zur Tür hin, blieb stehen und lauschte nach draußen. Lärm und Gelächter. Dazwischen ein paar Hochrufe.

Edith näherte sich ihr. »Wenn ich du wäre -«, begann sie.

»Du bist es nicht.«

»Aber du kannst dir doch das nicht bieten lassen«, rief Edith aus. »Wenn noch ein Rest von Stolz in dir vorhanden ist -«

Isabel begann zu lachen. Es klang unnatürlich. »Du hast keine Ahnung«, wiederholte sie, immer noch lachend. »Ich habe keinen Stolz mehr, das solltest du inzwischen gemerkt haben.«

»Aber Kind . . . ich bitte dich -« Edith wollte noch etwas sagen, doch Isabel schüttelte den Kopf und lief hinaus.

Edith stand wie versteinert. Sie hörte, daß die Musik wieder zu spielen begann. Sie stellte sich vor, wie Isabel jetzt abseits stand und mit brennenden Augen zu dem Geliebten hinübersah, der eine andere im Arm hielt.

Sie richtete sich auf. Ihr Gesicht nahm einen entschlossenen Ausdruck an. Sie wußte, was sie zu tun hatte.

Edith blickte sich um. Die Halle war leer. Auch aus der Küche kamen keine Geräusche. Maria und das übrige Personal waren auf der Terrasse. Sie lief den Korridor entlang, sich immer wieder umsehend, ob niemand hinter ihr war. Da - die letzte Tür . . . hier

mußte es sein. Sie blieb stehen und blickte sich noch einmal um. Niemand in der Nähe, sie war allein.
Vorsichtig drückte sie die Klinke herunter und öffnete die Tür. Das Zimmer war leer. Sie ging auf den Schreibtisch zu, ruhig jetzt, ohne Zögern.
Sie zog die rechte mittlere Lade auf, griff hinein und holte die Pistole heraus. Sie überzeugte sich davon, daß sie geladen war.
Zwei Minuten später war sie wieder in der Halle. Die Waffe befand sich in ihrer Handtasche. Jetzt erst begann sie zu zittern. Einen Moment preßte sie die Hand auf ihr wild klopfendes Herz.
Ruhig! sagte sie zu sich selbst. Ruhig . . . ruhig!
Schritte näherten sich: Es war Fräulein Bertram. Sie betrat die Halle, ein Lied vor sich hin trällernd. Als sie Edith sah, blieb sie stehen.
»Ist Ihnen nicht gut?« fragte sie besorgt. »Sie sind ganz blaß.«
Edith zwang sich zu einem Lächeln.
»Das kommt Ihnen nur so vor. Es geht mir ausgezeichnet.«
Fräulein Bertram verschwand in der Toilette. Edith straffte die Schultern, vergewisserte sich noch einmal, daß die Handtasche verschlossen war, und ging nach draußen.
Auf der Terrasse hielt Edith vergeblich Ausschau nach Mario und der Sängerin. Sie waren verschwunden.
Isabel saß an der Bar, umgeben von mehreren jungen Leuten, und trank. Edith beobachtete sie eine Weile. Sie sah, daß sie sich ihr Glas immer wieder von neuem füllen ließ, daß sie mit den anderen lachte und redete, dabei aber einen erbarmungswürdigen Anblick bot.
Edith hielt es schließlich nicht länger aus und ging zu Lorenz, um ihn zu fragen, was man tun könne. Er bot sich an, Isabel für den Rest der Nacht ein Zimmer zur

Verfügung zu stellen. Als Initiator dieses Festes fühlte er sich für das, was geschehen war, verantwortlich. Er sagte Edith, es tue ihm leid, daß das passieren mußte. Er hätte auf Mario besser aufpassen müssen. Auf keinen Fall hätte er zulassen dürfen, daß er mit der Sängerin einfach auf und davon ging.
Er ging zur Bar und redete eine Weile auf Isabel ein, doch sie schüttelte immer wieder den Kopf wie ein störrisches Kind. Schließlich hob er sie kurzerhand vom Hocker. Sie taumelte und wäre glatt hingeschlagen, hätte er sie nicht festgehalten.
Edith folgte den beiden ins Haus. Im Zimmer gab es zwischen Mutter und Tochter eine kurze heftige Szene, die damit endete, daß Isabel einen Weinkrampf bekam. Lorenz schickte Edith hinaus.
»Es hat keinen Sinn, daß Sie hierbleiben. Sie sehen doch, es regt sie zu sehr auf.«
Er rief nach Maria und bat sie, das Mädchen ins Bett zu bringen.
Edith mußte draußen warten. Sie war außer sich, am Rande ihrer Beherrschung.
Lorenz gab Isabel eine Beruhigungsspritze und blieb so lange bei ihr, bis sie eingeschlafen war. »Lassen Sie sie hier«, sagte er dann zu Edith. »Ich werde mich weiter um sie kümmern. Sie hat einfach zuviel getrunken.«
Inzwischen war es zwei Uhr morgens geworden. Die letzten Gäste kehrten mit einem Boot nach Angelo zurück. Man forderte Edith auf mitzukommen, doch sie lehnte ab. »Ich gehe lieber zu Fuß.«
Nun war sie allein. Eine Weile irrte sie am Strand entlang, eine einsame Gestalt mit gesenktem Kopf, die Hände in die Taschen ihrer Jacke vergraben. Manchmal blieb sie stehen und blickte auf das mondbeschienene Wasser, ohne zu erfassen, was sie sah. Nach einer Weile nahm sie ihre Wanderung wieder auf.

Das Bild Isabels, ihr armes, vom Weinen verquollenes Gesicht, stand ihr deutlich vor Augen. Sie wiederholte immer wieder die Worte, die sie zu ihr gesagt hatte, dieses unfaßbare Eingeständnis ihrer Abhängigkeit: ›Ich habe keinen Stolz mehr.‹ An der Wahrheit dieser Worte zweifelte Edith nicht. Aber diese Wahrheit war unerträglich für sie. Sie konnte sie nicht akzeptieren. Hätte sie nicht selbst all das am eigenen Leib erfahren, dieses törichte Vertrauen zu einem anderen Menschen, diese Hingabe, dieser Wechsel von Glück und Verzweiflung, von Hochgefühl und Erniedrigung, vielleicht hätte sie resigniert und Isabel ihrem Schicksal überlassen. So aber brachte sie es nicht übers Herz.

Noch war ihre Tochter jung genug, ein neues Leben anzufangen. In ein paar Jahren schon würde es zu spät sein!

Edith wurde kalt. Sie stand, vom Wind bedrängt, am Strand und wartete. Marios Haus lag im Dunkeln. Sie hatte an der Tür gerüttelt, doch niemand hatte geantwortet. Er war nicht da.

Wie spät mochte es sein? Sie wußte es nicht. Ihre Uhr war stehengeblieben. Wie lange irrte sie hier schon umher? Eine Stunde? Zwei? Es war gleichgültig.

Irgendwann würde er kommen.

17

Mario kehrte gegen vier Uhr morgens aus Panza zurück. Er hatte die Nacht im Haus seiner Mutter verbracht - zusammen mit Margherita. Er fuhr den Wagen in die Felsengarage am Ortseingang vor Angelo. Danach machte er sich auf den Weg zu Isabel.

Noch nie in seinem Leben hatte er sich so sehr geschämt. Wie rücksichtslos er auch immer gegen Isabel gewesen war, wenn es um eine andere Frau ging - was er sich heute nacht geleistet hatte, erschien selbst ihm als eine brutale Entgleisung, die nicht zu entschuldigen war. Er hatte die dringende Bitte seiner Geliebten, sie dieses eine Mal nicht zu enttäuschen, ignoriert. Darüber hinaus hatte er verletzende Worte zu ihr gesagt und sie aufgefordert, Ischia zu verlassen. Das war eine Gemeinheit gewesen.

Er wußte selbst nicht, was in ihn gefahren war. Vieles kam zusammen: die Einmischung der Mutter, Isabels Tränen, die er nicht ertrug, die heitere Stimmung des Festes und natürlich die Reize der Neapolitanerin.

Er hatte den Kopf verloren.

Da er wußte, daß seine Mutter in Neapel war, hatte er Margherita mit in das Haus seiner Mutter in Panza genommen. Dorthin konnte ihm Isabel nicht folgen. In den Armen Margheritas hatte er ein paar Stunden - nein, nicht des Glücks - der ungehemmten Lust verbracht. Das war nun vorbei. Der wilde Drang, den er plötzlich verspürt hatte, war befriedigt. Jetzt trieb es

ihn zu Isabel. Sie liebte ihn. Sie war die einzige Frau, die ihn je wirklich geliebt hatte. Es war ihre Stärke und gleichzeitig ihre Schwäche. Und er nützte diese Schwäche immer wieder aus. Diesmal war er zu weit gegangen. Er zerbrach sich den Kopf, was er ihr sagen sollte, um sie zu versöhnen. Ihm fiel nichts ein.
Erst nachdem er längere Zeit gegen den Fensterladen geklopft hatte, ohne daß sich drinnen etwas rührte, begriff er, daß sie nicht da war. Eine jähe Freude durchzuckte ihn. Sie war bei ihm! Sie wartete auf seine Rückkehr. Wieviel Liebe und Anhänglichkeit mußten in ihr stecken, jetzt noch, nach allem, was er ihr angetan hatte, zu ihm zu gehen und auf seine Rückkehr zu warten!
Er begann zu laufen. Er rannte den ganzen Weg bis hinunter zum Strand. Er konnte es plötzlich kaum noch erwarten, bei ihr zu sein, sie zu trösten, sie zu umarmen, ihren Körper an sich zu drücken.
Er blieb einen Augenblick stehen, um Atem zu holen. Ein grauer, verhangener Tag brach an. Da hinten, im milchigen Frühlicht, lag sein Haus.
»Cara - dio mio!« Da stand sie! Sie wartete auf ihn . . .
»Cara!« schrie er und lief in großen Sprüngen weiter. »Cara -«
Als er seinen Irrtum erkannte, war es zu spät. Er hatte keine Chance mehr. Auf drei Schritt Entfernung sah er den Lauf einer Pistole auf sich gerichtet. Ein bleiches Gesicht starrte ihn an, von Haß entstellt.
Mario keuchte: »Tun Sie das nicht, signora . . . tun Sie das nicht!«
In seinen Aufschrei hinein krachten die Schüsse.
Mario brach zusammen.
Edith stand einen Augenblick wie erstarrt. Dann hob sie die Waffe und schoß noch einmal . . . und wieder -

aus Angst, sie könnte nicht gut genug getroffen haben.
Langsam, Schritt für Schritt kam sie näher. Sie beugte sich über den reglos daliegenden Körper.
Ihr Herz klopfte wie rasend. Der Schmerz in der Magengrube war wie ein Messer. Sie rang nach Luft und preßte mehrere Minuten die Hand auf den Leib, als könnte sie damit den Schmerz betäuben.
Mario war tot! Er atmete nicht mehr. Seine Augen standen offen. Edith warf einen letzten Blick auf die Leiche. Der Anblick erschreckte sie nicht, er flößte ihr Ruhe ein.
Ihr Kind, ihr kleines Mädchen . . . es war gerettet!
Sie sah auf die Uhr. Fast fünf Uhr morgens. Sie würde zu Lorenz gehen und ihn aufwecken. Er mußte die Polizei verständigen.
Sie hatte keine Angst vor dem, was auf sie zukam. Man würde sie verhaften und ins Gefängnis bringen. Man würde ihr den Prozeß machen, aber das Ende dieses Prozesses würde sie nicht mehr erleben. So einfach war das.
Nur eines blieb noch zu tun: Sie mußte Isabel klarmachen, warum sie es getan hatte, daß es notwendig gewesen war.
Isabel! Eben noch war sie ruhig gewesen, doch bei dem Gedanken an die Tochter befiel sie ein Zittern.
Was hatte sie getan? Sie hatte einen Menschen getötet. Den einzigen Menschen, der Isabel etwas bedeutete. Wie würde sie es aufnehmen? Ihr Kind liebte diesen Mann. Es hatte gehofft, mit ihm glücklich zu sein. Und sie . . . sie hatte diese Hoffnung zerstört.
»Es mußte sein«, murmelte sie vor sich hin. »Es mußte sein . . .«
Sie begann zu laufen.
Als sie vor dem Albergo stand, war sie am Ende. Sie

zitterte am ganzen Körper, klammerte sich an das Treppengeländer, das hinauf zur Terrasse führte.
Bernhard Lorenz war noch wach. Er hörte Ediths Stimme, ging zum Fenster und stieß den Laden auf.
Sie brauchte ihm nichts zu erklären. Er sah die Pistole in ihrer Hand und wußte, was geschehen war. Schweigend führte er sie ins Haus.

Mutter und Tochter sahen einander erst eine Woche später im Gefängnishospital. Sie hatten beide Angst vor diesem Wiedersehen. Isabel glaubte, den Anblick ihrer Mutter nicht ertragen zu können, doch Lorenz hatte ihr gesagt, Edith habe nur noch kurze Zeit zu leben. Er bestand darauf, daß sie zu ihr ging.
Isabel erschienen die Tage, die hinter ihr lagen, wie ein böser Traum. Sie war völlig aus der Bahn geworfen, ohne Halt, ohne Trost. Nichts kam an sie heran.
Lorenz war es, der ihr die Nachricht brachte. Sie hatte ihm nicht geglaubt. Er mußte sie zu dem Toten führen. Sie hatte bis zum anderen Morgen neben dem aufgebahrten Leichnam gesessen, umgeben von schluchzenden und weinenden Menschen. Die Mutter - die Brüder - die Verwandten und Freunde . . . eine antike Totenklage, wie sie hierzulande üblich war. Gebete und Wehgeschrei, das die ganze Nacht nicht verstummte.
Dann die Beerdigung in Panza bei strahlend blauem Himmel. Halb Angelo zog hinter dem geschmückten Sarg her; die Bewohner von Panza, die Mario gekannt hatten, Freunde und Bekannte aus Serrara, Fontana, Testaccio und anderen Ortschaften der Insel. Isabel mußte unzählige Hände drücken, doch sie wurde auch von mißtrauischen und feindseligen Blicken gestreift. Die Inselbewohner beklagten diesen entsetzli-

chen Mord und gaben Isabel insgeheim die Schuld daran.
Lorenz nahm sie nach der Beerdigung mit in sein Haus. Er ließ sie tagelang nicht aus den Augen, sprach mit ihr, tröstete sie, versuchte sie aufzurichten.
Isabel war ihm dankbar für seine liebevolle Rücksichtnahme, doch die Leere in ihr, diese entsetzliche Leere, konnte auch er nicht überbrücken.
Und nun also das Wiedersehen mit ihrer Mutter. Es graute ihr davor, aber sie konnte sich Lorenz' Argument, man dürfe eine Sterbende nicht im Stich lassen, nicht verschließen.
Das Zimmer, in das man sie führte, war ein kahler Raum mit vergitterten Fenstern. Das Bett stand links neben der Tür. Edith lag mit dem Gesicht zur Wand. Als sie Schritte und Stimmen hörte, drehte sie sich um.
»Ich lasse Sie allein«, sagte eine weißgekleidete Nonne auf italienisch zu Isabel. »Sie dürfen nicht länger als zehn Minuten bei ihr bleiben.«
Die Nonne ging hinaus und schloß die Tür hinter sich.
Isabel setzte sich auf den Stuhl, der neben dem Bett stand.
»Ich danke dir, daß du gekommen bist«, sagte Edith.
Isabel erwiderte nichts. Sie blickte ihre Mutter schweigend an.
»Hat man dir gesagt, daß ich sterben muß?« fragte Edith.
»Ja.«
Es wurde sehr still in dem kleinen Raum.
Isabel blickte an ihrer Muter vorbei und sah über dem Kopfende des Bettes ein schmales Holzkreuz. Sie sagte mit matter Stimme: »Ich hoffe, du hast keine zu großen Schmerzen.«

»Es ist auszuhalten.«
Nun geschah das, wovor Edith sich am meisten gefürchtet hatte: Isabel schlug die Hände vor das Gesicht und begann zu weinen.
Edith überlegte, wie sie ihre Tat rechtfertigen sollte. Doch während sie noch vergeblich nach Worten suchte, nahm Isabel die Hände vom Gesicht und sah sie an. Und so verzweiflungsvoll war dieser Blick, daß Edith plötzlich begriff, daß es keine Rechtfertigung für sie gab. Dieser Schmerz . . . diese Leere - dieses Erloschensein - sie hatte das auf dem Gewissen.
»Kind«, murmelte sie. »Kind -«
»Warum hast du das getan?« fragte Isabel.
»Ich wollte dich retten.«
»Du hast nichts begriffen - gar nichts. Ich war glücklich mit Mario.«
»Er hätte dein Leben zerstört.«
»Jetzt hast du es zerstört«, sagte Isabel mit harter Stimme.
Edith wollte etwas erwidern, doch sie brachte keinen Ton heraus.
Isabel rannen die Tränen übers Gesicht. »Ich weiß, du hast es aus Liebe getan«, sagte sie. »Aber was ist das für eine Liebe, die nichts begreift?«
Sie hörte Schritte draußen auf dem Gang und stand auf. Edith lag mit geschlossenen Augen da, während die Schwester, die hereingekommen war, ein paar Worte mit Isabel wechselte.
»Bleib noch«, murmelte Edith. »Bitte - bleib bei mir! . . .«
Sie streckte die Hand aus - und griff ins Leere. Isabel stand unbeweglich.
»Sie müssen jetzt gehen«, sagte die Schwester.
Isabel nickte. Einen Moment legte sie die Hand an die Wange der Mutter, dann ging sie hinaus.

Edith blickte zur Tür. Sie hörte auf die Schritte, die sich entfernten. Es war alles so schnell gegangen.
»Isabel!« Ganz leise sagte sie den Namen vor sich hin.
»Was ist das für eine Liebe, die nichts begreift?«
Der Satz, den die Tochter zu ihr gesagt hatte, drang jetzt erst in ihr Bewußtsein.
Sie hatte versagt. In dem Versuch, ein Leben zu retten, hatte sie es zerstört. Was blieb ihr noch? Die Hoffnung auf den Tod. Sie spürte keine Angst bei dem Gedanken daran, nur Erleichterung.
Gott wird mir verzeihen, dachte sie. Gott wird mich gnädig aufnehmen. Nur Er besitzt die wahre Liebe . . . die Liebe, die alles versteht.
Die Nonne hatte das Zimmer verlassen.
Edith faltete die Hände und begann zu beten.
»Herr, sei mir gnädig! Verwirf mich nicht vor Deinem Angesicht. Tilge meine Sünden in Deiner Barmherzigkeit und nimm mich auf in Dein Reich!«

Epilog

Noch Wochen nach Marios Tod war Isabel in einem Zustand der Erstarrung. Sie lebte im Haus von Bernhard Lorenz, aber nichts, was um sie herum geschah, berührte sie, nichts kam an sie heran. Wie durch eine Wand war sie von den Menschen ihrer Umgebung getrennt.

Als Lorenz ihr die Nachricht brachte, daß ihre Mutter im Gefängnishospital gestorben war, bewegte sie das nicht im geringsten. Sie fuhr mit Lorenz zur Beerdigung nach Neapel, aber die Zeremonie, auch die Rede eines deutschen Priesters, der die ewige Ruhe für diese arme, irregeleitete Seele erbat, ließen sie kalt. Bei allem, was sie tat, bei allem, was geschah, was sie sah und hörte, blieb sie unbeteiligter Zuschauer.

Die Leere in ihr, ausgelöst durch den Tod des Geliebten, war wie ein Sterben.

Lorenz war unendlich geduldig mit ihr. Er tat alles, sie aus diesem Zustand der Gleichgültigkeit, des Entrücktseins zu lösen, doch anfangs blieben alle seine Bemühungen ergebnislos. Sie leistete ihm Gesellschaft, half auch mitunter bei der Betreuung der Gäste, unternahm Spaziergänge und kleine Fahrten mit ihm, doch bei allem, was sie tat, fragte sie sich, was für einen Sinn das alles habe. Manchmal schwamm sie weit hinaus ins Meer, in der Hoffnung, die Kräfte würden sie verlassen und sie würde ertrinken. Doch ihre Natur erwies sich als stärker. Sie kehrte immer wieder

zurück. Die Herbststürme vertrieben die letzten Gäste von der Insel. Regenschauer wechselten mit kurzen Sonnenpausen. Lorenz schloß das Hotel und bereitete sich, wie alljährlich, auf eine Reise nach Rom vor. Er machte Isabel den Vorschlag, mitzukommen.
In Rom schließlich faßte Lorenz eines Abends den Mut, ihr offen zu sagen, sie dürfe sich nicht länger so gehenlassen, sie müsse endlich versuchen, sich von der Vergangenheit zu lösen und wieder zu leben beginnen.
»Ich kann nicht«, sagte Isabel.
»Du mußt«, erwiderte Lorenz ernst. »Ich weiß, du hast Mario geliebt, das Leben ohne ihn erscheint dir sinnlos. Aber Mario ist tot. Keine Macht der Welt kann ihn dir zurückgeben. Doch du . . . du lebst! Das ist eine Verpflichtung, der du dich nicht entziehen darfst.«
»Was soll ich tun?« fragte sie. »Sag mir, was soll ich tun? Ich weiß es nicht. In mir ist alles zugeschüttet, verdorrt. Was also soll ich tun, um wieder lebendig zu werden?«
Sie hatte diese Frage in einem drängenden Ton gestellt. Lorenz sah darin ein erstes Anzeichen dafür, daß sie bereit war, auf seine Worte zu hören.
Eindringlich antwortete er: »Vor allem mußt du Geduld haben und darfst nicht verzweifeln. Jede Heilung braucht ihre Zeit, aber du mußt daran glauben, daß du geheilt werden wirst. Du mußt dich darauf einstellen, hörst du? Verschließ dich dem Leben nicht! Hör auf die Stimmen, die dich rufen. Freu dich an den Bildern, die du siehst, an den vertrauten Dingen um dich her. An der Sonne, die dich wärmt, an den Farben, an den Formen - an dem Lachen eines Kindes, dem Schrei eines Vogels . . . du mußt lernen, wieder die Augen aufzutun, dich nicht zu verschließen. Geh ins Theater

oder ins Konzert, verkrieche dich nicht vor den Menschen, sondern trachte danach, neue Freunde zu finden. Vor allem, fang wieder an zu malen! Wenn du das alles tust, wenn du dich dem Leben zuwendest, dann wirst du eines Tages auch wieder lieben -«

»Nein! Niemals. Ich werde nie wieder lieben, damit ist es vorbei.«

»Du wirst wieder lieben, ich weiß es.« Lorenz' Stimme war von einer hypnotischen Wirkung. »Glaub mir, ich habe ähnliches durchgemacht, was du jetzt durchmachst. Auch ich habe einen Menschen verloren. Eine Frau, die ich liebte, hat mich verlassen. Anfangs war ich völlig verzweifelt, aber eines Tages bin ich darüber hinweggekommen. Das Leben war stärker.«

Er nahm ihre Hand und fuhr fort: »Auch bei dir wird das Leben stärker sein. Du mußt nur daran glauben. Eines Tages - ich weiß es - wirst du wieder glücklich sein.«

»Das glaube ich nicht.« Panik klang aus ihrer Stimme.

»Darf ich dir etwas sagen, Isabel?«

Sie nickte.

»Es gibt viele Arten von Glück. Nicht nur das Glück, das du mit Mario erlebt hast. Vielleicht findest du dein Glück in der Kunst. Vielleicht aber auch in dem Bemühen, andere Menschen zu trösten, die noch einsamer oder unglücklicher sind als du. Was du erlebt hast, erleben viele. Und Schlimmeres! Daran mußt du immer denken, wenn du verzweifeln willst. Dieses Leben ist ein Jammertal, aber es gibt trotzdem immer wieder Augenblicke des Glücks. Und wenn wir uns bemühen, sie zu finden, dafür bereit zu sein - dann hören wir schließlich auf, uns zu bemitleiden, und finden das Leben trotz allem lebenswert.«

Isabel schwieg lange Zeit. Sie war sehr nachdenklich geworden. »Ich will es versuchen«, sagte sie schließlich.
»Mehr verlange ich nicht von dir. Du mußt dich nur endlich aufraffen und wieder etwas tun. Und dich aufschließen, Isabel, dem Leben wieder öffnen . . .«

Sie versuchte es wirklich, aber es war sehr schwer, und es kamen immer wieder Rückfälle. Lorenz konnte nicht immer bei ihr sein, und wenn sein Zuspruch fehlte, war die Trauer wieder da und die Bitterkeit. Aber langsam, ganz langsam begann die Heilung, kehrte die Zuversicht zurück. Drei Monate lang zog sie mit Lorenz kreuz und quer durch Italien. Sie begann wieder zu malen, und es entstanden in rascher Folge eine Reihe von Bildern, die alle Ischia zum Thema hatten: der Hafen mit der Befestigungsmauer und dem Torre im Hintergrund. Fischer, die sich bei Regen auf der Piazza treffen und in ihren dicken Wollpullovern vor dem Café ›Ridente‹ stehen. Schwarzgekleidete Frauen auf dem Weg zur Kirche. Kuppeldächer, Tonnengewölbe, Treppen, Bögen, Nischen . . . und immer wieder die bunten, verschachtelten Häuser von Sant'Angelo - der Berg - das Meer.
An einem Tag im März kehrten sie auf die Insel zurück. Isabel schlug Lorenz' Anerbieten aus, weiter bei ihm zu wohnen. Sie fand einen Raum mit angrenzendem Atelier unterhalb des Torre und quartierte sich dort ein. Bald darauf reiste sie nach Deutschland, löste den Haushalt ihrer Mutter auf und regelte ihre Geldangelegenheiten, entschlossen, für immer auf Ischia zu bleiben.
Ein neues Leben begann, und sie hatte es Bernhard Lorenz zu verdanken, daß sie den Mut zu diesem neuen Leben fand. Sie besuchte ihn regelmäßig, und es ent-

wickelte sich eine Art Vater-Tochter-Beziehung zwischen ihnen. Sie sprachen jetzt ganz ungezwungen über Mario.

»Er war ein prachtvoller Bursche, aber du hättest es nicht leicht gehabt bei ihm.«

»Ich weiß.«

Mit jedem Monat, der verging, wurde der Abstand zu den Ereignissen des vorangegangenen Jahres größer. Es war wie eine allmähliche Rückkehr Isabels zu ihrem eigenen Selbst, das sie an einen anderen Menschen verloren hatte. Sie konnte jetzt wieder lachen und fröhlich sein, und wenn Lorenz zu ihr sagte, sie wäre zu jung, um für immer allein zu bleiben, dann widersprach sie nicht mehr.

Und dann fuhr sie eines Tages nach Neapel, um das Grab ihrer Mutter zu besuchen. Sie stand lange Zeit davor und lauschte in sich hinein, doch da war nichts mehr von Haß in ihr gegen die Tote, nur Mitleid ... unendliches Mitleid.

Und vielleicht - eine Spur von Verstehen.